《アルさんは優秀な方なのですね》
精霊さんが姿を現した。
英雄の忘れ形見
2
The keepsake of a Hero.
Yuuki Kazami
風見祐輝
illustration
syo5

サティエラは向かってくる
アースドラゴン五頭に
行動阻害魔法を掛ける。

「イメルザ嬢ちゃんは
立派な領主様なのだ、いくら昔は
寝小便たれの小娘だったとしても……」

一人の少年が立っているのが見えた。
その周りには十数人の
冒険者らしき人達が、
抜き身の剣や斧、
槍を持ったまま倒れている。

「参ったな……」
「ちょ、チョット君!!」
「えっ? ああっ、グレイシアさん」

あれ？　カイスル達じゃないか？
なんでビッグボアに追われているんだ？
「おーい‼
横に逃げろーっ‼」

『『わあああああああ
ああああああああああ
ああああああああっ！』』

アルベルタは大声と体を使った合図でカイスル達にそう呼びかけた。

◆◆◆◆◆◆◆◆◆ Introduction

# 英雄の忘れ形見

## 父親の秘密

『僕は父ちゃんみたいな冒険者になる!』

子供のころの思いを胸に規格外の力を
身につけたアルベルタ。
不良冒険者達に襲われても
アルベルタは持ち前の規格外の力で、
難なくその悪の手から逃れる。
しかし、その力の強大さを危懼《きく》する者達により、
アルベルタの父親の秘密を聞かされることになる。
一方、サティエラの母親を攫《さら》った犯人が分かり、
彼女は怒りのあまり魔力を暴走させてしまう。
その時サティエラの悲しい過去も
明らかになるのだった。
また、エルフの里を売ったブロディと
幼馴染のシルラが現れ、
母親を攫った犯人の元へと潜入させるのだが……。
街へ忍び寄る不穏な動き。アルベルタを狙う影。
サティエラの母親の行方――
アルベルタと仲間達の運命は!?

# 英雄の忘れ形見　2

風見祐輝

ヒーロー文庫

# 英雄の忘れ形見 2

The keepsake of a Hero.

## Contents

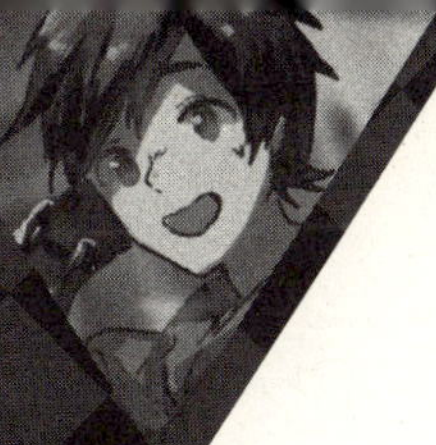



Illustration
syo5

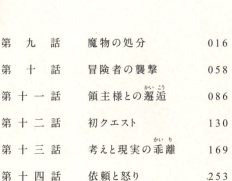

イラスト／syo5
装丁・本文デザイン／5GAS DESIGN STUDIO
校正／川畑里佳子（東京出版サービスセンター）
編集／高原秀樹（主婦の友社）

# プロローグ

それはまだ僕が小さかった頃、ある日の出来事。

父ちゃんと僕は、毎日一度は必ず洞窟へと足を運ぶ。今日も今日とて魔物狩りに出掛けるのだ。鍛錬がメインなのだが、魔物を倒した時のドロップアイテムという副産物も目的の一つなのである。

経験値というものは、ある一定量蓄積すると、その人の持つレベルというものを一つ上げてくれる。魔物を倒すと、経験値といった不可視なものも貰える。レベルが上がると、ステータスというものがそのレベルに見合った分底上げされるといった具合だ。ステータスというのは、簡単にいえば、生命力や力、防御力、素早さ、他諸々。といったその人の持つ素の力量のことである。

故にレベルが上がれば、自ずと死にづらい体になり、より強力な攻撃もできるようになるといった具合である。

それとは別にスキルというものがあり、これはレベルと連動してどうのこうのはない。要は技能なので、訓練度によってスキルレベルを上げなければ、いつまでたってもスキルは上がらないのです。

「よしアル、出番だ！」

「うん、やあぁぁっ！」

父ちゃんはミノタウロスを半殺しにしたところで僕と攻守交代をする。別に僕が後方を守っているわけではないが、言葉の都合上そうなる。

父ちゃんが既に半殺しにしていることもあり、動きも攻撃も緩慢になったミノタウロスは、もう僕の敵ではない。二度三度剣で攻撃するとあっさりと倒れてしまい、洞窟に還元されてしまった。

「うむ、いい感じだ。もう大丈夫そうだな。アル」

倒したミノタウロスのドロップアイテムを拾っていると、父ちゃんは、うんうん、と頷《うなず》きながらそう言う。

「えっ？　何が大丈夫なの？」

何が大丈夫なのかさっぱりな僕は、屈《かが》みながら父ちゃんを見る。

「よし、今後はできる限りお前ひとりで最初から魔物と戦うことにしよう」

父ちゃんはそんなことを突然言い出した。

「えっ、父ちゃんは戦ってくれないの？」

「いや、危ないと思ったら手を出そうとは思う」

「う、うん……」

今までは父ちゃんが先制攻撃をし、魔物が瀕死《ひんし》になったところで僕が攻撃するといったスタイルで洞窟を徘徊していた。しかし今後は、僕が率先して戦わなければならないようである。大丈夫なのだろうか……。

「何だその自信なさげな顔は？」

「だって、まだ早いんじゃない？」

父ちゃんの戦いぶりを見ている限り、僕にはまだ早いのではないかと思ってしまう。それだけ洞窟内の魔物は強いのである。

「まあこれまでレベル的には、ここの魔物に対抗でき得るステータスは備えてきている。しかし、今のままではスキルが伸びない。だから、戦闘を通してあらゆるスキルを習得させようと思っているんだ」

「スキル……」

多少はスキルというものを教えてもらっているが、戦闘で意識的に使ったことはあまりない。意識的に使用し、スキルを伸ばさなければ、いつまでたっても戦闘技能は上がらないという話である。そのスキルを伸ばすために今後は僕が最初から一人で戦闘訓練に入るということらしい。自信が無くて当然である。

レベルやステータスというのは数値で表すことができるそうで、ステータス鑑定魔道具

といったものや、【鑑定】スキルを持っていれば、覗き見ることができるらしいのだけど、
僕は今までそんなもの見たことがない。それは何故かといえば、

「アル！　お前は鑑定スキルを持っているよな？」

「うん、持っているよ。というより、父ちゃんが教えてくれたんじゃないか」

鍛冶や調合、錬金といった魔道具作成など、素材や品物の【鑑定】を教えてくれたのは父ちゃんである。そのスキルが無ければ、その素材が何なのかさえ分からないこともあるし、作ったモノの鑑定もできずに、自分がどれだけ技術の向上をしたのかさえ分からないからだ。自分では上手く打てたと思った剣でも、グレードが粗悪品や低級グレードだったりしたら、商品を引き取ってくれるダンさんに申し訳ない。ということで小さい頃に教え込まれたのだ。

「おう、そうだ。今お前はアイテムや自分の作ったモノにそのスキルを使っているだろうが、お前の【鑑定】スキルは、それだけじゃない」

「それだけじゃないって？」

「お前の【鑑定】スキルは、【万能鑑定】という」

「ばんのう？」

「そうだ。万能とは、それすなわち万能なのだ‼」

「……」

意味が分からない。万能、ということは万能しかないよ……。

「な、なんだアル、その白い眼は！」

「いやなんでもないよ、いいから続けてください……」

少し引き気味におとなしく父ちゃんの話を聞くと。要は鑑定にはいくつか種類があるそうなのだ。僕にはよく分からないが、商人には商品鑑定とか、鍛冶には鍛冶師の素材鑑定能力、調合師には調合に特化した鑑定と、その技能によって付随する鑑定と、素材アイテム鑑定みたいな限定した能力が通常らしいとのことだ。

そして、特異な能力として、【生物鑑定】スキルというものがあるらしい。そのスキルは生物に対して有効なモノであり、人間や、動物、魔物に対して行える鑑定だそうだ。簡単にいえば、相手のステータスを覗き見ることができるスキルである。ただそのスキルには弱点があるらしい。自分よりレベルが高い生物、人間には、格の違いというものがあるらしく、覗くことは難しくなるそうだ。なので、自分よりレベルの高い人や、高いステータスを持つ魔物等には使用は難しいそうである。でもそれだけでも有用だと思う。相手の力量が見えなければ、戦わずして逃げるという手が使えるからだ。

ただ、力量が拮抗《きっこう》している場合も覗きづらいということなので注意が必要だという。それに【隠蔽】というスキルを持っていれば、余程のレベル差が無ければ覗かれることはないということだ。ちなみに僕は【隠蔽】スキルはとっくに習得済みである。

そして僕が持っている【鑑定】スキルは、父ちゃんと同じく【万能鑑定】といった超有能な鑑定スキルだということらしい。

「いいかアル。この【万能鑑定】は、相手のステータスは勿論、自分のステータスも覗くことができる。冒険者になれば冒険者組合という所にある鑑定魔道具というものがあるが、それと同じようなものだ」

「ふ～ん、よく分からないけど、そんなものがあるんだね」

「ああ、そのうちお前も冒険者になればその魔道具で鑑定されることだろう」

「へ～っ、でも、その【万能鑑定】があれば自分のステータスを見ることができるんだよね？　どれどれ――」

「――シャーラップ！　止めろアル!!」

「――!!」

な、なんだよ父ちゃん、びっくりするじゃないか。

僕が鑑定で自分のステータスを覗いてみようとした時、父ちゃんは素っ頓狂な声を上げ僕の行動を制止した。そして、チッチッチッ、と人差し指を僕に向け左右に振りながらそんな意味深な舌打ちをする。

「いいかアル、これからアルが覚えたスキルは俺が全て教えてやる。そうしないとなんのスキルが備わったのかさえ分からないからな。だが自分のステータスを見ることは今後一切禁止する。それに加えて戦う相手、魔物のステータスを覗くことも禁止だ」

「ええっ、なんでだよぅ。せっかくそんな便利なスキルがあるんだから、使わなきゃ損じゃないかぁ～」

ぶーぶー、と、不貞腐《ふてくさ》れながら僕がそう文句を垂れると、

「シャア～ラ～ップ！　半人前がなにを言うか!!」

と、金切り声を上げる父ちゃん。

久しぶりに怒鳴られた。いつもは面白おかしく話すけど、魔物等と戦う時は真剣に注意をしてくれる。でも、まだ魔物と戦ってもいないのにこんなに怒鳴るのは珍しかった。

「いいかアル、よく聞けよ！　ステータスとは、いわゆる強さの数値化、目安だ。仮にお前の力が10だとして、相手の力が7だとしよう。数字的に見ればどっちが強い？」

「……う、うん。数字的には10の僕の方が強いんだよね？」

「そうだ、数字的には、な」

そう言って父ちゃんは、珍しく真剣な顔で僕を睨む。

「だが、その相手がアル、お前より経験が豊富で、ステータス以外の戦術に長《た》けていたらどうだ？」

「う～ん、僕より戦術に長けていたら、負けるかもしれない……かな？」

「そうだ、まず負けるだろう。そして、鑑定で覗いたステータスの数値で判断したことに

より、より負けの色が濃くなる」

「えっ？　なんで？」

ステータスを覗き見たことによって、なんで勝率が変わるのか疑問に思う。

「そりゃそうだろ、人間というものはそういう生き物だ。数字的に見て自分より明らかに劣っている相手。アル、お前ならどういう気持ちになる？」

「そうだね……これは勝てるな。そう思うかも」

「そうだ、そこに驕《おご》りが生まれるんだ。相手は自分より弱い、楽勝だ、全力なんていらないじゃん。なんて、慢心という落とし穴が生まれる」

なるほど、今まで考えたことがなかったけど、言われてみればそうかもしれないと思う僕だった。

「魔物だってバカじゃない。戦略を立てる奴だっている。そしてお前がここから旅立つ時には、もしかしたら人間同士で戦わなければならない時も来るかもしれない。魔物と違いもっと狡猾《こうかつ》な戦略を立てる奴もいるだろう。それを数値で判断していいと思うか？」

「……いいえ、それは、多分できないと思います」

真剣な父ちゃんに対して、なんか僕もついつい身を正してしまう。

「そうだ、レベルなんて強さには関係ない。相手の強さはステータスの数字じゃないんだ。その時々の状況によっても左右されるし、時には弱いと思っているゴブリンだからといっても、油断すれば殺されることだってあるんだ。戦いとはいわば生か死か。そんな戦いにステータスを覗くことによって油断を生じさせて良いと思うか?」

「いえ、許されません!」

「うむ、なので、俺の許しがあるまでは、生産系の鑑定以外は、自分は勿論、敵のステータス鑑定を禁止とする。いいな?」

「はい!」

「うむいい返事だ。だがその代わり【洞察】や【心眼】を伸ばせ。相手の強さを肌で感じるんだ。それを伸ばすことによって戦いを有利に進める。これが強くなる秘訣だ。分かったな」

「はい! 善処します!」

父ちゃんの言葉に僕は納得するのだった。

今までは洞窟の中でも、とりあえずは父ちゃんが攻撃をして、僕が勝てそうになるまで魔物の体力を削ってくれていたので、ただ我武者羅に魔物を倒すことだけを考えていればよかった。けれども今日からは僕が先頭になって戦うことになるのだ。相手の力量は肌で感じなければならないということなのだろう。

実際スキルなんてあまり気にしていなかった僕にとって、この特訓は過酷なものになった。敵の強さを肌で感じるなんて、言葉では簡単に言うけど、そう簡単なものではなかったからだ。

毎日傷だらけになるまで戦った。

死にそうにもなった。

その甲斐あって魔法も上達していった。回復魔法なんて最上位の『リザレクション』も覚えるまでになったし、魔法熟練もメキメキと伸びていったのだ。

そして戦闘スキルに関しても父ちゃんの、とりあえず合格がもらえるまでになったのだった。


そして父ちゃんが旅立って気付いたことがある。

「そういえば、まだ鑑定の許可が出ていなかったな。まだまだスキルが未熟ってことなのだろうか……まあ父ちゃんとの約束だから許しが出るまでは、見ないようにしておこう」

そう誓ったのだった。

だがその父ちゃんは、その禁則事項を解除しないまま死んでしまった。

けれど僕は未だにその教訓を順守するのだった。

# 第九話　魔物の処分

僕とサティは、エルフの里を襲った悪徳奴隷商を撃退した。

なんと悪徳奴隷商は、エルフ達だけでは飽き足らず、この街のスラムから獣人の子供を数人攫《さら》って来たのであった。そしてその渦中ひょんなことから知り合ったカイスル、メノル、リーゼ、とも知り合いになり、一緒に事件を解決することになったのである。

里から攫われたエルフの人達、スラムの獣人の子供達も、とりあえず全員無事だったようで、サティ共々ホッと胸をなでおろしたのだった。

悪徳奴隷商は衛兵に捕縛され、里のエルフの人達も衛兵さんにお願いして、後に里に送還してくれる手筈《てはず》になっているので、この件に関してはひとまず決着したのだった。

しかし、本命であるサティのお母さんの手掛かりがそこで途切れてしまったのには、僕とサティ二人して途方に暮れるしかなかったのである。山奥から出て来た僕は、それこそこの世界のことはまだ何も知らないし、知り合いすら少ない。知り合いといえばダンさんがいるが、そのダンさんはこの街にはいないし、エリーゼさんもどこにいるのか分からないのだ。何人か親切にしてくれそうな人はいるが、この街に来たばかりで数度しか顔を合わせていないので、まだ相談できるような関係でもないだろう。

サティにしても同じようなものである。以前はこの街に住んでいたような話を聞いているが、サティは家族以外とはほとんど接触を持たなかったようである。そして最終的には、この街から逃げ出しエルフの里で隔離されていたようなので、知り合いもいない状態だ。

そしてお母さんを攫われているし、里の裏切りのようなこともされている。サティが一番この状況を知りたいはずである。

とはいえ何も行動しないわけにはいかない。

そう思っていたところ、嬉しいことに僕達にも味方が増えた。カイスル達が協力してくれることになったのである。僕達が助け出したスラムの子供達は、カイスル達が自立する前までお世話になっていた孤児院の子達だったことと、悪徳奴隷商に騙されてカイスル達三人も殺されかけていたので、僕達には借りができたようなことを言っていた。

けして借りを返してくれと言ったわけじゃないのだが、今度は僕達に協力してくれると強く言ってくれたのである。これにはサティも僕も手放しで喜んだ。味方は多いほうが良いに限るし、カイスル達はこの街の住人でもあるので心強いことである。

そしてそれとは別に、サティは強くなりたいと言い出した。

突然何を思ってそう言ったのかは分からない。でも、自分もお母さんの救出のために、少しでも戦う力を持ちたいと思っているのかもしれない。それなら僕も協力は惜しまないし、サティも冒険者として組合に登録も済ませているので、これから生きていく上で、少しでも強くなっていた方がいいと思うから。

どうもこの世界は僕が思っている以上に悪い人がたくさんいるようである。そんな人達から自分の身は自分で守れるようになることも必要なことなのかもしれない。そうつくづく思うのだった。

というわけで一夜明け僕とサティは今、冒険者組合に向かっている。

朝の街は人でごった返しており、これから商売を始めようと忙しなく準備する人、荷車を曳《ひ》いて木箱や樽を運ぶ人、警邏《けいら》する衛兵さん、買い物をする街の人、これから街の外に出て行こうとする冒険者らしき人達。この街は本当に人が多い。どうも山奥でボッチだった僕は、こういった人混みには弱いようである。人と人の間を縫うようにすり抜けて歩くなんて考えたこともなかったのだ。気を使いすぎて疲れてしまうし、なんか人の多さに酔っぱらってしまう。お酒を飲まなくても酔っぱらうなんておかしいよね。昔父ちゃんが美味しそうに飲むお酒を、興味本位で飲んでしまったことがあったが、あの苦しみは忘れられないね。世界がぐるぐると回り歩けなくなり、胃の中のモノを全部嘔吐《おうと》してしまい大変な目に遭った。父ちゃんは笑って見ているだけだったし、それ以来もうお酒は一生飲まないと心に誓ったよ。まあ今はそんなことはどうでもいいね。

ちなみにサティは、僕の背中の方でフードを目深に被り、僕の外套《がいとう》を掴《つか》んで歩いている。サティもこの人混みは苦手なようだ。

昨日は奴隷商のことで頭がいっぱいで、何かと忘れていたこともあるし、サティの強くなりたいという希望もある。ついでに冒険者ランクも上げられるようにクエストも請けたいとも思っているのだ。

まずは僕の『クローゼット』内の魔物をどこかで処分しようかと思っている。まだ三日ぐらいしか経っていないし、容量には十分余裕があるけど、早く処分したに越したことはないからだ。いちおう別空間ではあるが、腐らないわけじゃない。もう少し高度な時空間魔法を使えれば時間の経過を遅くしたり止めたりもできるらしいのだが、まだ僕はその域まで達していないのである。ゆくゆくは覚えたいものだね。ただ時空間魔法は文献にもその特殊性が記載されていて、そう簡単には会得できない部類の魔法だそうである。死ぬまでには何とか習得できるだろうか。

勿論サティのお母さんのことも忘れてはいない。それも並行して情報を集めてゆくつもりである。カイスル達とも朝に一度冒険者組合で落ち合おうということになっているのだ。

冒険者組合の前まで来ると、昨日よりもどこか入り口付近に溜まっている人が多いように感じた。数人の冒険者らしき人達が扉前に屯《たむろ》っている。昨日はすんなりと中に入れたのだが、今日は少し入りづらい。

「すいません、ちょっと通してください……」

僕がそう言いながらサティと一緒に扉の前まで進もうとした時、

「おい小僧」

そう一人の冒険者っぽい犬族のお兄さんが、扉の前に立ち塞がり話しかけてきた。ん？　どうもこの街の人達は、初対面の人間を『仔象』と呼ぶ習慣があるのかな？　ビッドさんも言っていたしね。象とは鼻の長い動物で、その子供が仔象と呼ばれている。別に僕の鼻は長くないと思うのだが、ほんと、どうしてだろう？

「何でしょうかお兄さん？　あ、それと僕はアルベルタです、『仔象』ではありませんので、できればアルと呼んでください」

「くっ、生意気な小僧だ……」

また仔象言うし……でも別に生意気に話しているつもりはないんだけどな……なるべく丁寧に話しているのに、それが生意気と言われてもこれ以上丁寧な言葉を僕は知らない。

「まあいい、お前、一昨日の夜にこの街に来たのか？」

「はい、一昨日の夜この街に来たばかりです。何も知らない世間知らずな僕ですけど、よろしくお願いします」

まあ多少居丈高《いたけだか》なのが少し気に入らないけれども、いちおう頭を下げておく。

「そうか、それさえ聞ければいい」

「へ？　それだけですか？」

たった一つ質問してきただけで納得する犬のお兄さん。僕にはなぜそんな質問をするのかさっぱりだ。

「ああ、この街はいい街だからな、ゆっくりしていけ。困ったことがあったら俺達に言えばなんとかしてやるぜ」

「……はい、ありがとうございます。その時はよろしくお願いします……」

そう言うと犬のお兄さんは勿論、この辺りにいた数人もぞろぞろと去って行く。

去り際に全員が僕の顔を見てニヤニヤと、どこかいやらしい笑みを浮かべているのはなぜだろう？　僕の顔に何か付いているのかな？　今朝の朝ごはんのご飯粒でも顔に付いている？　顔を触ってみるが、そんなものは付着していない。父ちゃんなら寝ている時、僕の瞼《まぶた》に目を描いたり、額に『肉』こんな形の文字？　を悪戯《いたずら》書きしていたことがあったけど、サティがそんなことするわけないからね……まあいっか。

しかしほんとになんだったのだろう？　でも態度の割には親切そうなお兄さんだったな。困ったことがあったらなんとかしてくれるとも言っていたし、何かあったら相談することにしよう。

しかし冒険者らしいけど、少し偉そうにしている割にはたいして強そうな気配はしなかった。あ、そうか、きっと街中では闘気とかを隠しているんだろうな。僕も常にスキルで隠蔽しているから、みんなも常に修行しているのだろう。まあ、それはいいとして、

「ねえサティ、なんで僕は仔象って呼ばれるのかな？　そんなに象に似ている？　鼻も長くないのに……」

「……ぞ、象じゃないよ……小僧っていうのは、小さい子を見下して言う呼び方だよ……簡単にいえばバカにされているの……」

サティはそう説明してくれた。

「えええっ！　そうなの？　初めて知ったよ！」

なんと侮蔑されていたのか……まあビッドさんはあの仏頂面同様、元々口が悪そうだから別にバカにしているわけじゃないかもしれないけど、さっきの犬のお兄さんは、まるっきり僕をバカにした話し方をしていたってことか？

そうか、勉強になるな。サティは物知りだね、色々と教えてもらわなきゃ……。

でもそれを思うと本当になんだったのだろう？　一昨日の夜に僕達がこの街に来たことに何か意味があるのかな？　たったそれだけの質問。僕にはなんとも理解できずに首を捻《ひね》るだけであった。

気を取り直して扉を開き組合に入ることにする。

組合内は昨日と同じように、数人の冒険者がおり、がやがやと話をしたり、クエストの

掲示板を見ていたりと、様々であった。しかしどうも活気というものがないように感じる。どこか重たい空気が組合内に漂っている感じがするよ。まあ冒険者になって二日目だから、組合とはこんなものなのだろう。そう思うことにした。

カイスル達の姿を探すが見当たらない。たぶんまだ来ていないのだろう。

そして受付カウンターを見ると、昨日もいた狐の獣人のアンリーお姉さんが、僕達を見つけ手招きをしてくれている。なんでもアンリーお姉さんは、僕達の担当になるように組合長から言われたらしく、この街にいるうちは、アンリーお姉さんが色々と僕達の対応をしてくれるということらしい。

冒険者一人一人に担当者が付くのかと思うと、冒険者組合って親切な所なのだろうね。

「おはようございますアンリーさん」

「おはようございます」

「おはようアルベルタ君、サティエラちゃん」

「アルでいいですよアンリーさん」

「私もサティで……」

アルと呼ばれ慣れてしまっているから、アルベルタと呼ばれても他人が呼ばれているような気がするので、略称で通して欲しい。サティも同じようなものなのだろう。

「分かりました、今度からそうしますね。で今日はクエストを？　クエストなら向こうの壁に掲示板があるので、そこから選んできてね」

掲示板を指差し優しい笑顔でそう言うアンリーさん。でも今日は、とりあえずクエストは請けない予定だ。

「あ、今日はまだ……」

「あら、じゃあ何か他の用件ですか？」

「ええ、この街に来る前に魔物を仕留めてきたんですけど、どこかで処分――うぎゅ！」

処分する所がないか訊こうとしたところで、アンリーさんは結構な速さで僕の口を手で塞ぐ。油断していたわけじゃないが、アンリーさんの素早さには少し驚かされた。

「――しっ！　あまり大きな声で言わない！」

僕の声が大きかったのが悪かったのか、それとも魔物の処分をする場所を訊いたのがいけなかったのかは分からないが、どうやらおおっぴらに話してはいけないことなのかもしれない。僕が無言で頷《うなず》くと、アンリーさんは静かに口から手を放してくれた。

「なにかまずかったですか？」

「ええ、今はちょっとね……それで魔物の死骸は、どれくらいあるの？」

小声でそう訊いてくるアンリーさん。やはりおおっぴらにできないことなのだろう。

「うーん、たくさんあります」

「そう……」

僕も小声でそう言う。ただどれくらいの魔物かは明言できなかった。結構な数があるので覚えていない。

アンリーさんは少し周りを窺《うかが》いながら今の話が漏れていないか気にしているようだ。

「少し待っていてね。今組合長に訊いて来ます」

「はい、じゃあ待っていますね」

そう言うとアンリーさんは席を立ち、組合長の部屋へと向かうために、階段を上っていった。

「何かあるのかな？　魔物の処分は難しいことなのかな？」

「よく分からないよね……」

魔物の死骸の処分は、街中では禁止でもされているのかもしれない。しまったな、余計なことしたのかな……それなら森の中で処分してくるんだった。でも、サティの件で急いでたから、そこまでの時間的余裕もなかったしね。

「うーん、まあいいか。カイスル達もまだ来ていないみたいだし、アンリーさんが戻るまでクエストでも見に行こうか」

「うん」

僕とサティはアンリーさんが戻って来るまで、暇潰しに明日以降請けるかもしれないクエストを見るために掲示板へと移動した。

色々な依頼が壁一面に張られており、僕はワクワクしながらそれを見る。

どうやら冒険者ランク別にクエストというものがあるらしく、依頼書はそのランク順に張り付けられているようである。下はFランクから上はAランクまでと、六つのランクに分けられていた。

Fランクの依頼はどうやら初心者が多く請ける依頼らしく、魔物の討伐などの危険を伴う依頼は皆無だった。街の中の雑用が多く、街の外での依頼も薬草の採集ぐらいである。

うんうん、こういう下積みも冒険者には必須なのだろう。

「なんか楽しそうだね！」

「うん」

「僕らもFランクの仕事から始めないとね」

「そうだね、でも、Fランクの仕事って、あまり魔物と戦うことしないんだね？」

「そうみたいだね。街中の仕事がメインみたいだしね……」

「それだと、強くなるには時間がかかるね……」

少しでも強くなりたいと思っているサティは、少し残念そうにそう言った。

「うーん、そうだね。でもこれなんかどうかな？」

僕はある一枚の依頼書を指差す。

「薬草採集？」

「うん、これなら街の外に出なければならないし、魔物だって近くにいるから、少しはレベル上げもできるんじゃないかな？」

「そうだね」

「じゃあさ、明日はこの薬草採集でも請けてみない？　僕は少しレベルを上げてあるけど、サティはまだそんなに強くないからね。冒険者ランクも上げたいし、地道にいこうよ」

「うん、アルに任せるよ」

サティはにこやかに頷《うなず》いた。

今日はこないだの魔物の処分をした後、少し街を見物がてらサティの装備とかを揃えようと思っている。

「今日はサティの装備も揃えなきゃいけないしね」

「えっ、そんなのいつでもいいよ……」

僕がそう言うと、にこやかにしていた表情を一転、少し困った顔つきで俯《うつむ》く。

サティは今着ている僕のお下がり服で十分だと言うが、冒険者として今後活動してゆくには、しっかりとした装備が必要である。弱い魔物でも、攻撃を受けたら万が一ということもあるのだ。特にサティはレベルが低いのだから、万全を期して臨んだ方がいい。

「いや駄目だよ。いくら薬草採集だからと言っても、装備はきっちりとしていないと、もしかしたらってこともあるんだからさ」

「でも、私はお金持ってないし……宿代や冒険者に登録するのまでお金かかっているし、何から何までアルに頼ってばかりじゃ……」

どうやらお金の心配をしているようである。

「だからそれは言いっこなしだよ。お金ならまだいっぱいあるからさ。前も言った通り、本当になくなったら一緒に考えてくれればいいからさ。ね？」

「うん、分かった」

サティは少し気が引けたような作り笑顔だが、納得してくれたようだ。

「じゃあ、明日の薬草採集頑張ろうね」

「うん」

サティはおそらくレベル1だろう、先日魔道具で見た僕のレベルは739だった。この数字が多いのか少ないのか僕には分からないけど、長年冒険者をしている人はもっと高レベルなのだろうと思う。父ちゃんは、

『レベルなんて強さには関係ない。相手の強さは数字じゃないんだ。その時々の状況によっても左右される。弱いと思い込んでいるゴブリンにですら油断すると命をとられる。相手の力量は肌で感じろ！　そのスキルを伸ばせ！』

そう言って【鑑定】スキルは、自分のスキルの確認はおろか魔物にすら使用禁止命令を出された。生産系では存分に使わせてもらったけどね。その代わり敵の力を感じ取るスキ

ル【洞察】や【心眼】などを会得したので、別にいいんだけど。

おそらくサティは魔物と戦ったことなど一度もないはずである。なのでレベルだって上がりようがないはずだ。

そうこう掲示板の前で話していると、後方からカイスル達がやって来た。

「おはようアル」「おはようッス！」「おはようサティ」

「やあみんなおはよう」「おはよう」

お互い照れくさそうに朝の挨拶をしてしまう。確かに昨日出会ったばかりだし、僕には今までそんな仲の良い人達と、朝の挨拶を交わす習慣すらなかったのだから、当然かもしれない。でも、こうやって仲間として多くの人と交わっていけることを、とても嬉しく思う僕がいる。山奥では味わえなかった感情だ。やっぱりいいね仲間、友達って。

「アル達もクエスト請けるのか？」

「いや、今日は買い物と、街を少し見て回ろうかと思ってるんだ。ほら、サティの装備も揃えようかと思ってね」

「そうよね、今のサティじゃ冒険者の装備じゃないものね」

「う、うん……」

リーゼにもそう言われてしまえば、サティも装備を揃えることを納得せざるを得ないだろう。いいこと言うねリーゼ。

「そうか、俺達は午前中、悪いけど少しクエストをこなしてくるよ。午後から少し探りを入れてみようと思っている」

「ごめんス。本当なら朝から探りたいんスけど、俺っち達お金が無いから少しでも稼がないと寝る所も食事代もギリギリなんスよ……」

「ごめんね……協力するって言った手前、こちらの都合で動いてしまって」

三人はすまなそうにそう言ってくる。

だけど三人にもそれなりに生活があるのだ。それを度外視してまでやってくれとはこちらからは言えない。食事代を稼がなければ、多分この街では生きていけないのだろうから。

「ううん、それは構わないよ。協力してくれるってだけでもありがたいんだよ。それにカイスル達の仕事だってあるんだから、僕達に気兼ねなく行動してよ」

「そうか、ありがとうな。なるべく早く仕事を片付けて探りに行くよ」

「うん、僕も街を見回りながら少しでも情報が転がっていないか気を付けるから、まずは仕事を優先してよ」

サティも、うんうんと頷《うなず》いていた。

そうこう話しているとアンリーさんが階段から下りてきた。

「さあアル君、組合長の指示を頂いてきましたよ。行きましょうか？」

「あ、はい！」

「あら？　カイスル君達アル君と知り合いなの？」

「おはようございますアンリーさん。ええ、昨日ちょっとしたトラブルに首を突っ込んだところで、アルに助けてもらったんですよ」

「おはようス、アンリーさん」

「おはよう……おばさん（ぼそっ）」

みんなが挨拶したその直後、アンリーさんの狐耳がピクリと動く。

「むぅ⁉　今何か言ったかなリーゼちゃん？」

アンリーさんはリーゼに向かって少し吊り上がった瞳を不気味に光らせた。

「ぴ～ぷゅ～ぴひゅぅ～」

それを見たリーゼは、素知らぬ顔でへたくそな口笛を吹く。

僕には普通に朝の挨拶しか聞こえなかったが、リーゼはなにかアンリーさんの機嫌を損ねるようなことを言ったのだろうか？　その光景を見たカイスルとメノルは、『おい、リーゼ俺達を巻き込むな！』と、小さな声で言いながら二人して抱き合いながら震えていた。

「まあいいわ、今日のところはアル君の手前許してあげるけど、次はないわよ？」

「ぴ～ぷゅ～ぴひゅぅ～」

いったいいなんだろう？

僕達は受付のアンリーさんに連れられて、組合の隣の建物に移動する。カイスル達も一緒に移動するのだった。

「さあ着いたわよ入って」

組合の隣の建物に到着すると、アンリーさんが扉を開いて促す。

組合の建物よりは小さいが、僕の住んでいた山奥の家よりは相当でかい。ざっと十倍以上はあるだろうか。

「へえ～っ、広いですね」

中に入ると少し薄暗くて広い空間が広がっていた。

手前にはカウンターみたいなものが申し訳程度に備え付けられており、奥の方には大きなテーブルに多種多様なナイフが置かれている。おそらく動物や魔物の解体に使うテーブルなのだろう。またその奥にも部屋があるようで、相当大きな施設なのだと見てとれた。

だが今は、カウンターで暇そうにしているおっちゃん以外誰一人おらず、この空間はガランとしていて活気がない。

「広いでしょ。ここは買い取り所兼解体所。奥の方は倉庫になっているの」

「でも、なんかガランとしていますね……」

「……うっ、痛いところを衝《つ》くわね……今は事情があって素材の集まりが悪くてね……開店休業状態なのよ」

「そうなんですか」

そういうことらしい。こういう状態を父ちゃんは閑古鳥が鳴くと言っていたな。閑古鳥もツル同様どういった鳥かはまだ見たことがないが。

するとカウンターにいたおっちゃんが不機嫌そうに口を開く。

「おいアンリー。その坊主達はなんだ？　解体見学なら今日はやってねーぞ！　冷やかしなら帰った帰った！」

カウンターで暇そうにしていたおっちゃんがそう言った。

解体もなく暇そうにしているおっちゃんは、カウンターに足を投げ、鼻毛を抜いている。しかしそんなだらしない行動とは裏腹に、肉体は筋肉ムキムキで力がありそうだ。

「ニールさん！　いくら暇だからってそんなだらしない恰好で……組合長に言い付けますよ！」

「うっせーな。仕事がないんじゃしょうがねーだろぅがよ。それより冒険者の意識が少し低いんじゃねーのか？　暇なのはそっちの責任だろうが。腕がなまっちまうぜ、まったくっ……」

「ぐっ……」

ニールさんというおっちゃんの言葉にアンリーさんは鼻白む。

「……確かにそうかもしれませんが……あ、でもこのアルベルタ君が魔物の死骸を持っているそうなので連れてきました」

「ん？　その坊主が、か？　……どこにそんなものがある？」

ニールさんは僕達をしげしげと見詰め言った。

「マジックバッグに入れているのよね」

「はぁ？　坊主のくせにマジックバッグをもってやがるのか⁇　いったいどこのボンボンだよ……」

マジックバッグを持っているのがそんなに珍しいのか、ニールさんというおっちゃんは、僕を胡乱《うろん》な目で見る。

正確には空間魔法の【クローゼット】に収納しているんだけどね。

でも、ぼんぼんってなんだ？　父ちゃんが作ってくれたお酒入りのチョコレートのことかな？　あれは子供の食べ物じゃなかったよ、一つ食べたら世界が回ったからね。

そんなことより、

「初めまして。昨日冒険者になったばかりのアルベルタです。彼女はサティエラ。昨日街に来る途中仕留めた魔物を処分したいので連れてきてもらいました」

カイスル達は、当然知っているようなので、チュース！　とか挨拶していた。

「かあー処分ってか……まあいいか。そんな数は期待できねーけど、仕事は仕事だな」

ニールさんはカウンターから足を下ろし立ち上がる。

背丈はそんなに高くないが、体には無駄な贅肉はなく、鍛え抜かれた筋肉で覆われていた。相当鍛錬を積んだ体である。ただニールさんは足が悪いようで、杖を突いていた。

「おう坊主。そんじゃあそこの解体テーブルの上に出しな」

「はい！　でも……」

ニールさんは杖でテーブルを差し、そこに魔物を出せと言った。

僕も返事をしたが、テーブルの上に置けるのはせいぜい中くらいの魔物二匹ぐらいである。そんな小さなテーブルに全部は載らない。

「でも置ききれないですよ……？」

「ごちゃごちゃ言ってねーでさっさと出しな！」

僕が小声で言うと、イラついたように怒鳴られた。

「は、はい……」

仕方ないので出すことにする。

「じゃあ出しますね……」

次々と魔物の死骸をテーブルに出してゆくと、ニールさんは勿論アンリーさんも驚愕の表情で止めてくる。当然カイスル達も驚きの表情で唖然《あぜん》としていた。

「アル君！　ストップ、ストップ！」

「ちょちょちょ、ちょっと待った待った!!」

解体部屋の半分以上を魔物で埋め尽くすと二人に止められた。

だよね、だから載らないって言ったのに……。

「どこからそんなに出すんだよ！　てより、まだあるのか？」

「はい、これでまだ半分にも満たないと思います」

「アル君。一度仕舞ってくれるかな？　ニールさん、奥の倉庫に出してもらいましょうか？」

「お、おう、そうだな。ぼ、坊主、その奥にでかい倉庫がある。今は何も入っていないからがらんどうだ。そこに出してくれ」

「はい、分かりました」

僕は出した魔物を仕舞い奥の倉庫へと向かう。

倉庫は思ったより広く天井も高かった。冷気が立ち込め、動物や魔物の保存には最適な空間である。おそらく魔道具を用いた冷蔵保管庫なのだろう。

ここなら全部出しても問題なさそうだ。

僕は【クローゼット】から一気に魔物の死骸を排出させた。

ビッグボア27頭
サーベルタイガー5頭

ゴブリン15匹
ホブゴブリン5匹
オーク30匹
オーク（ちょっと強くて大きいやつ）5匹
オーガ40匹
アースドラゴン5頭
翼竜1頭
キナール湖産のお魚　いっぱい（ビッドさんの宿に出した残り）

こんなところである。

「……お、おいおい……アースドラゴンにワイバーン……オーガがあんなに……オークジェネラルもいるぞ……」

「うっ……す、凄いですね……」

みんなは僕が出した魔物の死骸を見て呆然としている。

「何か問題でもありますか??」

「あ……いや……ない……」

ニールさんは口を開けたままそう言った。

「これは、後はニールさんにお任せしますね……買い取り額は後ほどでいいですかね？」

アンリーさんが瞳をしばたかせながらニールさんに向かって言った。

「ん、ああ。すぐには出せねーよ……坊主、魔石や素材はどうするんだ？　それもそのまま買い取りでいいのか？」

「うーん。魔石は貰っておきたいです。素材も必要な分は確保したいですね。残りは処分していただければ」

「処分って……買い取るって言ってるだろうが」

「え？　お金になるんですか？」

「当たり前だろぅ！　お前はどこの御曹司だ？　ゴブリンとオーガは食用に適さないが、その他の肉は高級食材として買い取りも可能だ。素材も含めて捨てるところなんか少ないんだぞ？」

そうなのか。

今まで森で倒すのは自分の食糧の分だけだったからな。他は洞窟で魔法石やドロップアイテムを回収していたからまったく気にしていなかった。そもそもお金という概念とは無縁な生活だったから、知らないのも当然か……。

「そうなんですか、勉強になります」

「はあ……アルベルタといったか？　それじゃあ明日の昼以降に来い。その時までには解体しておいてやる」

「はい、アルと呼んでください。解体の件分かりました。明日の昼以降ですね」

「おうアル、それまでには精算しておく。言っておくが解体手数料と、使えないモノの処分料はちゃんと引いておくからな」

「はい、お願いします。あ、ところでニールさんは足を怪我しているんですか？」

杖を突いているニールさんが気になったので訊いてみた。

この人の強さは僕の【洞察】でみてもそこそこ高い。さっき絡んできた数人とは比べものにならないほどだ。そんな人がここで魔物の解体作業をしているのも不思議だと思ったからである。きっと昔は冒険者をしていたのかもしれない。

「ん？　この足か？　ああ、昔の古傷といったところだ」

「そうなんですか……治さないのですか？」

「ふん、治るもんならとっくに治しているさ。治らないこともないんだろうが、そこまで裕福じゃないもんでな」

ニールさんは足が治らない、いや治せない事情があるようだが、この程度なら治るような気がする。

「なるほど、それじゃ解体のお礼に、――【リザレクション】！」

僕は死亡以外の完全回復魔法を唱えた。

キラキラとした光の粒子がニールさんを包み込むと、ニールさんの足は杖なしでも立てるまでに回復する。

その光景にニールさんとアンリーさんは勿論、カイスル達も目を丸くして驚いていた。

そんなに驚くことかな？　僕も洞窟で腕や足を食い千切られたことがあるし、そのためには必要な回復魔法である。この魔法のお陰で死ななくて済んだことも一度や二度じゃない。それこそ数え切れないぐらいだ。

この魔法を覚えた時には、父ちゃんも凄く喜んでくれた。

「ではまた明日伺いますね」

「……あ、お、おい……」

「アンリーさんも今日はありがとうございました。また明日来ますね」

「……え、ええ」

僕達は一礼して倉庫を後にするのだった。

さあ、あとは少し街の見物でもしながら、サティの装備でも揃えることにしよう。


僕とサティは解体所を出て街を歩く。

カイスル達とは、解体所から出た所で別れた。

昨日は古巣である孤児院に泊めてもらったということだが、本来は安宿に泊まっているとのことらしい。孤児院の運営も最近は殊更悪化しているらしく、いくら古巣とはいえ、子供達の食事を奪ってまで滞在するわけにはいかないという話である。

　ということでカイスル達は、午前中は薬草採集に行くということで、ここで別れることにしたのだ。

「カイスル達も大変なんだね」

「うん、なんか手伝ってくれるって言ってくれるのは嬉しいけど、どこか申し訳なく思うよ……」

　サティも少しすまなそうに言った。

　この街という所では、ある程度はお金が必要になるのも必然なのかもしれない。

　まあ余計なお世話かもしれないが、いざとなったら僕のお金を少しはカイスル達に提供してもいいかな、とは思っている。と、サティに先ほど提案したのだが、それはあまりいいことじゃないと窘《たしな》められた。僕には理由が今ひとつ分からないのだが、どうやらお金とは、そう無闇にあげたりしたらいけないようなものらしい。今度もっと詳しく訊いてみることにする。

　ともかくこの世界はお金を中心に回っているようだ。最近お金を手にした僕には分からなかったことだが、この街を見ているうちにそう思うようになってきた。確かに冒険者が冒険者を続ける上で、お金は絶対的に必要なものなのだろう。街を少し見て分かったことは、何を手にするにもお金が要るという点である。

街に入るのにも身分証明をすることができなければお金が必要だし、一昨日からお世話になっているビッドさんの宿にしろ、お金が無ければ泊まれない。食堂に入ってご飯を食べようにもお金が無ければ食べられない。冒険者が使う武器や防具、薬だってお金が無ければ買うこともできない。全てお金を基準にして成り立っている。冒険者が素材として魔物を売ったりしてお金を手にすることは、この世界の流れに沿っているということなのだろう。

うん、なんとなく理解してきたぞ。

僕はといえば今まで全て自分で何とかできたので、その辺りの認識がいまいち理解し難かったけど、この二日でだいたい理解できた。

自給自足で何でもしてきた僕はそれこそお金が無くても困らないけど、この街の人達を見ているとそれでは成り立たないのだと薄々理解できたからだ。お金を媒介して、物品やサービスを提供してもらう。個人個人が得意分野で商売して、それをその分野に疎い人達が利用してお金を得る。そのお金でモノを仕入れたりして、またお金を得るために売る。

冒険者はそれらを使用しながら、その人達が必要なものをクエストなどで依頼され、それを納品することで対価としてお金を手にする。持ちつ持たれつ、適材適所的なもので成り立っているのだね。

　ということでお金はこの世界でとても大切なものなのだとおおよそは理解しました。しかし残念ながら今の僕には、まだそこまで重要視できるものではありません。だってお金が無くてもどうにかできてしまいますから。今までそうしてきたように、これからもそうすれば生きていけるだけの能力はあると思うので。

「ところでサティ？　今は僕の服着ているけど、新しい服欲しくない？」

　サティが元着ていた服はあちこち裂けていてもう襤褸《ぼろ》切れ以上にぼろぼろといった感じだったので、今着ている服は僕のお下がり服である。まだまだ着られないことはないがそんな新しい服じゃないし、女の子が好んで着るような服装じゃないなと、この街の多くの女性を見て思うようになった。

　この街の女性は、冒険者は別としてほとんどズボンは穿《は》いておらず、ひらひらとした色とりどりの布を腰に巻いているような感じだ、これがスカートというものなのだろう、男性とは違い、とても優雅に見える。

「……べ、別にこれでもいいよ」

「うーん、それでもいいっていうけど、肌着は少しあった方がいいよね？　毎日同じもの着けるわけにもいかないでしょ？　僕のパンツでいいならあと何枚か替えはあるけど……何枚欲しい？」

「ひゃっ、ぱ、パンツはいいよ！　ま、毎日洗えばいいから……」

サティは頬を真っ赤に染めてパンツはいいと言う。怒っているのかな？　僕のパンツだってそんなに汚くないよ。毎日替えているし毎日洗濯もしている。匂いがある場合は洗浄魔法【クリーン】だって掛けているから、全く問題なしだし、変な病気もない、はず……。

そんなに嫌なのかな僕のパンツじゃ……。

「そうもいかないでしょ？　それじゃあ、よかったらお金のことは気にしないで、じゃんじゃん買っちゃおうよ」

街を歩いていると様々な商店があり、その中でも衣類を扱う店は結構多かった。おしゃれな衣服が店の中に陳列されており、とても目を引いている。父ちゃんもこんな衣料品店で僕の服を買って来ていたのかもしれないな。

それに買い物っていうのも早く体験したいし、幸いにもお金には困らないだけの額は持っている……と思う。

「……いいの？　本当に買ってもいいの？」

「うん、勿論だよ。気に入った服や肌着。好きなだけ買いなよ」

「うん！」

サティは嬉しそうに微笑んだ。

森で出会ってから初めて見るような満面の笑みだった。

一軒のお店に入ると、そこは何とも形容しがたい場所だった。

今までの僕の知っている範疇《はんちゅう》にない世界。この街もそうだが、衣料品が所狭しと並んだこのお店は、なんと言えばいいのだろうタンスの中の匂いというのか、不思議な感じだ。色とりどりの布で作られた衣服、肌着、特に女性用の肌着は色鮮やかで、ひらひらしたものが付けてあったりと、可愛く目を引くものが多くある。

男物の肌着しか見たことがない僕にとって、そこは未知なる領域だった。

「サティ？　これって何？」

お昼寝に使う大きな目隠しかと思うが、どうも顔のサイズには合わない。小さなものでも目の間隔よりも広いし、大きなものならどれだけ顔が大きな人でも、あんなに目の間隔は離れていないだろうと思えるほどだ。というよりも、片方だけで顔を全て覆ってしまえるほどの大きさのものまである。いったい何だろう……？　あ、そうか、獣人の耳や角隠し？　それにしても、サイズ的に合わないな……。

頭に乗せて耳の位置に合わせながらサティを見ると、

「……」

寡黙に俯《うつむ》いている。というより耳まで真っ赤じゃない？

「どうしたの？　あ、それとこの三角の布は何？　ビヨンビヨン伸びるけど……ん？　ここに足を入れるのかな？　えっ？　これがもしかしてパンツ？　随分小さいね？　なんかはみ出そうだね？　ていうか、……がない！　どうやって……」

三角の布、おそらく女性用のパンツらしいのだが、小さい上に僕が穿《は》いているパンツに付いているような前開き部分がない。父ちゃんに言わせれば非常口とか社会の窓とか言っていたが、意味は不明である。

パンツを伸ばしながらまたサティを見ると、先ほどよりより一層顔を真っ赤にしていて、頭の上から湯気が出そうなくらいだよ。すると、

「……こ、ここはアルの来る場所じゃないよ！　男性物はあっちだよ!!」

そう言いながら僕の手と頭の上からパンツと使用用途が分からない布をひったくり、背中を押されながら、男物の服が陳列してあるスペースへと強制的に移動させられてしまった……。

いったいどうしたというのだろう??

「アルはこっちを見ていてね！　向こうには絶対来ないでよ!!」

顔を真っ赤にして語気が荒いサティ。なんか怒ってる？　怒ってるよね？　もしかしてまたなにかやらかしちゃった？　僕……。

「あ、う、うん、分かったよ……」

僕は訳も分からぬままサティの必死な言葉に、しゅんとしながら頷《うなず》くのだった。

原因はよく分からないが、きっとお風呂で裸を見た時のように、僕の認識不足が招いた

ことなのだろう。後でサティに謝って原因を聞いてみよう。

サティは小一時間肌着と衣服を選び、それぞれ数点買うことに決めたようだった。店員さんに『着て行かれますか？』と問われてサティは僕を見る。どうやら僕の許可を得てからじゃないと着なさそうな雰囲気である。

「着てみなよサティ！」

「う、うん!!」

僕が快諾するとサティは嬉しそうに、ぱっと顔を明るくした。

僕も新しい服を着たサティを見てみたいので、店員さんのナイスな助言に感謝だよ。サティは緑系のシャツとスカートを手に持ち、入り口にカーテンのようなものが垂れ下がった小さな部屋に入ってゆく。店員さんが言うには試着室と言っていた。

ふむ、やはり服を着替えるのも恥ずかしいことなのかな。僕ならどこで着替えても恥ずかしくはないのだけどな……こんな設備があるということは、一般的な常識なのだろう。覚えておくことにするよ。そうこう待っているとサティが試着室から、もじもじと恥ずかしそうに顔を覗かせる。

「着替えたの？」

「うん……でもなんか恥ずかしいな……こんな服最近は着たことがないから……」

「恥ずかしがらなくてもいいよ、きっとサティなら何を着ても似合うよ」

うん、間違いない。絶対似合うはずだ。

「そうかな……」

少しはにかみながら、カーテンをさっと引く。

「おおっ！　うん、似合ってる、可愛いよ！」

服の良し悪しはあまりよく分からないが、似合っているかいないかぐらいは分かる……たぶん。そもそもサティが可愛く見える時点で似合っているのだろう。店員さんもサティをべた褒めである。単に売りたいだけかもしれないが。

「ほ、ほんとう……？」

「うん、マジでマジで。可愛くて飾っておきたいぐらいだよ」

「も、もう……」

そんな僕の言葉に顔を真っ赤にするサティ。

「それじゃあこれ全部くださいな」

僕も何枚かシャツとパンツを店員さんに渡すと、店員さんは元気いっぱいに、「ありがとうございます!!」と言うのだった。

サティの衣服を買った僕達は、物珍しげに商店街を見て回っていると昼時も近くなり、お腹が空いてきたので近場にあった食堂のような所に入ることにした。ビッドさんの所以外では初めての外食というものも経験したいからね。

ちなみに衣料品店では、金貨一枚で結構なお釣りが来た。それを考えたら白金貨とはいったいどこで使えばいいのだろう……やっぱり鬼顔の門兵のおじさんが言っていた通り、滅多に使う場所がないのだろうか。それを考えると、こんなにいっぱい白金貨を持っていても困るだけのように感じてしまう。どうやって使おうかな……まずは、色々と街を見て勉強しようと思う。

新しい服に着替えたサティもどこか嬉しそうで、終始ニコニコと可愛い笑顔である。僕とサティは楽しくおしゃべりしながら昼食を頂くのだった。

ちなみに衣料品店での一件を確認したところ、顔を真っ赤にして少し怒られたのはここだけの話である。どうやら僕が頭に乗せていたのは、乳当て「ぶらじゃー」なるモノだったそうだ。男には必要のないモノらしい……。

昼食も食べ終わり、また僕達は街に繰り出す。ちなみに料理は二人で銅貨九十枚だった。銀貨一枚でお釣りが来た。やはり白金貨の使い道が全く分からない。街中で使えるようなところがあるのだろうか？　なんか不安になってきた。

今度はサティの冒険者用の装備を見て回ろうかと思う。

冒険者になったのでこれから武器や防具が必要だけど、サティはどんな武器がいいだろうか？　精霊魔導師なら魔法に特化した武器かな？　スタッフ、ワンド、錫杖《しゃくじょう》、どれがいいかな？　あ、そうか、それは僕が作ればいいのか。

どうせまだ魔法も使えないってことだし、Ｆランクのクエストを請けながら魔法の訓練とレベル上げもしなきゃならないし、すぐ必要なものでもないし。

とりあえず戦闘用の防具、ローブぐらいは揃えておこう。僕の装備はほとんど自分で製作しているので買う必要もない。武器も防具も僕専用に作れるからね。まあ、父ちゃんの形見のミスリルソードがあれば、武器はそうそう必要としない。ミスリルソードが壊れるほどの戦いなどそう考えられないから。

サティは魔法職だからローブの方がいいだろう。僕は鍛冶こそ、それなりにできるけど、裁縫はまだスキルが低いからいいモノができないので買った方がいいだろう。

「ちょっと防具屋さんに入ってみようか」

「うん」

サティは服を買ってから少しご機嫌みたいだ。もしかして嬉しかったのかな？　でもせっかく新調した服を着たのに店の外に出ると、僕のお古の外套《がいとう》を装着してフードをすっぽりと被ってしまう。べつに街中で外套はいらないと思うのだけど、サティは頑《かたく》なに脱ごうとしなかった。なぜだろうか。

目についた防具屋さんに入ると、金属や革の香りが満ちていて、金属製の鎧《よろい》や革製の防具などが多く陳列されていた。僕はそれらを製作していたが、それがいったいいくらで販売されているかはまったく知らない。なので店の中を見て回って結構驚く。衣服や食事代、宿代としか比べられないけど、防具って結構高い。

多くは銅、青銅製の製品が多い。鉄製の軽量チェーンメイル、いまいち出来は良くないが金貨五枚とか。鉄製プレイトメイルなんて金貨九枚で販売している。これもあまり出来は良くない。そして鋼鉄製になればようやく白金貨の登場だ。魔法付与されたものはとうとう白金貨の二桁の域まで達してしまう……なるほど、こういう所で白金貨がようやく日の目を見るのか。考えてみればそれは頷《うなず》ける。命を懸けて戦う冒険者や兵士が使う防具なのだ。命の価値を考えればそれなりの金額になるのは必然といったところだろうか。

しかしたいして出来のいいものは置いてないな。鑑定してみても上等《ハイ》グレード以上の製品は少ない。こういった製品には作った時にグレードが付与される。粗悪、下等、普通《ノーマル》、上等《ハイ》、優等《マスター》、伝説《レジェンド》。父ちゃんの話に依《よ》れば、伝説《レジェンド》クラスを毎回打てる神匠はそうそういないということだ。巨匠でも優等《マスター》グレードのものを千打って一つ出るか出ないかという話である。僕も未だに優等《マスター》グレードまでしか打てたことはない。いずれ僕もそういう武器、防具を打てる日が来るのだろうか……。

細かく見るとクラスによっても金額が全然違う。下等と上等《ハイ》グレードでは同じものでも倍以上の値段の格差がある。ふう、値段を知ると鍛冶の奥深さがよく分かるね。

そこで思ったのは、クラスが一つ変わっただけで物の価値が随分と変わるということは、僕の製作したものがダンさんの所で結構良い値段で売れていたということになる。まだ幼かった頃は普通《ノーマル》グレードが多かったけど、後半は上等《ハイ》や優等《マスター》グレード以外はダンさんへ渡していなかったことを思い出す。普通《ノーマル》グレードより下のモノは、また再度熔かしてインゴットからやり直していたからね。

それと、初めてこう販売している製品を見たけれども、おそらく素材、鉱石なんかもきっと高価なのかもしれない。僕の場合は洞窟で使いたいだけタダで手に入れることができたが、街近郊では素材や鉱石は手に入りづらいのかもしれないな。それでなければ普通《ノーマル》グレードでも、こんなに高価で取引されているなど考えつかない。

今まで何も知らなかったけど、こうやって見ていくと、僕の鍛冶の腕もまあまあな腕前なのかなと思い始めたりもする。

そしてふと店の中を見回していると、厳重にガラスケースに仕舞われた防具が目に飛び込んできた。

「ん？　あれ？　これって見覚えがある……」

「どうしたのアル？」

サティも僕が不意に立ち止まったので、僕の後ろから不思議そうにガラスケースを覗き込む。ガラスケースに仕舞われているということは、それなりに高価なモノなのだろう。盗まれでもしたら困るような金額なのだろう。

「うん、もしかして僕が打ったものかもしれないと思ってね……」

「そうなの？　どれどれ……」

　その品はバックラー。腕に装着して盾として使える防具である。

『鋼の素材を丹念に打ち上げ強化した逸品』と、店長おすすめといった札が付いている。

グレードは優等《マスター》。販売元にイーナス商会、製作者にALと銘打ってある。

　やっぱり僕の打ったものだった。

「ええっ！　二十枚って、金貨じゃないよ！　白金貨って書いていない？」

　サティは値札を見て、ガラスケースにへばり付きながら驚く。文字を書けないけど、読むことはなんとなくできるようだ。お金の価値も僕よりかは知っているのだろう。

「だよね、見間違いじゃないよね……」

　驚くべきはその値段だった。白金貨二十枚と本当に値札に書いてある。

　えええええっ？　たった一つの盾防具。それも僕が打ったものがそんな値段で売っているなんて冗談でしょ？　と、目を疑った。確かにこれは自分でも出来が良いと思った品だから覚えているけど、こんな値段で売っているなんて到底信じられない。

　きっとあれだ、鬼顔の門兵さんがダンさんは、どうやら有名な商会を経営しているような話をしていたから、もしかしたら少しでも高く売れるようにと、僕のために何か付加価値を付けてくれているかもしれないな。穿《うが》ちすぎだろうか？

　とはいえ、鋼製品でもこの値段。これがもしミスリルやオリハルコン、アダマンティウムなんて鉱石を使用したら、どれだけの金額になるのだろう……それに加えて魔法を付与したとなれば……はうっ、考えるのはよそう……。

しかし、そうはいっても現にこの値段で売っているということは間違いないのだから、僕も少し、いや、大幅に考えを改めた方がいいのかもしれない。実際今度僕の作ったものをどこかで買い取ってもらえば分かるかな？　それもいいかもしれない。とはいえ、ダンさんに他の店には卸すなよと言われているので、そうもいかないかな……。

そう考えながら店を一回りすると、魔法職用のローブが売っていた。

女性用の可愛いものもいっぱいあり、サティに一、二着買おうかと思う。明日以降にはクエストを請け、少し魔法の訓練やレベル上げもしようと考えているのだからなければ困るからだ。普段着で戦わせるわけにもいかないし、まだ生命力も防御力も少ないはずなので、その辺りを底上げするようなものがあれば御の字である。

「サティ、これなんかどうかな？」

僕の後ろを付いて歩いていたサティに、サティに似合いそうな薄い緑色のローブを選んで見せた。比較的防御力もあり良いかもしれないと手に取ってみたのである。

「えっ？　ええっ？」

「うん、サイズ的にもいいみたいだね。冒険者になったんだからこれくらいの装備は必要だよ」

「で、でも、下着も服も買ってもらったのに、その上ローブまでなんて……」

「いいのいいの。どうせ一緒にクエストしに行くんだから、少しでも防御力あった方がいいよね？　先行投資っていうのかな？」

「そうなの？」

僕もよく分からない。投資なんてしたことないから。父ちゃんが言っていたのを真似しただけだし。

「そうだよきっと」

「う、うん」

「すいませーんこれくださーい」

「はいはいは〜い…………………………ゑ!!」

ニコニコと店員さんが現れたが、ローブと僕達を交互に見るなりあからさまに嫌そうな顔をした。

きっとこんな子供にお金が払えるのか？　と、思案するまでもなくそう思ったのだろう。『カネ持っているのかこの若者は？　こっちは遊びじゃないんだ！　冷やかしなら承知しないぞ！』と、顔に書いてあるようだ。それは何故かといえば、このローブの金額が金貨八枚と、おそらく子供には高額商品だからに違いない。

「あ、お金ならありますよ。ほらここに」

「ゑ!!」

僕は白金貨を一枚取り出し店員さんに渡した。使わないと心に決めたのだが、やっぱり使ってみたくなるよね？　ていうより白金貨を少しでも減らしておこうと思う、いざという時白金貨しかなかったら困るからね。

店員さんは白金貨を受け取るなり、裏に表に厳しい視線で見詰め、最終的に鑑定スキルまで使用する始末だ。

「……は、はい確かに！　ではこちらへ」

この店員、絶対に偽硬貨か何かだと思っていたな。失敬な店員だ。そう思ったが口には出さないでおく。だが子供であろうが正規のお金を支払ったらお客様なのだろう。というか、お金がお客様みたいだが……買い物は疲れるものだね。

確認が取れたところで店員さんは、満面の笑みでカウンターへと僕達を誘う。ついでにもう一枚白金貨を渡し、予備にもう一枚色違いのローブも店員さんに渡した。

それとサティに似合う外套《がいとう》と、サンダル履きだった足にブーツも購入し、お釣りを受け取る。これでサティの装備はあらかた揃い、有意義な買い物を終えた僕達は、防具屋さんを後にするのだった。

# 第十話　冒険者の襲撃

私達は食事の後、もう少し街を見物しようと街をぶらつく。

アルは私に肌着や普段着の衣服、それにローブやブーツまで買ってくれ、なんか恐縮するばかりである。けして安くない金額。全部で多分白金貨二枚ぐらいは使ったはず。一昨日街に入る時にたくさんの白金貨をアルが持っていたことは知っているけど、それでも普通に考えればかなりの高額な買い物であり、気が引けてしまうのも当然だよ。

でも、どことなく顔が緩んでしまうのは致し方ない。こんな可愛い服を着たのなんて、幼い頃以来なのだ。

とっても嬉しいよ。

でもアルは少し女の子のことを知らなすぎると思う。アルは衣料品店でブラジャーを目に当てたり、獣人の耳隠しか角隠しだと思って頭に乗せたり、パンツを伸ばしてみたりと、平気で信じられない行動をし、私の羞恥心はここ最近ではなかったほど掻《か》き乱されたのだった。恥ずかしさで身の置き所がないほどである。

三日前はお風呂で裸は見られるし、昨日だって下着一枚で寝ている姿をまじまじと見られてしまった……もうっ……これはアルにちゃんと責任を取ってもらうしかない!!

――って、何考えているんだろ、私……。

でもアルは悪気があってそういう行動をしているわけじゃないので、怒るにも怒れないよね。本当に人里離れた山奥に住んでいたのだろうな、と、つくづく実感したよ。女性とも今まで一人としか会ったことがないというのは、あながち嘘じゃないようなのだ。

女性用のパンツに前開きが無いことを聞かれたが、それは恥ずかしくてとても答えられなかったのは、許してもらいたい……。

「どうしたのサティ？　顔が真っ赤だよ？　どこか具合でも悪いの？」

街を歩きながらそんなことを思い出していた私は、知らず知らずのうちに顔を赤く染めていたようだ。すぐ後ろを歩いている私へ不意に振り向き、その顔の赤さに心配そうに声を掛けてくるアルだった。

「な、なんでもないよ!!」

そんなことを言われて、私は頭の中で考えていたことをかき消すように、強い口調で返事をしてしまった。

「えええっ!?　何怒ってるの？」

いや、怒っているわけじゃない。少し恥ずかしいだけ。

「もしかしてまたなんかしたかな、僕？」

「な、何にもしてないよ。ただ……」

「ただ？」

……ただ、女性用のパンツになぜ前開きが無いかなんて、どう説明していいか分からないじゃない!!

「な、何でもないって!!」

「うわっ……やっぱり怒ってるじゃないか……」

「怒ってないったら怒ってないの!!」

「いや、それ怒ってないって言うの無理があるよ……」

アルは困った顔で頭を掻《か》く。

「……ぷっ、あははは っ！」

そんなアルを見て、なんか無性に可笑《おか》しくなり吹き出してしまった。

「なんだよサティ……怒っているかと思えば急に笑いだして……変なサティ……」

アルは本当に困惑したように首を捻《ひね》るのだった。

アルの後ろを付いて歩いていると、どこか見覚えのある場所を歩いていることに気が付く。

「あ……」

「ん？　どうしたのサティ？」

不意に声を上げた私へ、心配そうに訊いてくるアル。

「ううん、なんでもないよ……」

私は少しドキドキしているけど、心配を掛けまいとそう言う。

どうやら、アルの歩みは貧民街へと向かっているようだった。貧民街、スラムと呼ばれる場所。私がこの街で最後に過ごした場所。そしてそこから里へと逃げたのである。

良い思い出など何一つとしてない。思い出すのも嫌な場所。できればあまり近付きたくない場所なのだ……。

お父さんが死んだ場所。それに多くの無関係な人も死んでしまった場所でもある。それは……。

――すべて私が招いたの……。

私とお母さんが人攫《さら》いに追われ、結果として捕まりそうになった時、不意に私の魔力が暴走した。その暴走を食い止めようとしたお父さん。結果的に暴走は途中で止まったようなのだが、ある程度の魔力は発動したらしく、その私の破壊衝動を直接その身に受けたお父さんは、そのまま死んでしまった……そう、私のせいで……。

それにその付近にいた人攫いは勿論、関係のないスラムの人達まで巻き込んでしまった。人攫いが何人死のうが構わなかったが、無関係な人達まで私は殺してしまったのだ。

その付近で生き残ったのは私とお母さんだけ。お母さんも怪我を負ったが、そのままあの場所にいれば、衛兵さんに捕まってしまうと思い、お父さんの亡骸《なきがら》を残し私とお母さんはこの街から早々に逃げ出したのだった。

――辛い記憶しかない場所……。

私がこうやってビクビクと姿を隠しているのは、そんな後ろめたさがあるからなのだ。あの時、私がそんな魔法を発動させ、多くの人が死んだ事実は消せないし、もしかしたらまだその犯人を捜しているかもしれない。捕まれば牢屋行きは免れないだろう。

「ねえサティ、ここは何だろうね……」

スラムに近付くに連れ荒《すさ》んでゆく風景に、アルは何ともいえない表情で私に訊いてきた。

「ここは貧民街。スラムと呼ばれている所……貧しい人や差別を受けている人達が自然と集まった場所なの……」

「へえ、こんなところもあるんだね……」

「うん……」

「こんなに人もいっぱいいる街だから、色々な人がいてもおかしくないのか……」

「うん……」

「そうか、サティはこの街に住んでいたんだものね、この場所も知っていて当然か」

「……」

この街というか、このスラムにも一年程住んでいたこともある。とまでは言い出せなかった。

「まあ、あんまり良さそうな場所じゃないから向こうへ行こうか」

「……う、うん」

アルはスラムの状況を見て、どんな印象を受けたのかは分からないが、良さそうな場所ではないことだけは理解したらしい。

私も、ここにはあまり長居はしたくない。辛い記憶が蘇ってくるから。

今のスラムの状況はどうなっているのかは詳しく分からないが、一年前と然程《さほど》変わっていないような気がする。もう少し治安が良くなっていたら、お父さんの死んだ場所へ足を運びたいと思うのだが、今はその勇気さえ湧いてこないのが本心である。自分が殺してしまった後ろめたさと、後悔の念が未だ私を苛《さいな》んでいるのだから……。

そんなことを思ってか思わないでか、アルはスラムから遠ざかるように道を曲がる。少し進むと小さな広場がある場所だと私は記憶している。

少しの懐かしさを胸に、その場所までくると、

「やっとお出ましか……」

アルが小さな声でそんなことを言うのだった。

「どうしたの？」

私はアルが何を言っているのか理解できなかった。すると、

「サティ、どうやらまた厄介事のようだよ……」

アルがそう言うと同時に、十数名の冒険者のような人達が私達の周りを取り囲むのだった。

今度は何だろう……？

§

買い物を終えた僕とサティは、もう少しだけ街を散策することにした。

買い物も昼食も終え、街の見物がてら、サティのお母さんの情報になるようなものがないか探すのも目的の一つでもある。とはいえ、ついでのように無闇にそんな情報が転がっているわけがないだろう。世の中そんなうまく事は運ばないのである。

そう思って街を歩いていると、住宅街というより一風変わった風景の場所になってきた。建物は先ほどとは打って変わってボロボロの建物が多い。人影はまばらだけど、ここにいる人達は街で見かけるような人達のように活気に満ち溢れていない。どことなく精気が削がれ、生きることに疲れている。まるで父ちゃんに三日三晩洞窟に閉じ込められた翌日の僕。そんな感じに見える。あれは酷かった。マジでボロボロだったからね。思い出す

だけでも父ちゃんを恨めしく思ってしまうほどだよ。

それはそうと、サティにこの場所が何なのか訊くと、ここがスラムという場所だということが判明した。

なんと、貧しい人とか差別を受けている人がこの場所に集まっているという話だ……。

その点この僕は、お金なんて見たこともないほどの極貧だったろうし、差別を受けるような他人もいなかった。ボッチで山奥暮らしの僕の方が絶対貧しい生活だよね……。

とまあそんなことはどうでもいい。

もしかしたらこの先にサティのお母さんの手掛かりになる情報があるかもしれないな、と思ったが、サティはこの場所に来てから幾分暗い顔をしていた。何か事情があるのかもしれないが、今の僕にはそれが分からない。精霊さんも言っていた通り、いずれサティから話してくれるのを待とうと思う。人の心の中まで土足で踏み込むようなことはしないよ。というより、まだ他人との付き合い方を知らないのもあるが……。

というわけで、雰囲気的にあまりよくない所だと感じ、僕達はこの場所から離れることにしたのだ。

そしてしばらく進み、ちょっとした広場みたいな所に来た時僕達はたくさんの大人の人に囲まれた。

「はあ、やっとお出ましですか……」

冒険者組合からここに至るまで、僕達を尾行してきている気配は気付いていたけど、別に何かをしてくる様子がなかったので放っておいたのだ。それがここにきて姿を見せてきた。

厄介事の匂いがプンプンする。

「サティ、僕からあまり離れないようにね」

「う、うん」

そう言うとサティは、僕の背に密着するように隠れるのだった。

「よう、小僧。痛い目に遭いたくなかったら、分かってるよな？」

冒険者風の男達が十人以上で僕達を取り囲み、その中の一人の男がそんな剣呑《けんのん》なことを言う。初対面なのに挨拶もなしにそんなことを言うのはどうかと思うが、きっとここ数日あったように、この人達も悪者だろうと諦めた。

「こんにちは。痛い目は嫌ですけど、分かってるな、と言われても、なにがなんだかまったく分かりませんが、なんでしょうか？」

僕は考えることなくそう言った。

いきなりそんなことを言われても、なにがなんだか分からないから仕方ない。突然初対面の人にそんなことを言われても、痛い目に遭わせられるようなことなんて思い浮かぶわけもないのだ。

「ふっ、おもしれえ小僧だな」

男は醜悪な顔でそんなことを言う。

小僧言うな！　てことは、完全に僕達に良い感情は抱いていない集団ということだね……。

たぶん付近が貧民街、スラムということもあり、今この広場付近には僕達と不審者以外の人影はなかった。僕達がこういう場所に来るまで襲って来なかった理由がようやく分かった気がする。こんな所じゃ誰も助けにも来ないだろう。

「あのう、僕達に何か用ですか？」

――痛い目に遭いたくなかったら分かってるよな。

そんな男の言葉はあったが、その言葉の意味がまったく分からない僕は訊いてみた。

「おいおい、少しは状況ってもんを考えたらどうだ？」

ニヤニヤと下卑た笑みを浮かべ、元から可愛くない顔を尚更嫌味な顔にする男。

でも考えても分からないものは分からない。そうしているうちにもジリジリと僕達を囲む包囲網が狭まってくる。

――あ、あの人は確か……。

その男達の中に見覚えのある犬の獣人のお兄さんがいた。冒険者組合の入り口前で、今朝方僕に話しかけてきたお兄さんである。

「あ、今朝のお兄さん。そうだ、困ったことがあったらなんとかしてくれるんですよね？　今困っています。なんとかしてください」

「ぶっ‼　はははははははっ‼　傑作だな小僧。お前立場分かってる？」

僕がそう言うと犬のお兄さんと周りの男達は一斉に笑い出す。

僕何かおかしいこと言ったかな？　言われた通り困っているから何とかしてくれと言っただけなんだけど……僕の立場って何？　全然分からないんですけど……。

というよりあの言葉は嘘だったんだな。なんて人だ！　こんな田舎者に嘘を吐くなんて、ほんとに最低な人だよ！

「どういうことなんですか？　僕は何をすればいいのですかね？」

「小僧、お前一昨日の夜街に来たんだったよな？」

「はい、そうです。あ、小僧はやめてください、僕にはアルベルタという名前があります。アルと呼んでくれればありがたいのですが」

「そんなものはどうでもいいんだよ小僧！」

名前をそんなもの扱いされた。

なんて嫌な人だ。僕の母ちゃんが付けてくれた名前をそんなものと軽くあしらうなんて、間違いなくこの人達は悪人に違いない。それにサティが教えてくれた通り、小僧と言うからには僕を小馬鹿にもしているからね。

「小僧！　お前が白金貨を仰山持っていることは知っているんだ。おとなしく出せば痛い目を見なくて済む」

くいっ、とそう言いながら男が顎をしゃくり上げた。

その瞬間、

「――きゃっ!!」

と、僕の背中に隠れていたサティの悲鳴が聞こえた。

僕はサティに向け手を伸ばそうとしたが、もう一人後方の男が割って入りサティは僕から離されてしまった。

男に拉致られてしまうサティ。

「な、なにをするんですか!?　サティには乱暴しないでくださいよ！　僕の大切な友達なんですから！」

そう言いながらサティに向け歩こうとするが、

「おっと、余計なこと考えるなよ？　お友達がどうなってもいいのか？　おとなしく白金貨を出せばそいつも無傷で返してやる。反抗するならそのお友達もただじゃ済まんだろうなぁ」

ニヘラッ、と気持ちの悪い笑みをその悪人面に張り付ける男。

見るとサティの脇腹辺りにギラリと光るものが見えた。ナイフか……戦えないサティを人質にするなんて、マジで卑怯な人達だ。

「そんなに白金貨が欲しいんですか？」

どうやら僕が一昨日白金貨を門兵さんに渡したことを、どこかから聞きつけていたのかもしれない。まあ、あの場には結構人もいたし、鬼顔の門兵さんが大声で白金貨白金貨と連呼していたからね……バレて当然かもしれないよ……。

一瞬角刈り髭面門兵さんの鬼顔を思い出し恨めしく思った。

「ああ、欲しいねぇー。小僧、お前が持っているであろう二百枚くらいの白金貨があれば残りの人生を、一人、二人なら楽勝で遊んで暮らせるんだぜ？　命懸けの冒険者なんてしなくてもいいのさ、分かるか？」

「まったく分かりませんが？」

「はあ？　どこまでおめでたい小僧だ!!　そんだけ金持ってて冒険者になろうって気が知れねえってんだぜ!!　ハハッ！　お前頭おかしんじゃねえのか？」

男はどこか可哀想な動物を見るような目で僕を蔑むように見る。

しかし僕から言わせてもらえば、お金にそれだけ執着する人の方が気が知れない。元々お金なんて見たことも持ったこともなかった僕にとって、数日前までその価値すら知らなかったのだ。僕が欲しているのは最初からお金じゃないし、お金より価値のあるものは、もっと別にある。
そして、その一つを今汚されようとしているのだ。
僕にとってお金より大切な友達を……。
「お兄さん達悪い人達なんだね？　人のお金を強奪するのは強盗っていうんだよね？」
「ぶっ！　はははははっ!!　こりゃマジで傑作だ！　ここまで肝の据わったバカは見たことがねえ。小僧、お前ひょっとしたら大物になるぜ？　だがその大物になるにも生きていればこそだぜ？　だから死ぬのが嫌だったらおとなしく出すもの出せや!!」
悪人確定だね。
後ろを見るとサティは、ナイフを突きつけられ怯えている。
《精霊さんいますか？》
《はい》
《サティにおとなしくしているように伝えてください。必ず僕が助けるから、と》
《はい、分かりました。お気を付けて》
精霊さんは念話でサティに伝えたらしく、その後そんなに慌てることはなかった。
どうしようか。白金貨を渡せばおとなしく解放してくれるかもしれないけど、物語では往々にしてそれだけじゃ済まないのが悪人の常套《じょうとう》手段だよね。それに僕も昨日から冒険者になったのだ。冒険者同士での売られた喧嘩は買っても問題ない。誤って殺してしまっても殺人に問われることはないと、昨日アンリーさんから教わった。まあそれはこちらに非がない場合だけど。幸いなことにここに集まっている男達は、僕の洞察で見てもそうたいしたことがない。昨日、洞窟で最後に戦ったおじさんより断然弱いのだ。

弱い冒険者ほど下賤《げせん》なことをするものなのだな……。

「分かりました……」

僕は覚悟を決め、一枚の硬貨を男へ差し出す。

さっきお釣りでもらった銅貨を。

「おう、素直にそうすれば何も問題ないんだ――って、そりゃ銅貨じゃねーか!! バカにしくさりやがってこのクソガキがぁ!!」

「渡すと言いたいところですけど、僕は悪人に渡すお金は持っていませんし、悪に屈することは絶対しません!!」

「――ぁんだとっコラァ!!」

男が色めき立った次の瞬間、僕は硬貨を後ろ手に親指で弾く。

ビンッ!! と、弾かれた硬貨はサティを拉致っている男のナイフを握る手の甲に直撃する。硬貨は手を貫通し握ったナイフの柄は粉々に砕けた。

「――ぎゃあああっ！」

と、サティを拉致っていた男は絶叫を上げる。

《離れていてください!!》

《分かりました！》

精霊さんにお願いすると、サティは男の拘束を解き素早く行動した。

サティは少し離れた所にある建物の陰まで移動し、隠れながらこちらを窺《うかが》う。よし、これで一安心だ。

「くっ、くそガキがあっ!!」

ワンテンポ遅れて男達が動き出す。

腰に提げた剣や背中に背負った斧を抜き臨戦態勢に入る。大の大人が、寄って集《たか》って一人を攻撃しようと気を吐きながら得物を構える。ほんとにこの世界の悪者ってなんて卑劣なんだろうね。少しは正々堂々という言葉を体現しなさいと言いたいよ……。

「戦うのですか？　そちらが多勢で来るのなら、僕も手加減できるかどうか分かりませんよ？」

「くっ、な、生意気なぁ!!　てめーらっ、やっちまえ!!　金は殺してからでも奪える！ぶっ殺しちまえっ!!」

はあ〜、やっぱり弱い者ほどよく吠えるのかな？

というよりも、僕が死んだら僕の空間魔法【クローゼット】内の物は絶対に取り出せなくなるのに……。

父ちゃん、『テンプレ的展開』の意味がなんとなく分かってきたよ。冒険者になったばかりでこんな頻度で巻き込まれるなんて、『てんぷれ』って怖いものですね。首突っ込んですいません……父ちゃんの教え通り、僕達の命を脅かす敵は全力をもって排除します。と言っても、まだ人を殺す勇気と覚悟を持ち合わせていないので、戦闘不能にするよう心掛けます！　腕の一本や二本は覚悟してもらいますよ。

「「「うおらああっ！」」」「「「やあああっ！」」」「「「どりゃああっ！」」」

と、色とりどりの奇声を上げながら僕の方へと突っ込んでくる男達。

さあ、どうしようかな？　魔法なら加減の仕方を間違うと殺してしまう可能性がある。ここは正攻法で剣のみでいこう。

僕は父ちゃんの形見のミスリルソードを抜く。

人数は十五人。そのうちの一人は手の負傷で既に戦線離脱状態だ。残り十四人。押し寄せてくる冒険者達は、やはり低ランク冒険者なのだろう。年を食っている割には動きが鈍重だ。まるでスローモーションを見ているようである。

ふう、これなら僕が住んでいた山奥の裏山の洞窟に出る魔物などの比ではない。どんなに弱い魔物だってこの数倍は動きが良かった。

——よし、久々に闘気全開で行きますか！

山奥の洞窟では闘気を隠して行動しているのが常で、しばらく闘気など解放したことがなかった。闘気を解放していたのは父ちゃんとの剣の訓練の時だけだったのである。

――およそ二年振りの闘気の解放だ。

迫り来る剣、振り上げられた斧、突きかかってくる槍。

そして僕は隠蔽していた闘気を一気に解放する。

「「「！！！！！！！！」」」

ブォン！　と、僕を中心に空気が環状に動く。

僕の闘気がおじさん達の間を、突風が流れるかのように通過してゆく。

すると、襲い来る冒険者達は一瞬動きをと――。

止め、止まった？

「……??」

えっ？　あれ？　どうしたの？　チョット！

一瞬動きを止めた後、全員バタバタと倒れてしまった……。

「んぇ？　ど、どうしたんですか……??」

そう問い掛けるが、誰一人として僕の声に反応しない。

ある者は口から泡を吹き、またある者は白目をむいてピクピクし、そして大多数が糞尿を垂れ流している。うっ、少し臭うな……。

……………………全員戦闘不能、みたいだ……。

なんだよ、いったい誰が僕とこの人達の戦いの邪魔をしたんだ？　せっかく闘気まで解放してやる気満々だったのに、不完全燃焼この上ないよ……。

何かの魔法かな？　でもそういった魔力はまったく感じなかった。闘気を全開にしていて気付かなかったのか？　いや、だけど見る限りでは精神系の魔法の可能性が高いな……そうすると相当優秀な魔導師かなにか？

もしかしてサティが……いや、そんなことはない。サティは今も建物の陰でこちらを窺《うかが》っているだけだし……。

「う～ん、参ったなぁ……」

僕は訳も分からず闘気を収める。

――はあ、いったい誰がこんなことを……。

僕はこの惨状に、ただただ首を捻《ひね》るのだった。

§

【衛兵師団副師団長　グレイシア】
わたしは街の警邏《けいら》のためスラム方面へと向かっている。

昨日は夜半まで仕事をしていたので、今日は昼からの任務なのです。何故そんな遅くまで仕事をしていたかといえば、それは非常に簡単なことである。

昨日の夕方近くにアル君達が連れて来た悪徳奴隷商と、その奴隷商に攫《さら》われて来たであろうエルフ族の皆さんの処遇を決めるのに、色々と奔走していたからです。

一昨日この街を訪れたアル君とサティエラちゃんが、翌日、まさかそんな大捕り物をしてこようとは、いったい誰が想像できただろうか。まったく夢物語もいいところである。

ガイゼル師団長に説明しても、最初は全く信じてくれなかったし、ほんとに疲れてしまった。悪徳奴隷商ならまだしも、希少なエルフ族の皆さんまでいることに、何と言って説明すればよいか困惑したものである。

初めて目にした大勢のエルフ族の女性達、本当にこの世界にエルフ族がいたと驚きもしたものだ。そういえば、サティエラちゃんもエルフ族っぽいけれども、どこか違うようである。どこが違うのかは正確には言えないが……。

そんなこともあり、気分を変えるために、今日は部下を一名連れ街の警邏をすることにしたのだ。昨今は街の治安も著しく悪くなっており、特にスラム周辺ではよい噂は聞かない。毎日のように傷害事件や殺人事件などの凶悪犯罪が起きており、街の人々の暮らしにも影響が出始めている。

ここ数年スラムでは異常な魔力暴走事件が頻繁に起こり、小規模な街の破壊が頻発してもいた。魔力暴走をさせた人は勿論、付近の人達も巻き込んでの死亡事故が後を絶たず、街の治安悪化の懸念材料になっているのである。特に一年前の魔力暴走は、特段大きな被害を齎《もたら》したが、その事件の中心人物は未だに行方知れずなのだ。中心人物といっても事件を引き起こしたのは、おそらくその場に死んでいたであろう、多くの他の街から流れて来た悪徳奴隷商一味だったので、事件的にはもう解決している。ただ、その魔力暴走を引き起こした何者かに事情を訊きたかっただけなのだ。もしかしたら魔力暴走の中心にいた人族の男がそうかと思ったが、魔力暴走は何故か混血亜人種特有のことらしいので、対象から除外されたのだ。

目撃者もなく、この事件はお蔵入りしたのだった。

そして今この街の冒険者の質が悪くなっているのも懸念すべき問題である。

冒険者組合での仕事のボイコット、不正な相場操作など目に見えて悪質な行動を起こし始めていた。冒険者同士の諍《いさか》いも増え死人が出ることも日常茶飯事である。その多くはこのスラムで発生してもいるのだ。

おそらく殺された冒険者は、不正を働く冒険者の言うことを聞かなかったからそうなったという見解で間違いないだろう。殺された冒険者は比較的真面目な者が多く、不正を働いている冒険者にとっては邪魔な存在だったからだろうから。

ただこれは冒険者間の諍いとして冒険者組合の管轄として処理されるので、衛兵機関での殺人事件としては立件できていない。ただ現行犯や目撃者がおり証拠が十分に揃えばその限りではないので、立派な殺人事件として立件できるはずだ。

そのためにも警邏《けいら》は欠かせないのである。

「ふう、嫌な世の中になりましたね」

「その通りですねグレイシア副師団長」

「あの英雄が亡くなってからというもの、どうしてこうまで世の中が荒《すさ》んでしまうのでしょうか……」

「あの方の存在意義は大きかったですからね。特にこのレーベンの街は彼の恩恵が隅々まで浸透していましたから、これを機にそれを面白く思っていなかった連中が台頭してきたのではないかと……」

「確かにそうかもしれないわね。彼の力はこの世界では見えない抑止力を生んでいましたからね」

わたしは部下と歩きながら、そんな愚痴のようなことを言ってしまう。

「そういえばグレイシア副師団長。一昨晩ガイゼル師団長が保護した少年というのはいったいどんな少年なのですか？」

「えっ、ああ、あの少年は普通の少年よ。ちょっと山奥から出てきて世間知らずなところがあったようでね。師団長が世話を焼いたのよ」

うあー、アル君があの英雄の息子とはまだ言えない。ガイゼル師団長からの口止めもそうだけど、今そんなことを口外しようものなら、この不安定な情勢の街でアルベルタ君が目の敵にされないとも限らないからである。

それに昨日のことも今は伏せているので、この兵士はアル君のことはまだ何も知らないのだ。

「しかし、白金貨を平気で持ち歩いていたという話ではないですか。そんな少年がこの街を一人で歩いていたら命の保証はありませんよ？」

「た、確かにそうね。でも知っているのは師団長と他数人ぐらいでしょ？」

「いいえ、結構な噂になっているようですよ……ほら、ガイゼル師団長殿は、なんと言いますか、地声が大きいので、周りの人達に筒抜けだったようです……」

はっ！　そうだった、あの師団長が門番を食事交代している時だって言っていたわね。

ということは結構な人にあの大声で聞かれていた可能性もあるのか。これは憂慮する事態かもしれない。

それでなくとも鬼のような顔で目立つ人なのだ。それも普段でも大声なのに、それに輪をかけて叫んでいたら、その付近の人達には筒抜け以上に記憶に残ってしまうわね。

「そ、それはまずいわね……」

「そうなのですか」

でも、あの英雄の息子なのだから強いので大丈夫では？　昨日の一件もあるし、心配しなくても良いと思いたいが、実際戦いぶりを見たわけじゃないので何とも言えない。

「まあ我々の人数にも限りがありますし、何事も無ければいいのですが」

「そ、そうね、そう祈るしかないわね……」

「あ、それはそうと昨日捕らえられた罪人ですけど、元Sランク冒険者の奴がいたんですって？」

「へえ～、そ、そうなの？」

いや、知っているけど、言えないわね……。

どうやって倒したかは知らないけれども、間違いなく元Sランク冒険者だった。

「どうも各地での盗賊、人攫《さら》いの常習犯らしいみたいですが、それがああも簡単に捕まるなんて驚きですよね？　いったい誰が捕まえたんでしょうかね。話ではその他の連中も元AランクやBランクだって話じゃないですか。まったく信じられません」

「へえ～、ど、どこの誰だか知らないけど、強い正義の味方はいるものね……」

「全くです。その元Sランク、もしかしたら、ガイゼル師団長と同程度の強さだったと噂されていますからね。そんな奴を倒すなんて、相当な化け物、冒険者組合の組合長ぐらい強くなければ無理でしょうね」

「そ、そうね……そんな強い人なんているのかしら　ね？」

「ええ、まあそうそういないでしょうね。でも兵の間では、専らなんかヘマをしたんだろうって話に落ち着いていますよ。それでなければガイゼル師団長クラスの人を倒せるのは、今は亡き英雄を除けば、それこそ剣豪か剣姫か、ってところじゃないかとみんな言っていますよ、ははははっ」

「そ、そうよね、それしかないわよ、きっと……」

そうよね、いくらアル君が英雄の息子だからといって、十五歳でそこまで強いはずないわよね。きっと、なにか幸運に恵まれたのよね。わたしはそう思うことにした。

「どうしたんですか？　なんか少しおかしいですね、グレイシア副師団長」

「いやいや何でもないわよ。さあ、おしゃべりもそのくらいにして、警邏《けいら》を続けましょ！」

「あ、はい！」

わたし達はそんな話をしながらスラムへの入り口に到着した。

相変わらず荒《すさ》んだ所だ。

二年前まではまだもう少しまともだったけど、最近頓《とみ》にひどくなっていくようだ。

「さあ、いきま――!!」

路地をスラム方面へと上がっていこうとしたところ、途轍《とてつ》もない闘気がスラムと反対方向から膨らんできた。

「!!　――な、なに!?」

「どうしましたグレイシア副師団長？」

「あ、あなたはこの闘気を感じないの？」

「は、はあ、確かに少し違和感は、感じますが……」

そうか、この部下は【洞察】スキルをまだ会得していないのか。

「そんなことより行くわよ！」

「は、はい‼」

わたしと部下は闘気が放たれている方向へ急いだ。

だがこの闘気は尋常ではない。ガイゼル師団長が全開で放出する闘気よりもはるかに膨大と想像できる。桁違いの闘気だ。もし、この闘気の持ち主が悪人だとしたら、わたしでは全く太刀打ちできないだろう。下手に能力が低い人だったら、このとんでもない闘気に中《あ》てられ意識を刈り取られるはずだ。

背中がサワサワと粟立つように寒くなってきた。

こんな化け物じみた闘気の持ち主と対峙《たいじ》しなければならないかと思うと生きた心地がしない。できれば逃げ出したい心境である。

この先にはちょっとした広場がある。たぶんそこか……。

路地から飛び出すと一人の少年が立っているのが見えた。

その周りには十数人の冒険者らしき人達が、抜き身の剣や斧、槍を持ったまま倒れている。わたしの後ろを走っていた部下は途中で闘気に中《あ》てられ蹲《うずくま》ってしまった。なんて情けないのだろう……もしも、もしもこの闘気の持ち主と戦うことになって、まだ生きていられたら特訓してあげるわ。覚悟なさい！

わたしが近付くと闘気は収束し、

「参ったな……」

中心に立つ少年からそんな言葉が発せられる。

「ちょ、チョット君‼」

わたしは意を決し少年へ声を掛けた。

「えっ？　ああっ、グレイシアさん。なんだぁ～、グレイシアさんが精神魔法かなんかで対処してくれたんですね。もう～それならそうと言ってくださいよぅ」

「へっ……？」

少年はアル君だった。

しかしわたしが来たなり妙なことを口走っている。

「突然みんな倒れてしまったからびっくりしちゃいましたよ～」

「へっ？　へっ……？」

いったいこの子は何を言っているのだろう。

さっきの闘気は間違いなくこのアル君から放出されていた。

そして、その闘気に中てられて周りの人達は耐え切れずに失神しているのだ。

「おーい、サティ。もう大丈夫だよ。グレイシアさんがみんなやっつけてくれたよ」

「へっ？　へっ？　へっ……??」

広場の隅の方に隠れていたサティエラちゃんが現れる。

ちょ、ちょっと。わたしは何もしてないわよ？　ええっ？　どういうこと？

「グレイシアお姉さん、本当にありがとうございました!!」

「……」

そうにっこりと清々しい笑顔でアルベルタ君はお礼をしてくる。サティエラちゃんは、どこか悟ったようにわたしを見て申し訳なさそうな顔をしていた。

だからわたし、本当に何にもしていませんって……。


その後、私はアルベルタ君に事の顛末《てんまつ》を聞き、広場に倒れている十五名の冒険者を強盗の現行犯で拘束した。少しおトイレ臭いのはここだけの話……連行は部下に任せました。

わたしは先ほどのアルベルタ君の闘気を受け、その後肌の粟立ちが収まるのにしばらく時間を要するのだった。まるでこの世の存在とは思えない闘気だった……。

## 第十一話　領主様との邂逅《かいこう》

僕とサティは白金貨目当ての冒険者に襲われ、そこに偶然駆け付けてくれた衛兵師団のグレイシアさんに助けられたのだった。

強盗容疑で冒険者達が連行された後、僕はまた色々と訊かれることになり、グレイシアさんに解放されたのは、もうそろそろ夕方になろうとしている頃だった。僕はもう少し街を見て回りたかったのだが、サティは少し疲れた様子だったので、そのままビッドさんの宿へ戻ることにしたのである。驚くなかれグレイシアさんは、衛兵師団でも副師団長という肩書を持っているらしかった。それならあのチンピラ冒険者達をやっつけるだけの力があるんだな、と、納得したものだ。

うーん、なんとなく慌ただしかった一日が終わろうとしている。

昨日念願の冒険者に無事に登録することができたけど、なんかこうも問題が降りかかってくるものなのだろうか？　なんかこの世界は本当に恐ろしい所なのかもしれないと、切実に思うようになってきた。

冒険者になり、これで父ちゃんと同じ土俵に立てた。そう思ったのも束の間。こんなに問題が起こるとは信じられないよ。

そうそう、ちなみに『土俵』というのは試合場みたいなものだと父ちゃんは言っていた。それなら試合場でいいと僕は思うのだが、父ちゃんは頑《かたく》なに『土俵』なんだよ！　と絵を描いて教えてくれた。円形にロープで囲まれた狭い場所で、一対一で半裸のおデブが戦うと言っていたな……なんか想像できないよね。

まあそんなのはどうでもいいね。

しかしこの街を初めてじっくりと見物したが、目に映るモノ全てが物珍しく新鮮な一日だったけど、何故かはよく分からないが、それと同時に面倒なことにも巻き込まれた。

『俺は巻き込まれ体質らしいから、アル、お前もそうなるかもな！』と、父ちゃんは笑って言っていたが、これがその巻き込まれ体質というものだろうか？　昨日確認したスキルにそんなものはなかったが……結構面倒臭いものだな……。

街に来るまでにエルフの里から始まった一連の出来事。まあこの件はサティもそうだし、カイスル達の手助けをできたということで、そう後悔はしていない。むしろ巻き込まれていなかったらと思うと、そちらの方が後悔しそうである。

そして今日、白金貨を狙って襲われた時は、人数差がありすぎてちょびっと真剣になったが、衛兵師団のグレイシアさんに助けてもらい事なきを得た。しかしグレイシアさんは凄い魔法を使うものだね。一瞬で十数人を再起不能にする精神魔法かなにかだろうか？

今度僕も教わっておこう。

でも少し残念だったな。せっかく冒険者になって、正々堂々と喧嘩を買えるようになったから、少し運動がてら腕試しをしようかと思ったんだけど、闘気だけが空回りしちゃったよ。人数が人数だったから少しは楽しめたと思うんだけどね。うん、残念だ。少し鍛錬も兼ねて相手して欲しかったと思ったから。それでも、グレイシアさんには事の顛末《てんまつ》を話して、白金貨目当ての集団強盗事件として、あそこにいた冒険者は全員捕縛されたのだけれど、その際何故かグレイシアさんが平謝りしてきたのだ。

自分の仲間がとんでもないミスを犯したかもしれないと、代わりに謝っておくということらしい。きっとあの門兵さんのバカでかい声で噂が広まったと、グレイシアさんは認識しているのだろう。衛兵師団の副師団長ともなれば、部下の失態も代わりに謝るんだね。偉いものだよ。

夕方になってビッドさんの宿に戻り早めの夕食を摂《と》ることにする。

「ただいまビッドさん」

「おう、おかえりアル。飯はできてるからもう食えるぞ」

「はい、じゃあ早速いただきます」

今日のビッドさんは、仏頂面は変わらなかったが、心なしか上機嫌のようだった。

どうやら知り合いに肉を分配して喜ばれたことに、ここ最近の鬱憤も晴れたようである。僕のことも『小僧』とは呼ばず名前で呼んでくれるようになったのがその証拠だろう。

ビッドさんは動物の肉は知り合いに分けてあげた分も含めて金貨五枚でいいか？　と言ってきた。肉の相場は分からないからそれでいいと言うしかない。どうやら今の相場だと、この三倍から五倍という話である。そう考えれば仕入れを渋るのも頷《うなず》けるよね。三倍でも白金貨一枚と金貨五枚になるから……できれば知り合いには、今の相場ではなく通常通りの相場で分けてあげたかったと言っていたので、ビッドさんの優しさが伝わってくるようだった。僕としては処分するつもりだったから、それがお金になるなんて、正直驚いているぐらいだ。

でも金貨五枚は受け取らず、宿代として受け取ってもらった。

三日分の宿代しか払っていなかったし、しばらくはここを拠点にして冒険者ランクでも上げようかなと思っている。それにサティのお母さんのことだってある。まだ何も手掛かりも掴《つか》めていないのだから宿代として受け取ってもらったのだ。金貨五枚で二人が百日連泊できるので先払いです。ビッドさんは驚いていたが、ビッドさんの心意気がなんとなく気に入ったのでそうしたまでである。その分、ビッドさんの宿に宿泊している間は食堂で食べる料理は無料にしてくれると言ってくれた。やっぱり良い人だよね、ビッドさん。

僕達は早めの夕食も終え部屋に戻ることにする。

でもやっぱり顔の割に夕食も美味しかった。いつかは口に出しそうだな……気を付けなきゃ……。

部屋に戻ってサティにはお風呂に入るように言う。

この宿には山奥の僕の家にもあったようなお風呂が設置されている。父ちゃんの話では、『この世界で風呂文化を広めたのは俺よ！』と、その昔豪語していたことがあったが、どう考えても眉唾である。山奥に住んでいる人が何でそんな文化を広められるのだろうと、僕は半分信用していない。

でもやっぱりお風呂がないと一日が終わった気がしないのは、もう僕が風呂文化を継承している証《あかし》なのかもしれないな。

サティがお風呂に入っている間、僕はマジックバッグの中身を整理しながら、新品のマジックバッグを一つサティ用に使ってもらうことにしようと思う。冒険者になったのだから、そういう装備も必需品だからね。

各種ポーション類や武器、防具等を入れておき、万が一の時使えるようにした。

マジックバッグは個人認証が必要で、三人まで登録可能である。その登録した三人以外は、中身を取り出せない仕組みにしている。だからもし紛失しても中身は盗まれることはない。微弱な魔力を発しているので、登録者の魔力が分かっており、探知魔法さえ覚えていれば、紛失してもその在処《ありか》は簡単に割り出せるのである。

僕の付与した術式なので、僕以外は術式の変更はできないようにしている。まあ時間をかければ解明されるかもしれないけどね。

《アルさんは優秀な方なのですね》

　サティの契約している精霊さんが姿を現した。

「いやあそんなことないですよ。これくらい誰だって作れるでしょ？」

《いいえ、わたくしも長い年月この世界を見てきましたが、アルさんはとても優秀だと見ております。魔法にしても剣術にしても、とてもユニークで他の人にはない何かを感じます》

「もう、そこまで煽《おだ》てないでくださいよ。本気にしちゃうじゃないですか？　父ちゃんなんて僕からすれば雲の上のような存在なんですよ？　僕なんかまだまだですよ」

《うふふふっ、アルさんは楽しい方ですね。サティエラもあなたと出会えて幸せかもしれませんね。これも運命なのでしょうね》

「へーっ、精霊さんも運命とか信じているんですね」

《それは勿論です。この世界は運命によって導かれるのです。アルさんのお父様がこの世界に導かれたのも運命の歯車の一部なのです。そしてこの先の世界の運命もおおよそは決まっていると言われています》

「へーっ。僕にはそんな難しいことはまったく分からないけど、そういうものなのかなぁ」

　意味深なことを話す精霊さん。運命と言っても今の僕には全然分からない。

確かに僕が生まれたのも運命の一環だろうけど、それは僕が選べるものでもないし、今回のサティとの出会いだって、たまたま偶然僕が旅立った日とかぶっただけである。

それを運命と言うのなら、偶然は運命と言ってもいいのかな？　まあ分からないや。

でも父ちゃんがこの世界に導かれたってどういうことだ？　この世界に生を受けたとかじゃないの？　ふむ、でも変なことをいっぱい話していた父ちゃんは、運命的な変態だったのかもしれないな。

「ところで、サティはどうして今まで魔法を使ったことがないんですか？」

《それはあの子の出自に起因します。そしてその環境を絶たれた。今はそれしか言えません。詳しいことはサティエラが後々話してくれるでしょう。それまでは見捨てないでやってください》

「僕は友達を見捨てることはしないですよ。だけど自分から去って行くならその限りではないとしか言えないけど……」

いくら友達でも自分から去らなければいけないことも多分あるだろう。親子でもそうなのだからそれは覚悟をしている。でも一緒にいる間は絶対に見捨てるなんてできない。そんなことができる奴は、父ちゃんじゃないけど、人間の屑《くず》だ。そう言えるだろうから。

《そうですね、それでよろしいかと思います。いずれにしてもそれも運命の導きなのでしょうから……》

「また運命ですか？　でもそれもいいかもしれませんね」

だけど時には運命にも抗《あらが》わなければならないこともあるかもしれない。そんな時も覚悟しなければならないかもね。それが運命だと……。

「サティは魔法の訓練をしてもいいんですよね？」

《はい、魔力の制御は今まで私の制御下にありました。これもアルさんのお陰で心の安定が見込めるようになったので、もう問題がないかと思います。存分に教えてあげてください》

「ん～、なんか難しいこと言ってるようだけど、大丈夫ならいいかな？　早速明日からでも始めようか……」

《はい、よろしくお願いします。それではまた》

そう言うと精霊さんは姿を消した。姿を現すと魔力を消費するらしい。サティといる時は念話が使えるようだけど。

精霊さんと入れ替わりにサティがお風呂から上がってくる。お風呂上がりのサティの白い素肌はとてもみずみずしく輝いているようだった。

「うん、やっぱりその服買って良かったね。とても似合っているし、可愛いよ」

「えっ、ほんと？」

僕が今日買った普段着を褒めると、お風呂上がりでほんのりと赤かった顔を一段と染めるサティ。

「うん、可愛い可愛い」

「あ、ありがとうアル、嬉しいよ」

出会った時と比べると表情も幾分明るくなり、笑顔が多くなってきた。いつまでも暗い表情をしていると、心も鬱々としてくるだろうからね。でも奴隷商に攫《さら》われそうになり、お母さんが攫われて心を痛めているのもまた事実なのだ。それを忘れろとまでは言わないけど、笑顔でいた方が心も幾分軽くなるだろうと思う。

もし僕が旅に出るのを遅らせたり、少し早めたりしていたら、僕の知らないところでサティも奴隷としてどこかに売られていたのだろうと思うと、サティの契約精霊さんが言っていたように、これが運命なのかなと切実に感じてしまう。

――運命か……。

そんな目に見えないものが、本当にこの世界を動かしているのだろうか……。

ということでさっきの続きである。

「サティ。このアイテムバッグをあげるよ。冒険者になってこれから何かと入り用だからね。服とかもこの中に入れておくと、いつでも着替えできるしね」

「え、いいの？　私が貰っても……」

「いいよ、それは僕が作ったものだし、サティは空間魔法がまだ使えないでしょ？」

「うん……でもこの大きさで服とか入れられるかな？」

手に取ってその小ささに首を傾げるサティ。

確かにその大きさじゃ普通ならズボン一、二枚とパンツが五枚くらいしか入らない大きさだ。

「問題ないよ。僕のアイテムバッグと同じで空間魔法を付与してあるから、想像以上のものが入るよ。マジックバッグっていうんだ」

「えええええっ！　そ、そんな高級な物を私が使ってもいいの⁇」

「ははは、高級だなんて大袈裟だなぁ。僕でも作れるんだからみんな持っているんじゃないの？」

空間魔法を習得していれば必要がないアイテムだしね。

「それじゃあ持ち主の登録をしようか。この刻印にサティの魔力を流して」

「ここ？」

「そうそう」

少し分かりづらい所に刻印を打ってある。

持ち主以外が簡単に使えないように、セキュリティも兼ねている。本来は数個手順を踏むのだが、そこは秘密です。このマジックバッグをダンさんに渡した時に説明書も添付しているので、もし買った人がいるならその説明書通りに従います。要は三人まで登録できるので、紛失した場合の保護である。ちなみに三人以上は登録できないけど、その登録を解除すれば他の別な人を再度登録することもできるので、その方法も説明書に記載してある。悪用できないような仕組みになっているからとても安心なのだ。

「うん、それでいいよ。これで中に手を突っ込むと内容物が分かるから、それを思い浮かべながら取り出せばいいよ。入れる時は適当に入れればいいし」

「う、うん……」

サティは恐る恐るアイテムバッグに手を突っ込――まなかった。

ビクッ、としたように手を引き言う。

「わ、私が中に入ってしまわない？」

真剣な表情でそう質問してくる。

「ぶふっ！　あはははは、入らないよ！　持ち主は特定しているし、そもそも生きているものは入れられないよ。あはははっ！」

ああ～、面白い。そんな真剣な顔で言わないでよ。

「そ、そんなに笑わないでよ！　知らなかったんだから……」

ぷうっ、と、ふくれるサティ。

恥ずかしそうにふくれる顔も、また何とも言えない。

「あははは、ごめんごめん」

　ああ、でもこんなに楽しいのは初めてかもしれない。

　父ちゃんと生活していた時が楽しくなかったわけじゃないが、友達とこうして楽しく笑える日が来るなんて、なんだかとても嬉しい。ボッチで過ごしていた時はこんなに笑ったことはない。友達って最高だね。

「あっ、凄い‼　もう色々入れてあるんだね……回復薬や毒消し、ナイフ、ショートソードにスモールシールド。こんなに……貰ってもいいの？」

　少しふくれながらだったけど、アイテムバッグに手を突っ込んだサティは、僕が必要だと思ったアイテムの数々を確認して驚いていた。

「うん、勿論だよ。これから一緒に冒険者するんだから遠慮なく使ってよ」

「うん。ありがとうアル！　大切にするね」

「あはは、壊れる時は壊れるから、そんなに気にしなくてもいいよ」

　冒険者になって戦いに身を置けば、少なからず危険な目にも遭うだろうし、装備やアイテムだって壊れることはあるのだ。そんなことに気を取られて怪我でもしたら本末転倒だ。大切にするなら自分の命だよね。

「いいの、大切にする……」

　それでもサティは、大切そうに両手でマジックバッグを胸に押し付けるのだった。

「あと、魔法職用の杖は後で作るから待っててね」

「うん、ありがとう」

これからサティと一緒に冒険者として活動する。これが運命なら、それは僕にとってはとても嬉しい運命じゃないだろうか。

まあ、サティのお母さんのことは忘れてはいない。そちらも同時に進行させないとね。

「それじゃあ、僕もお風呂入るね」

「うん、いってらっしゃいアル」

タオルを持ってお風呂場に向かうためドアを出ようとしたその時、廊下の方が騒がしくなった。ドタバタドタバタと誰かが階段を駆け上がってくる音がし、廊下の僕達の部屋の前で止まる。

——ドンドンドン!!

と、力強く叩かれるドア。壊れるんじゃね? と思う程の激しさだ。

「はい?」

僕は既にドアの目の前に立っていたので、そのままガチャリとドアを開く。

「——のわっ!」

ドアを開いた瞬間目の前には大きな鎧《よろい》があった。

「おお、アル!」

野太い声が上から降って来る。

上を見上げると角刈り髭面、頬に傷があるめちゃくちゃ怖い鬼の顔が、僕を睨むようにしていた。

「わああっ！　強盗！　……じゃないね。門兵さん⁇」

「がははは、強盗とはご挨拶だな。おお、そうだな、名前をまだ言っていなかったな。オレはガイゼル・ブリフォン。衛兵師団の師団長を務めている」

「はあ、ガイゼルさん……って、師団長？　……ええええっ？　長さんって、もしかして門兵さんがあの中で一番偉い人なの？」

なんてことだ。門の番をしていたこのガイゼルさんという人が一番偉い人だったとは……てっきりただの下っ端の兵士かと思っていたよ……。

長さんといえば、僕がなにかと失敗した時に、父ちゃんが『だめだこりゃ』とよく言い、その人が長さんと言っていたな。その長さんじゃないよね？　まあそれは今まったく関係ないね。

あ、でもそうか。よく考えれば、グレイシアさんと最初にあの尋問室で会った時、ガイゼルさんが上官らしいと思ったよね。なるほど、僕の勘違いだったわけだ……。

「おおそうだ。まあこの街の衛兵の中だけだがな……と、こんな話より前にすることがあったのだ」

そう言うとガイゼルさんは、ドン、と廊下にひざを折って座り込み、両手を床に突いて深々と頭を下げる。

「済まなかった、アル！　オレの軽率な大声で君に多大な迷惑をかけてしまった。この通り謝罪する！　ほんとうに申し訳ない!!」

「——なぁっ！」

筋肉ムキムキの体を小さくして謝罪するガイゼルさんに僕は少し身構えた。

なぜかその姿は滑稽で少し笑いそうにもなる。軽率な大声で迷惑なのはたぶん今もそうだろう。この大声で近所の部屋のドアが開かれ、こちらを覗き見る人達がいた。そもそも地声が大きいのだ。それは静かな場所だったら迷惑以外の何ものでもないよね。

ガイゼルさんが謝っているのは、おそらく先ほど、僕達が白金貨目当ての強盗団（冒険者）に襲われそうになったことを言っているのだろう。

「いやあ、多大な迷惑だなんて大袈裟ですよ。だいいち問題なくグレイシアさんに助けてもらいましたので、僕達の方が感謝しているぐらいですよ？」

「む？　なにを言っている……いや、しかしオレが軽率な大声を出さなければ、こんなことは起こらなかったのだから、オレがすべて悪いのだ。そこは謝罪しなければ他の者に示しがつかんからな」

「そうですか、分かりました……確かに謝罪は受け取りました。ですからその恰好はやめてください」

ドゲーザ。父ちゃんの必殺技と同じ恰好だ。

『いいかアル！　この土下座を会得すれば大抵のことは許される。もし意中の女子がいたらすかさず土下座で頼み込め!!』と、いつぞや訳の分からないことを言っていた。

おそらく謝罪とお願いの最終奥義らしいのだが、父ちゃんは女性に対してそれを使うことで何かを頼むのに使っていたようだ。子供の僕には到底理解できなかったが……なにを頼むんだろう……未だに理解できない……。

「そうか、許してくれるか」

ほっとした顔でそう言うガイゼルさん。

そして凶悪な顔に笑みを浮かべ立ち上がるガイゼルさん。気の弱い人ならそれだけでもおしっこをちびりそうな顔である……。

「うむ、謝罪も受け取ってもらったので、ここからが本題だ」

「――えっ⁉」

そう言いながら僕の肩をがしっと掴《つか》む。

まだ他に何かあるのだろうか？　もしかしてまた尋問とか？　いやいや、もう何もしてないよね僕……。

「な、なんでしょう？」

鬼の顔のガイゼルさんにビビりながら恐る恐る訊いてみる。

「これからちょっと付き合って欲しい」

「えっ？　これからですか？」

これからどこかへ行こうというのか？

いや〜僕はこれからお風呂に入ってゆっくりしたいのですが……なんて言える顔じゃない。怖すぎる……。

「そうだ、さるお方が君にお会いしたいそうだ。すぐに出掛けるぞ」

「……は、はあ……」

猿お方？　猿に会ってどうするんだろう？

そう思ったが、僕はその後ガイゼルさんに問答無用で連れていかれるのだった……猿の元へ……。


僕は夕闇が迫る街を馬に乗ってひた走る。

といっても僕が馬を操っているわけじゃない。手綱を握るのは衛兵師団長のガイゼルさんである。僕はそのガイゼルさんの前にちょこんと座っているだけだ。

でも馬になんて初めて乗ったからなんか楽しい。視線は高いし、この微妙な振動と躍動感は、自分で走るのとは違うどころか気分がいい。若干股間が痛いのはご愛嬌だろうか？

でも残念なのは僕が走った方が断然速いという点だけ。たぶんゆっくり走ってくれているのだろうが、この程度なら軽いランニングの方が、股間が痛くならなくて済むので勘弁して欲しくなる。でもせっかくガイゼルさんが乗せてくれているので文句も言えないところだ。けして顔が怖くて文句を言えないわけじゃないよ……すいません嘘です、顔が怖いので言えませんでした……。

向かう先は、猿お方の家らしい。

猿が僕に会いたいなんて全く訳が分からない。生意気な猿だ。と、最初は思ったのだが、会いに行くのは猿の人じゃないらしい。ある人を差して、然《さ》るお方と言っていただけだそうだ。子供にあまり難しい言い方をしないで欲しいねまったく……あ、昨日で大人の仲間入りをしたから子供じゃないぞ僕は！

まだまだ勉強が足りないな……。

その人はこの街を治める領主様らしく、言ってみればこの街の一番偉い人ということである。領主様は父ちゃんと旧知の仲だったらしく、その息子の僕がこの街に来たことを伝えたら是非会いたいということになり、こうして呼び出しを受けているのである。

サティはビッドさんの宿に置いてきた。一緒に連れてこようと思ったけど用件は僕だけらしいし、ガイゼルさんの馬で向かうということで人数的にも乗れないので残ってもらった次第だ。

明日からのこともあるし、今日も疲れていただろうから早く寝るように言っておいたが、サティはどことなく不安そうな顔をしていた。

馬はランカスターの森の方向とは反対方向に進んでゆく。

街の中心を越えてしばらく進むとこんもりと丘のようになった所に差し掛かった。さっきまで僕達がいた所とは雰囲気が異なり、大きく立派な家が丘の裾から中腹にかけて立っている。家というよりはその大きさからいって屋敷といった感じだろうか？

そしてそのお屋敷群を通り抜けると立派な門扉《もんぴ》を構えた塀が見えてきた。

ガイゼルさんが門扉の前に立つ衛兵さんみたいな人に声を掛けると、大きな門扉がすぐさま開かれる。

「着いたんですか？」

「いや、もう少しだ」

門をくぐるとそこは別世界だった。

今まで建物の間に道があったのだが、目の前には広大な丘と、遠くに見える建物だけだった。薄暮の中で、黄金色に輝く丘は、とても美しく、その美しい丘の上にぽつんと立つ建物は、どこか御伽噺《おとぎばなし》に出てくるような佇《たたず》まいだった。

僕が住んでいた所の畑よりも何十倍も広大な敷地。その丘を馬はひたすら進むが一向に建物に到着しない。小さく見えていた建物が徐々に大きくなってきて、最終的に見上げるほどの高さの巨大な建物だった。

「うひゃああっ、大きいですね……」

「うむ、そうだろう。この街で一番大きな建物だからな」

「へぇーっ、王様が住むみたいな建物ですね」

物語でしか知らないが、たぶん王様とかが住んでいるのは、こんな豪勢な建物なのだろう、と思うほど桁違いに大きい。

「はははは、王の城などこの比ではないぞ」

「ええっ、王様の城より大きいんですか？」

凄い、の一言だ。

「何を言う、逆だ。王城はこの屋敷の何倍も大きいぞ！　この街ひとつが王の住む場所みたいなものだ」

「……」

どうやら逆に捉えてしまったらしい。

しかし、これだけ見事な建物以上に大きな建物なんてあるの？　それにこの街と王様の住む所が同じ大きさなんて、そんな馬鹿げた話はない。この丘から見える範囲の広大な街が王様一人の城と大差ないなんて本当なのだろうか？　でも、グレイシアさんもそのようなこと言ってたしな。

ここは確かめてみる？

「ははっ、冗談は顔だけにしてくださいよガイゼルさん。僕が何も知らない田舎者だと思ってからかって楽しまないでくださいよ」

「む、オレの顔が冗談か？　それは面白いな。面と向かって俺にそんなこと言った奴はお前の父親ぐらいだぞ。ははは、血は争えんというやつか？」

ギロッと睨みそう言うガイゼルさん。

「あ、すいません、ついつい本音が出ちゃいました……」

ふう、危ない危ない。余計なことを言ってしまったね。

「はははっ、驚くのも無理はないか。山奥に子供の頃から住んでいたんじゃ何もかもが物珍しいだろう」

でもやっぱり冗談じゃなさそうだ。

「ですね、ちなみにこの街で何人くらいの人がいるんですか？」

「ふむ、この街でおよそ十万人はいるかな。スラムとか把握できてない場所も含めればもっと多いかもしれないな」

「――!!」

マジですか！　そんなにいるんだ！

まだ正味一日しか見て回ってないけど、せいぜい一万人くらいかと思っていたが、その十倍以上いるの？　今まで僕が洞窟で倒した魔物の数に匹敵するじゃないか！

それならさっきの話、王様一人のための場所が、十万人も住むこの街と同じ大きさ？　それは話を大きくしすぎじゃないか？　僕の頭の中では全く想像できない規模だ。

「む？　そんなに驚くことか？　まあ仕方ないか……よし着いたぞ」

僕が疑いの目でガイゼルさんを見ていると、どうやらようやく到着したようだ。

王様のお城のことはおいておこう、そのうち僕の目で確かめてやる。馬を降りると大きな扉がまたあり、警備の人が二人立っていた。

へーっ、街で一番偉い人だから警備も厳重なのだろうか？

ここなら魔物への警戒なんて要らないだろうにね……というより人に警戒しているのだろうか？　僕も昨日から出会う人出会う人全て良い人とは限らなかったしね。それだけ悪い人がいるってことなのだろう。『良い人ばかりじゃない』ダンさんの言った通りなのかもしれないな。

ガイゼルさんが警備の人に話しかけると扉はすぐに開かれ、そこをくぐるとまたそこそこ広い場所があり、その奥にも扉があった。

いったい何個扉をくぐるのだろう。

そう考えながらガイゼルさんの後ろを付いて行くと、次の扉の前には、いかにも礼装といった感じの人が立っていた。初老の男性で、街の人達と比べても身なりがシッカリとし気品が漂っている。この人が僕を呼んだ人かな？

「お疲れ様でございますガイゼル様。ご足労をおかけしました」

「いいえ、これも仕事ですので」

「ようこそいらっしゃいましたアルベルタ様。主人《あるじ》がお待ち申しております」

「は、はい。初めまして……」

キッチリとした姿勢で腰を折り礼をする男性。

僕に丁寧に様付けするということは、どうやらこの人じゃなさそうだ。主人、ということは、この人はその主人に仕える人。使用人とか執事、バトラーとかいう人なのか。

「わたくし執事のジェルと申します。ご案内致します、どうぞお入りください」

扉を開いて中へ入るよう促すジェルさんという初老の男性。

やはり執事なんだ。物語と同様礼儀正しいんだね。

このお屋敷の主人はグリューゼル侯爵という貴族らしい。貴族。言葉だけは知っているが、その貴族というものがいったいどう役割を担っているのか僕はまだ知らない。でもこの街で一番偉い人だというのだから、それなりに権力とかを持った人なのだろう。まあこのお屋敷を見る限り、僕には縁がない世界だと思う。ビッドさんの宿ですら僕にしてみれば凄く贅沢な感じなのに、今案内されているこのお屋敷はまるで別世界の住人の家という感じだ。こんな所にいたらなんかすごく息が詰まりそうで落ち着かない。

狭くて息が詰まるわけじゃない。家にこんな向こうが小さく見えるような長い廊下があること自体おかしいし、その天井なんて僕の背丈の五倍以上も高いのだ。まるで洞窟内にいるような感じだ。さすがに魔物は出てこないだろうが……もしかして貴族が魔物？

長い廊下を進み、階段を上り、ようやくすると目的の部屋に到着したようだ。なんか、既に気疲れしているのですが、どうにかなりませんかね？

「どうぞお入りください」

執事のジェルさんが僕達が来訪したことを告げると中から返事があり、ジェルさんは扉を開き僕とガイゼルさんを部屋の中へ入るように促す。

中からの返事が女性の声だったので、主人とは女性なのだろうかと思う。

部屋に入るとそこは筆舌に尽くし難いほど、絢爛《けんらん》豪華な部屋だった。

まるで冒険者組合の訓練場かと思うくらいに広い部屋。大袈裟だがそのくらいの広さの部屋である。テーブルや椅子も今まで見たこともないほど綺麗な装飾が施されており、つい最近（一昨日）お金の価値を知った僕でさえ、それが高価な代物だと分かるような物ばかりだ。

奥の方には大きな机があり、その奥に一人の女性が座っていた。

（うはあぁ、なんですかここは？）

（ははは
っ、驚いたか？）

（はい、なんか僕には場違いな場所だ、と本能がそう言っています……既に帰りたいんですけど……)

(はははっ、オレもいつも思うよ)

僕とガイゼルさんは小声で話し、僕の意見にガイゼルさんは同意した。

「グリューゼル侯爵様、アルベルタ殿をお連れ致しました」

執事のジェルさんが扉を閉めると、ガイゼルさんは大きな声でそう言った。

ん? 今なんか変なこと言わなかった? アルベルタ殿? ……なんじゃそりゃ?

「鬼のガイゼル! あんたがそんな畏《かしこ》まって話すとなんか調子狂うのよね? 誰もいない時は普段通りでいいわよ!」

机の奥で座っていた女性? は、すくっと立ち上がるといきなりそんなことを言った。

そして、

「まあああああああっ! まあまああまあ、君があいつの息子? よく来たわねーっ!」

「――ひゅべっ!!」

部屋をピューッっと素早く縦断し僕に抱きついてくる女性。

僕もあっけにとられて動けなかったのは事実だが、そのスピードは僕が予想していた以上にハイスピードだった。不意を突かれたとはいえ自分でも奇妙な声を上げてしまった。

「どれどれどれどれ? ちゃんと顔を見せなさい。んまあああっ! あいつにそっくりじ

ゃない⁉」

「――うにゅっ！」

両手で頬を挟まれ無理やり顔を覗き込まれる。

僕は女性の剣幕に腰が引けるばかりだ。しかも顔を挟む両の手は、思いの外力強い。無理に反抗しようものなら首の骨が折れるかもしれないな……というのは冗談だけど、それぐらい力があるのは本当のことだ。

「おい、イメルザ！　アルが嫌がってるぞ⁉　初対面で自己紹介もそこそこにするような挨拶じゃないだろ！　放してやれ！」

こんな挨拶ありなの？　嫌な挨拶だよ……。

「なによ鬼のガイゼル！　いいじゃない、あいつは私を捨てて行ったんだから、あいつの息子のアルベルタ君は私のモノよ！」

「どういう理屈だよ！　だいたい捨てられるような関係でもなかったろうが！」

「うるさいわね！　私がもう少し大人だったら、絶対私にメロメロにしてあげたんだからっ！」

「にゅ～ぅ……」

僕は頬を思い切り挟まれながら、二人は言い合いをしている。

さっきから何ですか？　捨てただの関係だのメロメロだの、いったい何のお話ですか？

「す、すびばせん、手が、手が、ずごくほずべにくいごんどぇるんでずが（凄くほっぺに食い込んでいるんですが）……」

「ほら、放してやれよ。まずは挨拶からだろ⁉」

「嫌よっ！　もう放さないんだからっ！」

「──ほげっ‼」

今度はガッチリと抱きつかれた。やはり見かけによらず力が強い。

でもすごくいい匂いがするし、ちょうど僕の顔の位置にイメルザさんという人の胸がある。あ、なんか柔らかい。ていうか、苦しい。ギブです！

本気で拒絶すれば抜け出せなくはないと思うが、何故か柔らかい感触に釘付けになった。

サティもそうだったけど、女の人って柔らかいんだね……。

そんなこんなでやっと解放された僕。

「ごめんねぇ～アル君。ついついテンション上がっちゃったっ、てへっ！」

僕が半ば呆然と放心状態で椅子に腰かけていると、イメルザさんはお茶目な顔でそう言った。赤い高級そうな服装──ドレスというのかな？　に身を包み。いかにもお金持ちみたいな領主様である。

「てへっ！　じゃねーよ！　お前この領地の領主なんだろ？　ならもっと領主らしい対応しろよ！」

「いいじゃなぁ～い。やりたくてやっているんじゃないのだから。私だって戦えたんだから、ほんとはあいつと一緒に魔族大戦に行きたかったのよ？　そこでお父様が死んじゃうから悪いんじゃない。跡継ぎに据えられて私も迷惑してるのよ？　それにあいつにはそのまま逃げられ、どこかの女に、こ～んなかわいいアル君を産ませていたなんて！　許せないわ！　そして勝手に死んでしまって……」

「まあそう言うな。あいつだってお前に顔向けできなかったんだろ？　お前の親父さんを死なせてしまったんだから……」

「そんなのは言い訳よ！　戦争なんだからいつ誰が死んだっておかしくないのよ？　それを恨むようなことはしないわっ！　それより私の前からいなくなった方をよっぽど恨むわよ!!」

「まあそう言うなって……アルだっているんだから……」

「というわけでアル君は私のモノよっ!!」

「なにが、というわけなんだよ！　まったく脈絡がねーじゃねーか!!」

「うるさい、ガイゼルの鬼!!」

「なんか鬼が逆だぞ？」

僕抜きで盛り上がる二人。

このグリューゼル侯爵。イメルザさんとガイゼルさんはどうやら古くからの仲らしく、二人共に父ちゃんの友達だという。年齢的にガイゼルさんは父ちゃんと同じくらいか少し上かな？　イメルザさんが二十代前半くらい？　結構若く見える。

こんな若い女性がこの街で一番偉い領主様だなんて嘘みたいだけど。

「ということでアル君！　部屋はたくさんあるから今日から好きな部屋使ってくれて構わないわよ？　できれば私の寝室でいっしょに、ねっ？」

「……お断りします」

「ぶっ！　早速嫌われてやんの！」

「う、うるさい鬼‼」

ストレートにこの屋敷に住むように言ってくるイメルザさん。

こんな屋敷にいたら自由な冒険者活動ができなくなりそうだ。それに息が詰まりそうだしね。そもそも、サティのこともあるし色々と自由にしたいのでお断りした。

というか、なんか身の危険をひしひしと感じたから……。

その後、なんだかんだと話をしたが、僕の知らないことばかり話題に上がるので、生返事をしながら聞いている方が多かった。結局のところ僕はどうしてここに呼ばれたのか未だに分からない。

でも父ちゃんとは二人とも仲が良かったのだろう。父ちゃんの話をする時は、決まって笑顔で話していたし、その父ちゃんが死んだということをとても悲しんでいたから。

小一時間この街の領主様であるイメルザ・グリューゼル侯爵さんの部屋で話をし、ようやく解放された。

話の内容はイメルザさんの剣幕に圧倒され、その半分も理解していない。話の大半も僕は自分のモノだと主張するイメルザさんの独壇場で、こちらから質問も許されないような、そんな雰囲気を常に纏《まと》っていた。下手に質問すると身の危険を感じるので途中で寡黙にしていたというのが本音だけど……。

執事のジェルさんにまた案内され屋敷の外に出た。

まったく色々とあった一日だね。少し疲れてしまったよ。

「結局のところ、僕は何のために呼ばれたんですかね？」

「ははははっ、ただ会いたかっただけだろう。じゃじゃ馬で跳ねっ返りのイメルザだが、あれでいてお前の親父さんを慕っていたんだ。その息子がいたことを心底喜んでいたからな。お前の父親が死んだという情報が齎《もたら》された時など、塞ぎ込んで部屋から出てこなかったぐらいだからな」

へーっ、そうなんだ。

まあ、あの優しくて強い父ちゃんが慕われていたと聞けば、僕もなんだか嬉しくなってくる。父ちゃんは自称ハーレム王を気取っていたけど、そのハーレムという意味は、まだいまいち理解できないが……。

　色々な物語では多くの女性を侍《はべ》らすとか書いてあったけど、実際父ちゃんがそんなことをしていたとは思えない。もしかしたら僕が生まれる前はそうだったかもしれないが、僕と生活していたぶんには、その片鱗も見えなかった。もしかしてたまに買い物に行くと言って女性と逢引《あいびき》していたのかもしれないけど、それは僕には分からない。

「でもなんで、イメルザさんは僕を自分のモノにしたがるんですかね？」

「それは～、なんだろうな？　女心はオレには分からんよ……」

「鬼のガイゼルさんにもですか……」

「鬼言うな!!　イメルザの奴め変な二つ名教えやがって……」

「す、すいません……」

　まったくよくお似合いな二つ名ですね。全然違和感ありませんよ。下手をすればオーガより鬼らしいですからね。うん、間違いない！

「だが、さしずめアルをお前の父親の代わりにしようとしているんじゃないのか？」

「何ですかそれ？」

「さあな、あいつの考えはオレには分からんよ。それじゃ帰るか」

「はい……」

　僕が父ちゃんの代わり？　なにそれ。

そもそも僕は僕だし、父ちゃんは父ちゃんだ。代わりになんてなれるわけないのにね。

馬に乗って進み出したところでガイゼルさんは話し出す。

「ところでアル、お前はあいつの息子なんだ、山奥で籠って修行していたんだろ？　強えんだろ？」

「えっ？　強いかといえば人並みぐらいには強いと思いますけど、まだまだ修行中の身です」

「まあ確かに上には上がいるからな……だが、グレイシアにも昨日、今日と話を聞いたが、相当なものだと言っていたぞ？」

「もう、そんなことないですよ〜。だって昨日冒険者になったばかりですよ？　僕なんかまだまだですよ」

なんで僕が強いと言うんだ？　確かに低ランクの冒険者よりは強いと思うけど、高ランクの人とはまだ出会ってもいない。ガイゼルさんがどれほどの強さなのかは、戦ってみなければ分からないけど、もしかしたら僕なんかよりもずっと強いかもしれない。

「そうか、さっき話していたがしばらくこの街に滞在するってのは本当か？」

「はい、この街で色々と勉強をしたり、冒険者として少しランクを上げてから旅に出ようかと思っていますので、しばらくは滞在しようと思います。ビッドさんの宿にもとりあえず百日分の宿泊費は支払っていますから」

「そうか、って、百日分先払いって……相変わらずどこかずれているな……まあそれはい い、アル、もし時間があったら今度衛兵の訓練施設で相手してもらえないか？」

「えっ！　僕に稽古付けてくれるんですか？」

「お、おう。お前が良ければだけどな」

「勿論伺います。いやーっ、久しぶりだなぁ～誰かに稽古付けてもらえるなんて」

約二年ぶりだよ。父ちゃんが旅に出てからというもの、組み手や剣の相手をしてくれる人もいなかった。寂しく一人で洞窟で魔物を相手にしていただけだからね。後半には雑魚なら遊び相手にもならなくなってきたからな。結局赤龍の所まで毎日行くようになってい たからね。

「そうか、明後日オレは訓練場にいるから、暇だったら顔を出してくれ」

「明後日ですか？　分かりました。どれくらいに行けばいいですかね？」

「うむ、午前中が良いだろう。朝飯を食ってゆっくりと来ればいいさ」

「はい、分かりました！　明後日ならまだ予定も立てていないので大丈夫です。楽しみだ なぁ～」

「そうか、オレも楽しみに待ってるぞ」

ガイゼルさんは鬼のような顔を綻ばせた。僕も久しぶりに修行できるかと思うとなんか とてもワクワクしてくる。衛兵さんといえば、きっとたくさん訓練を積んでいて力や技量も父ちゃんと引けを取らないだろう。そう思ったりした。できればグレイシアさんにも魔法を教わりたいしね。


馬を走らせ丘を下り、街の中を走っている時、昼間に見かけた場所を目にした。

貧民街、スラムとサティが言っていた場所だ。

「そういえばガイゼルさん。スラムって、なんなんですか？」

「む？　おお、この左手一帯がそう呼ばれている」

ガイゼルさんは左の方向を差しそう言う。

この付近の建物は、他の場所の建物とは違い、どこかみすぼらしい。継ぎ接《は》ぎを当てたような壁や、扉が壊れていたり窓が割れている家、路地で蹲《うずくま》る人。どうも同じ街の場所とは思えない。

「二年程前まではまだましだったんだがな……また、昔に戻りつつある……」

「どういうことですか？」

「まあ、貧民という言葉通り貧しい奴らが逃げ込んだ所なんだがな……今では無法地帯って感じだ」

「差別とかがあるとサティに聞いたんですけど、どういうことなんですか？」

「うむ、差別があるのは間違いないんだが、昔よりは酷くない。そうだな、お前の父親がこの街に来る前までは人種と亜人種は相容れないものと考えていた奴らも多く、人種は亜人種を少なからず差別していた時期があったんだ。特に人種とのハーフやクォーターといったらその差別も酷かった。人種と亜人種両方から差別を受けていたからな。当初はそういった奴らが細々と暮らす場所だったんだ」

ふむ、よく分からないけど、差別を受けてた人が集まった所ということなんだね。

「そこでなんで僕の父が出てくるんですか？」

「ああ、あの頃はこのスラムが一番酷い状態の頃でな。お前の父親はその差別を無くそうと奮闘したんだ。『人が人を差別する世界はおかしい!!』そう言ってな」

へーっ、確かに『天は人の上に人を造らず人の下に人を造らず、だ。アル、お前は人を差別するような人間には絶対になるなよ!!』そう言っていたことがあるな。

「そのお前の父親の奮闘の甲斐あって、スラムの住人も自立できるようになり、徐々に差別も無くなってきたんだが。この街が肥大化してきたことと、二年前からお前の父親がこの街を訪れることがなくなってからは、それをよく思わない者達が台頭してきたということだ。まったく酷い話だ」

「父をよく思ってなかった人達ですか？」

「うむ、それもないとは言えないが、要はスラムを改善したお陰で割を食った奴らがいるということかな」

割を食う？　ふむ、よく分からないな。

「なんか難しいですね……」

「そうだな、まだアルにはこういうのは早いかもな。だがお前の父親がやったことは素晴らしいことだと思うぞ。やろうと思ってできることじゃない。スラムもそうだがイメルザも言っていた通りこの街をここまで大きくしたのはお前の父親の力だ」

確かにイメルザさんも言っていたな。

当初辺境の辺鄙《へんぴ》な田舎街だったこの街を、ここまで大きくしたのは父ちゃんのお陰だと。

魔物の進行を食い止めるための最前線的な街として、田舎領主であった前グリューゼル侯爵（旧男爵）が王に命じられ作り上げた街だそうだ。当初一万人にも満たなかったこの街が急激に発展し、冒険者も兵士も王都に引けを取らないほどのレベルになったのも全て父ちゃんがいたからだと……そう話していた。

……ほんとかな？　そう思うのは、あの父ちゃんがそんなことをするようには到底思えないからだ。確かに強くて優しかったけど、時折話してくれることは僕を楽しませるような話ばかりだった。時々バカな話もしていたけど……でも一度もそんな話を聞いたことがなかったし、そこまでのことをしていたら絶対僕なら自慢したくなるよ。

「まあ、後はお前の目で色々見て回るといい。お前はどことなく父親に似ているからな……」

「は、はい……」

そうだね、いきなり山奥から出てきた僕が、今色々多くを聞いても分からないことだらけだ。まずはこの世界の常識を知らなければならないし、冒険者としても勉強しなければならない。一気に詰め込んでも処理しきれないし。

こうして僕はビッドさんの宿に戻るのだった。

§

【冒険者　ゼンクォー】

「おい！　あいつらはどこで油売っていやがる！」

一昨日の晩、いい金づるが見つかった。と、言い出した連中が、今日作戦を決行すると報告を入れてから未だに帰ってこねえ。

話によるとその晩街に入ってきた二人組のガキが複数枚の白金貨を出したということだ。あの鬼のガイゼルが、門前で大声で喧伝《けんでん》したそうだから間違いないということらしい。

最初はたかが白金貨一、二枚で何騒いでやがる。そう思っていたのだが、そのガキが出した白金貨の枚数を聞いて鼻汁が飛ぶほど驚いたぜ。その状況を間近で見聞きしていた行商人の話では白金貨を二百枚ほど出したらしいということだ。金に目ざとい商人がそうハッキリと言ったというのだからまず間違いねえだろう。銀貨と白金貨を見間違える間抜けなんざ商人失格だからな。

「まさかあいつらだけカネを手にしてトンズラしたんじゃねえだろうな？」

「そんなことないでしょう、奴らだって命は惜しいでしょうから」

俺に媚びを売る低ランク冒険者がそう言った。

当たり前だ！　そんなことしようものなら見つけ次第ぶっ殺してくれる。俺はこの街でも今は数少ないAランク冒険者のゼンクォー。泣く子も黙るゼンクォー様とは俺のことだ。

Aランクはランクでもプラスの冒険者だ。AマイナスやAノーマルはゴロゴロしているが、間もなくSランクに昇格するAプラスとなると、今街に残っているのは俺くらいなもんだぜ。

ふん！　英雄が死んだことで多くの高ランク冒険者がこの街の外に依頼で出掛けている。よくもまあ律儀に組合の言うことを聞くもんだ。まったく生真面目で頭が悪い連中だ。

俺は端《はな》からそんな面倒な依頼なんぞ請けることはしねえ。バカな連中だ。こんな美味しい状況をみすみす逃してたまるかってのよ。この街にいながら簡単にカネを稼げるチャンスなのにな。依頼を消化できる冒険者が少ない今、その依頼料を吊り上げ美味しいところを持っていけば楽々稼げるってもんだろ？　簡単な依頼でも誰も請ける奴が出てこなければ、自然と依頼料を吊り上げなければ組合自体も困るからな。

要は頭を使ってカネを儲けるのさ。

今のところ順調に値も上がってきていやがる。食肉なんて以前の三倍以上の値上がり具合だし、緊急を要する依頼も三倍近く値上がってきている。組合も態々《わざわざ》頭を下げて冒険者に依頼してくるぐらいだ。

う～ん、その金額じゃあな～。と一言いうだけで割り増ししてくるまでになってきた。

ちょろいもんだぜ。

そんなことしていたら捕まるぞ？　そう言いたいのか？

ふん、捕まるなんぞバカがすることよ！　捕まらないように頭を使うんだよ！　そのための手下共だ。

と、まあ俺達が独自に動いているように見えるだろうが、まだまだ美味しい仕事も請けているのさ。これをお膳立てしてくれた奴には感謝しているがな。

――ぐはははははっ!!

と高笑いをしていると、下っ端の冒険者が血相を変えて部屋に入ってきた。

「ぜ、ゼンクォーさんっ！　た、大変だ!!」

「ん？　どうした？」

「あの十五人が取っ捕まりました!!」

「ああん？　金づるのガキをどうたらって言っていた奴らか？」

「そ、そうです！」

さっき言っていた、金づるのガキから白金貨を強奪しようとしていた奴らが捕まったと言う。

「なにぃ〜、十五人全員か？」

「そ、そうです！」

「ガキ二人にやられたってことか？」

「いいえ、衛兵師団のグレイシア副師団長にらしいです！」

「けっ！　どんだけ下手打ってやがるんだ！　たかがガキ二人を襲うのに衛兵風情に見つかるなんて、とんだ間抜け共だな‼　しかも副師団長のグレイシアとはな……間が悪いったらありゃしねえ……」

衛兵師団の副師団長に取っ捕まるなんざ、なんてヘマしやがるんだ！

師団長の鬼のガイゼルと、副師団長の鬼の片腕グレイシア……この二人にはこの街で逆らっちゃなんねぇ。

鬼のガイゼルはこの街の兵士の中でおそらくは一番強え奴だ。並みのAランク冒険者なら一捻《ひとひね》りにされる、言葉通り鬼みてえな奴だ。

その副長グレイシアも強えには強えが、女だけあって力はガイゼルには及ばねえ。だがそれを補うように剣技と魔法が優秀だ。それに頭も切れる。脳筋の鬼のガイゼルとは違い、その辺りが厄介だ。

　この旨い汁を吸える時期に下手打って捕まるなんざ、とんだど阿呆共だ……。

「奴ら今回の件、口を割らねえだろうな？」

「それは大丈夫ですよ。今回は別件ですからね。それに奴らだってそこまで馬鹿じゃないでしょう」

「分からんぜ？　てめえ可愛さにゲロするかもしれねえからな」

「まあその辺は信用しましょうよ」

　信用ならないから言っているんだがな……。

　まあ、最悪はトカゲの尻尾切りのようにあんな奴ら切り捨てるだけだが。

「それともう一つ厄介なことがあります」

「なんだ？」

「誰かは分かりませんが組合に大量の魔物を入れた奴がいます。それと街中でも数件の店にどこからか動物の肉が仕入れられたみたいです。それも結構な量の……」

「何だと!!　どこの冒険者だ!?　監視係の奴は何やっていやがる!!」

　近隣の街から仕入れようにも早すぎる対応だ。

　冒険者の出入りは逐一監視し、街に入る前にそんなものがあれば力ずくで没収している。

「そ、それが、知らぬ間に運び込まれたみたいで……」

「ああん？　知らぬ間にだと？　どこの低ランク冒険者だ!!」

「あの、いえ、それが低ランク冒険者の仕業ではないかと……」

「なにぃ？　じゃあ他に誰が持ってくるんだ？　低ランク以外の冒険者はほぼ息が掛かった連中しかいないはずだ！」

「いえ、何と言えばいいか……低ランクでは絶対無理な魔物なんですよ。オーガとかアースドラゴンとかオークジェネラルとか、ワイバーンまであったようです」

「………………はぁ？　……」

今なんか言ったか？

ワイバーン？　聞き違いか？

Sランク冒険者が数名でパーティーを組んでようやく倒せる魔物だぜ？　それでも下手すりゃ死人も出るんだぜ？　Aランクだったら五十人束になっても無理かもしれないんだぞ？　そんな情報すら無かったじゃねーか。それにオーガやアースドラゴン、オークジェネラルもそれ相応におおい魔物だぞ……半端なAランクじゃ一人で倒すことも難しいんだぞ？　ていうか俺でも一人でならぜってー無理だし……。

それが組合に入っている？　おいおい、嘘だろ？

それよりも、これじゃあ計画が頓挫しちまう。

「おい、手分けしてどこから仕入れたか探れ、それと取っ捕まった奴らが追っていた金づるのガキも見つけろ！」

「は、はい！」

仕方ねえ、こうなったら金づるのガキの白金貨も奪っちまえ。

せっかくうまく事が運んでいたのに、とんだ邪魔が入ったもんだ……。

なおかつ今日、あの伯爵に用心棒まで付きやがった。王都の飛び切り優秀な傭兵。

【剣豪ベルグート】

そんな奴がなんであの伯爵に肩入れするのかは知らないが、これで少しでもヘマしようものなら、俺達も消される可能性も十分に出てきたってことだ……。

ちっ、この忙しい時に十五人も取っ捕まっちまうとは、最悪じゃねーか！　あの方の依頼もまだまだ増えてくるってのに、人数が減るはじゃ、本当にやっていられねえ。

「てめえら、気ー抜くんじゃねーぞっ!!」

俺は下っ端共に活を入れる。上手くやらなければ……。

# 第十二話　初クエスト

「よーし！　頑張るぞ〜っ！」

「お、お〜ぅ……」

僕の掛け声に、戸惑いながら手を上げるサティ。なんか楽しい。

昨日領主様のイメルザさんに会いに行き、色々と話をして宿に戻ると、もう結構遅い時間で、サティはもう夢の中だった。

一夜明け、今日は冒険者としての初仕事をすることにする。

ビッドさんの宿で朝食を摂《と》り、冒険者組合に行き薬草採集のクエストを請けた僕達は、街の外に出ることにしたのである。アンリーさんも『気を付けるのよ』と、快く送り出してくれた。『ちゃんとサティエラちゃんを守ってあげるのよ』とも言っていた。当然だよ、まだ何もできないサティを守るのは僕の使命みたいなものだからね。

カイスル達は、僕達が組合に朝早く行きすぎたのか、まだ組合に姿を見せなかった。アンリーさんに言付けをして僕とサティは先に壁外へと来た次第です。まあそのうち来るだろう。

薬草は低級回復薬の材料で、この辺りでは探せばどこにでも自生しているような草なのだそうだが、数は少なく真剣に探す必要があるそうだ。

僕の家があった山奥では歩けば踏みつけるほどいっぱい生えていたが、ここではそんな感じらしい。ところ変われば何とやら。何とも不思議なものだ。

どうせなら中級回復薬か上級回復薬の薬草を採集した方がいいかなと思ったのだが、街の近くには滅多に生えていないそうである。故にクエストのランクも上がり冒険者ランクE以上の仕事になるみたいだ。

山奥ではちょっと森に入れば世界樹の木もあったので回復薬の材料には事欠かなかったのだけどね。しかし地域によってそんな違いもあるのかとまた勉強になったのも確かなので、今のところ贅沢は言っていられない。

今日の目的の薬草は、マキューロ草。低級の回復薬の原料で、すり潰して傷に塗ると若干傷が回復する外傷薬になり、純水と調合することで体力の回復が若干見込める飲み薬といった、どちらにしても若干な回復薬の材料である。魔法で言えば低級回復魔法キュアみたいな感じだろう。ちなみに飲み薬を傷に塗っても若干は回復する。

けど、これも作り手の腕が反映される。やはり武器とか魔道具とかと同様に作成した時にグレードが付くので、その効き目も同じ低級回復薬でも結構開きがあるのだ。今回のマキューロ草のように簡単な【調合】スキルで作成できるようなモノであれば、誰でもハイグレード以上のモノは作れるかもしれないが、超特級回復薬《エクストラポーション》などは、高い【調合】スキルを要求されるので、そうそうハイグレードは作れない。一説によると超特級回復薬《エクストラポーション》の伝説《レジェンド》グレードになると、神の薬エリクサーと似たような効果があると言われているらしい。

僕も特級回復薬《ウルトラポーション》ならハイグレード以上はいつでも作成できるが、超特級回復薬《エクストラポーション》はまだノーマル以下しか作れない。いつの日にか伝説《レジェンド》グレードを作ってみたいものだ。

よし、そんなことより冒険者としての初仕事である。早速、と、その前に、

「ねえサティ。簡単な魔法を少し覚えようか」

「え、う、うん……」

サティは僕とは違い、今まで冒険者がするような鍛錬も何もしたことがなく、武器も魔法も何もできないらしい。冒険者としてこれから一緒に活動するのだから、少しは自分の身を守れるだけの何かを身に付けなければね。

どちらにしても、サティと出会ってからは、かなりの頻度で悪人と遭遇している。一歩間違えたら怪我をしたり、死んでいた可能性だってあるのだ。だから少しでも自分の身は自分で守れるだけの何かを身に付けた方がいいと思う。サティも自分から強くなりたいと言ってきたのだ。その意志も尊重したいから。

「サティの場合、魔力はたくさんあるみたいだし、精霊さんの話に依《よ》ればどんな属性の魔法も使えるみたいだよ」

「そ、そうなの？」

サティは自分の魔法属性すら知らないようだ。

昨晩ガイゼルさんに宿まで送ってもらい、魔法の訓練をしてから寝ようとしていたところに、また精霊さんと少し話す機会があった。その際サティの魔法属性が何か訊いてみたのだ。当然ながらサティはぐっすり寝ていたよ。

僕の認識では精霊さんには、火、水、土、風、光、闇、など、それぞれその属性の精霊さんがいて、術者はほとんどその精霊さんが持つ属性の魔法しか使うことができない。と何かの本に書いてあったのだけど、サティの契約している精霊さんはその全属性を引き出せるということらしい。かなり変わり種な精霊さんみたいだね。サティは意外と何でもこなせる優秀な魔導師になれそうだ。僕なんて父ちゃんと一つ一つ手探りで魔法を覚えてきたので、全属性を習得するまで実際結構な苦労をした覚えがある。確かに魔法には相性があり、火は得意だが水は少し苦手とかそういうのはあるので、父ちゃんも全種類を覚えている魔導師はそう多くはないと言っていた。この六属性の他にも、混合魔法の雷や氷、神秘魔法系の空間、重力などもあるので魔法とはまだまだ多くの種類があるそうだ。

「とりあえずは簡単な攻撃魔法で行こうね」

「は、はい。よ、よろしくお願いします」

少し緊張気味に言うサティ。

たぶん教わる立場なので話し方も敬語になっているのかな？

　精霊魔法とは僕が使う魔法とは少し異なり、精霊を介して発動する魔法である。僕の場合は自分の魔力を自分で発動しなければならないので、魔力の操作が要になる。けれどもサティは魔力の操作をし、それを精霊さんが代わりに発動してくれるので、そう難しい魔力操作は必要ないらしい。自分の魔力プラス精霊さんの操る魔力が加わり、下手な術者より強力な魔法になるそうである。ただ基本的な魔力操作は必須なので、その練度によって魔法もうまく使えるようになるという。まあ魔導師の基礎としては当然なことみたいだ。

「魔法の発動にはイメージが大切だからね。サティの場合は精霊さんにお願いすればある程度は精霊さんが制御して魔法を発動するから、最初は慣れるために精霊さんに任せてみようか。その感覚を覚えて徐々に自分で魔法の制御を覚えた方が、サティの場合は早いと思うよ」

「う、うん。分かった」

　魔法は魔力の制御が一番難しい。保有魔力が少なければ、そんなに気にしなくてもそこまでの大火力や暴走なんてしないのだが、保有魔力が多ければそんな危ないことも起こりうるのだ。だから魔力制御、操作の自己鍛錬は必須ということだね。

　僕もまだ魔法が未熟だった頃、炎魔法の魔力操作に失敗し、火だるまになりかけたりした経験が何度かあった。あの時は本当に死ぬかと思ったが、そのお陰で同時に何種類もの魔法を操れるようになったので、悪いことばかりでもないけど。

しかし、サティには精霊さんが付いているので、そう心配しなくても低級魔法ぐらいなら、難なく制御してくれるだろう。

「まずは基本四属性の低級攻撃魔法を行ってみよう～っ！」

「はい！」

「では、精霊さんもお願いしますね」

《ふふふっ、分かりました。こちらこそよろしくお願いします》

精霊さんも協力的である。火、水、風、土の基本四属性の攻撃魔法を教え、それを実行してもらう。通常ならその属性の基本操作から入るのだけれど、サティには精霊さんが付いているので端折ることにしたのだ。イメージ的にこういうものだと教え、精霊さんにそれを発動してもらう。そんな感じである。

「では行ってみよう！　まずは火魔法です、どうぞ！」

「は、はい！　【スモールファイア】！」

サティの詠唱と同時に手のひらから、ぽん、と火の玉が飛び出し、すすす～、と進み目的の木に当たる。そして、ぷふぉ！　っと燃え上がりすぐ消えた。

「わっ、出た出た!!」

サティは跳び上がって喜ぶ。

うん、初めての魔法にしてはたいしたものだ。僕なんて最初は蝋燭《ろうそく》のような極小の火の玉しか出せず、木を燃やすだけの火力はなかったからね。もっとも四、五歳ぐらいだったからあんまり覚えていないけど、確かそんなものだったよ。しかし、

「でも少し威力がないね。あれじゃあ小さな鼠ぐらいしか倒せないよ。もう少しイメージを膨らませてやってみようか？」

「うん！　分かったよ！」

初めて魔法が発動したので、俄然《がぜん》やる気が出てきたようだ。精霊魔法の良いところは、長々とした詠唱が要らないという点だね。常にイメージと短縮詠唱だけで、魔法名さえ精霊さんに伝わればその魔法は発動してしまう。まったく簡単だ。僕も最初の頃はイメージが湧かず長ったらしい呪文詠唱を行っていたが、今はイメージだけあれば魔法を発動できるまでになった。魔法名を発声するのは癖みたいなものだけど、なければなくても魔法は発動してくれる。これも訓練の賜物《たまもの》だよ。

「ではもう一度行ってみようか！」

「はいっ！」

「こう、めらめら～と燃え盛る炎をイメージするんだ」

「うん！　行きます！　【スモールファイア】!!」

サティの手のひらから先ほどより大きめの火の玉が飛び出す。スーッとよどみなく進

み、目的の木に当たり、ボンッ!! と勢いよく燃え上がる。今度は先ほどとは威力が違うので、炎は消えず、まだごうごうと燃え続けている。

「おおっ！　いいねいいねっ！　それじゃあ、すかさず水魔法で消火しようね。火事になっちゃうよ」

「は、あわわ、あわわわっ！」

自分が放った火魔法で木が勢いよく燃え上がったことに驚き、おろおろと慌てふためいているサティ。

「焦らなくていいよ。そんなにすぐには燃え広がらないから、ゆっくり落ち着いてイメージ通りやれば大丈夫だから」

「ひゃ、ひゃい!!」

そうはいっても焦るサティ。初めての魔法で森を焼いてしまうのではないかと思っているのかな？　このくらいじゃ燃えないけどね。

「うぉ、うぉ、【ウォーターボール】っ！」

焦り気味に詠唱した魔法名。

サティの手から、ひょろひょろと飛んでゆく拳大の小さな水玉。

ジュッ、と燃え盛る目的の木に命中するも、火は一向に消えることはない。火を見て焦ったことで集中力が乱され、魔力操作がうまくいかなかったようだ。いくら精霊さんの力が働いても、術者本人の魔力操作が曖昧だとこういう結果になる。

「あははっ、はい、一度深呼吸して落ち着いて、そしてイメージをしっかり持って、もう一度やってみようよ」

「う、うん。す～ぅ……はぁ～っ、す～っ……はぁ～っ……い、行きますっ！　【ウォーターボール】!!」

「おおっ!!」

ぽん！　とかなり大きな水玉が一直線に飛んでいく。

そして木に当たると燃えていた炎は、ジュワーッ！　と鎮火された。

「いいねいいねっ！　初めてにしては上出来だよ」

「そ、そう？　ありがとうアル……」

《アルさんの教え方が上手ですからね》

「いやいや、サティのイメージ力と精霊さんの魔力制御が優秀なんですよ」

《いえいえ、そんなことはありません。ちなみにアルさんはこの程度の魔法でも相当な威力なのでしょうね？》

「そうだよね、是非見せてよアル」

「えっ？　そんなたいしたことないよ」

まあ、魔力を全開にすれば結構な威力になるかもだけどね。

「そうかい？　じゃあ、火は危ないから水でも出してみようか。【ウォーターボール】！」

普通に魔力を籠め放った低級魔法は、一直線に木に向かう。

——どおおおおぉぉぉぉぉぉん!!

と、その木はおろか近くの数本の木まで薙ぎ倒していった。

「と、まあこんなところだよ」

「……」

《……》

長年の修行でこのくらいはできるようになった。

実際まだまだだろう。きっとサティなら少し練習すればこれくらい一、二年でできるようになると思う。もっともっと研鑽《けんさん》しなければ。

「サティならこのくらいならすぐにできるようになるよ」

「……そ、そうかな……」

《……今のは本当にウォーターボールですか？　まるで上級魔法の【水砲】ウォーターキャノンです……》

「ははは、精霊さん褒めすぎですよ。ウォーターキャノンならこの一帯消えてしまいますよ。そんな危ないことはしませんよ」

《……》

「……」

サティと精霊さんは無口になった。でもサティも初めての魔法でこれだけ威力のある魔法を放てるのだから、少し訓練するだけで、悔しいけど僕よりも数段優秀な魔導師になれると思う。まあ魔法の才能があるサティと田舎者の僕は違うということだろう。およそ十二年も必死にやってきてこれしきなのだから、まだまだだと思うよ。

その後僕達は、魔法の練習の合間に薬草を採集しながら森の中を移動するのだった。

§

【薬草採集　カイスル】

朝、冒険者組合に行くと、アルの姿はもうそこにはなかった。

「少し遅くなったな」

「メノルが食べすぎるから悪いのよ」

「だって、お腹空くんだから仕方がないっスよ」

「お陰で今日の宿代も、飯代もなくなったけどな……」

「う、ごめんっス……」

「はあ、まあいいわよ、また薬草でも探しながらアルとサティを探しましょ？」

「そうだな」

クエストを請けるために受付のアンリーさんの所に行くと、アルから伝言を預かってい て、森で薬草を探しながらサティの訓練をしているとの話を聞いた。午前中はクエストと少し訓練をしているそうなのでそこに俺達も合流することにしたのだ。

昨日はそんなたいした情報は得られなかったが、いちおうは報告して今後の動きも確認しないとならないと思っている。

森に入って薬草を探しながらアルとサティを探す。

今日もとりあえずは薬草を十本は採集しなければ、宿にも泊まれなくなる。最低限それだけは確保したい。なので歩みも遅くなる。下を見ては少し移動しアル達を探し、また下を見ては進む。そんな感じで進む。

「この辺りじゃもうあんまりないわね……」

「ああ、最近じゃ薬草採集ぐらいしかできないから、みんな必死に薬草集めているような感じだからな」

「そうっスね……これだけ探しても、俺っちまだ二本しか見つけてないっス」

「なにやってるのよ、一番食べる人がそれでどうするの？」

「そう言うリーゼは何本見つけたんだ？」

「……一本」

「俺も一本……」

「なんスか！　俺っちが一番じゃないっスか！」

あははは、と面目なく頭を掻《か》く俺とリーゼ。

でも、本当に街付近の薬草が無くなってきている。このままでは薬草採集すらできなくなるのではないかと危惧される。それはそうだろう。中堅の冒険者までもが魔物の討伐をすることなく、無難な薬草採集を請けている状況なのだ。近場の薬草は採集しつくされつつある。そのうち薬草の相場も下がりそうな気配だ。

「もう少し奥に行ってみるか？」

「そうね、サティ達も少し奥にいるのかな？」

「そうっスね、ここじゃあもう薬草薄いっスからね」

「ただ、これより先に行くと魔物も多くなってくるからな。極力相手をしないようにしないとな」

この辺りは初心者でも余裕で薬草採集できる場所で、そんなに魔物も出てこない。出てきても蜘蛛の魔物や飛びウサギといった低級の魔物である。時々グレイドッグが出てくるが、そう頻度も高くない。もう少し奥に行くと魔物も多くなり、たまにゴブリンなども出てくるようになる。戦って勝てないわけじゃないが、もし倒したとしても持ち帰ることはできない。それに無駄に怪我などしてしまったら、ポーションすら買えないのだ。極力出会いたくない。

「アルみたいにマジックバッグがあれば、密かに持って帰れるんスけどね」

「そうね、色々と入っていたものね」

「ない物ねだりしてもしょうがないだろ……」

マジックバッグなんて高級品買えるわけがないだろ。

確かにアルはマジックバッグ持ちだった。ロープや荷車を当然のように出してきていたので間違いない。それに解体所に出したあの魔物の数には驚かされたものだ。あんな大量の魔物なんて見たこともない。それよりもマジックバッグっていうのは、恐ろしく容量があるものだと知った。でもその大量の魔物を倒したアルは、いったいどれだけ強いのかと首を捻《ひね》るばかりである。

しかしマジックバッグなど冒険者でも持っている人なんて一握りである。Sランク冒険者で、稼ぎのいい人達が数名持っているだけで、その他は貴族のような金持ちでなければ買うこともできないのだ。噂では金貨が五百枚以上だという話である。一泊一人銀貨一枚の安宿でさえ泊まれるかどうかと必死こいている俺達の、どこにそんなものを買う余裕があるというのだろうか……まったく余裕などない。生きるだけで精一杯なのである。

「金貨五百枚以上はするんだぞ？　それだけお金があったって、マジックバッグを買うより、孤児院を立て直す方に使うよ」

マジックバッグなど買うぐらいなら先にすることもあるのだ。

「そうっスね。どだいまだ弱っちい俺っち達がそんなに稼げるわけないっスし……」

「そうよね……」

メノルとリーゼは不貞腐《ふてくさ》れたように自分達の力無さと現実を再認識するのだった。

「そのためには冒険者として強くならなきゃな。レベルも上げて冒険者ランクも上げれば、少しは稼げるようにもなるさ」

「でも今のこの状況じゃ無理っスよ。チンピラに殺されてしまうっス……」

「だよね……強くなろうにも、魔物も相手にできないんじゃね……」

「……だ、な」

チンピラ共に圧力をかけられ魔物の討伐もできないのだ。出会った魔物を討伐しようにも、その死骸は持ち帰れないし、魔石だけ取り出して放置するしかない。しかしその放置したものが見つかれば、また問題になる。とにかく魔物の討伐自体してはいけないのだ。

「ダンジョンに行けばいいかもしれないな……」

ダンジョン内の魔物は死骸が残らないのでレベル上げにはいいかもしれない。

「けど、魔石もドロップアイテムも換金できないっスよ？　こないだ組合にそんなのを入れた人が、その後半殺しの目に遭ったたって噂が流れてたっス。というより、近場のめぼしいダンジョンにはチンピラが張り付いているそうっスよ？」

考えることは皆同じなのだろう。そうそう抜け道はないのか。

「だよね……でも、アンリーおばさんに、内緒で引き取ってもらうことはできないかしら？」

「リーゼ……その一言で絶対無理だ。下手すればアンリーさんに半殺しにされるぞ？」

受付のアンリーさんに『おばさん』は禁句である。

ただ、アンリーさんに頼み込めば、少しは俺達のために動いてくれるかもしれない。あの人はそんな人である。

「でも強くなりたいな……」

俺のレベルは12、メノルが11、リーゼが10である。FランクからEランクに上がったばかりで、まだまったく成長していない。このままでは冒険者の廃業も視野に入れなければならないかもしれない状況だ。

「そうっスね……強くなりたいっス……強く……」

「強く……そういえばアルは強かったわね。あの奴隷商の奴らを、赤子の手を捻《ひね》るかのように簡単に倒してしまっていたよね」

リーゼがあの時のアルを思い返しそう言う。

「そうだな。あの強さは本物だろうな」

ダンジョン内での用心棒との戦いは俺しか見ていないが、あの滅法強い用心棒を倒した時でさえ、まだ余力を残しているような戦いぶりだった。レベルとかスキルとか、どこか超越したものがあるように思えてしょうがない。強さの次元が違うのだ。

「アルにお願いしてパーティーに入れてもらおうよ？」

「そうっスね。そうすれば俺っち達も強くなれるかもっス」

「バカ、命を助けてもらったのにそこまで図々しいことできるかよ……」

　命を救ってもらった恩人に、恩を返さないうちにそこまで図々しい真似はできない。サティのお母さんの情報を探り始めてみたものの、まだ少しも情報が集まらないのだ。少しでも貢献してから仲間とかにしてもらうならまだしも、ただ強くなりたいからといっただけでは、あまりにも虫がよすぎる話だろうと思う。

　確かにアルは優しいから、俺達がそんなことを言い出しても嫌な顔一つせず受け入れてくれるかもしれない。しかしそれとこれとは話が別である。ある程度俺達もアル達の役に立ってからお願いするべきだと俺は思うのだ。

「確かにそうね。今のままなら、ただの腰巾着で寄生している感じになっちゃうものね」

「そうっスね、もう少し俺っち達もアル達のためになんかしなきゃダメっスよね」

　リーゼとメノルも分かってくれたようだ。

「そうと決まれば早く薬草探して、アルの所に行こうぜ」

「ういっス！」

「了解！」

そう話し少し森の奥の方に向け薬草を探しながら足を進めた。

二人が地面に集中している時は一人が周囲の警戒につく。そうしなければ、低レベルの俺達は魔物に強襲されたらただでは済まないからだ。不意を突かれたら、飛びウサギにでも致命傷を受け兼ねないのである。慎重を期して行動するに越したことはないのだ。

メノルとリーゼが薬草探しをし、俺が周囲の警戒を担当している時異変が起こった。

「おい、薬草採集中止だ！」

「ん？　どうしたっスか？」

「何かあったのカイスル？」

「静かに……」

三人の中では俺が一番聴力が良い。その耳が遠くで響く僅かな音を拾った。

ん？　なんだこれは……バキバキ、ガザガザと枝を折り藪《やぶ》を掻《か》き分けてこちらへ近付いてくる何かがある。

「こ、これはヤバイな！」

とうとう地面まで少し揺れてきた。

何か大きなものがこちらへと猛然と向かって来ている。

「な、なんスかこの揺れは……」

「なにか嫌な予感がするわね……」

　メノルとリーゼも耳を警戒するようにピコピコと動かし始めた。リーゼは尻尾までピンと立て、未知の脅威に警戒をするのだった。

　ズンズン、と何者かの足音が近付いてくる。すると、

「――!!」

　ようやくそいつを視界に捉えることができた俺は、目を疑う。

「おい、ヤバい！　ビッグボアだ!!」

「へ？　ビッグボアっスか？」

「ま、まさか見間違いじゃないの……」

　メノルとリーゼは、まさかビッグボアなどこの付近で出没するわけがない。そう高を括《くく》っている。確かに普段はこんな所に出るような魔物ではない。もっと森の奥に行かなければ遭遇しないような魔物なのだ。

「いやあれは間違いなくビッグボアだ!!」

　何度か他の冒険者が仕留めたビッグボアを見たことがある。

　バカでかいイノシシの魔物。以前見たモノでも大きいと思っていたが、これはそれ以上だ。遠目でもその大きさが分かるほどだ。今の俺達がどんなに頑張っても勝てないような魔物である。中堅クラスの数名のパーティーでなんとか仕留められるような魔物。今の俺

達では瞬殺されることだろう。

――これはヤバイ！　メノルとリーゼもビッグボアを視界に捉えたのだろう。唖然《あぜん》として見詰めている。突進してくるビッグボアの巨体に、既に恐れをなしているようだ。

「おい！　ぼけっとしてるな、逃げるぞ!!」

「あ、うん！」「うん！」

俺が強く言うと、我に返って頷《うなず》く二人。

俺達は必死に走り出す。まだまだステータスも低い俺達が逃げ切れる可能性は低い。現に後ろからの気配は徐々に徐々に詰まってきている。

「このままだとヤバイ！　みんな全力で走れ!!」

「うッス!!」「うん!!」

二人も必死である。木の枝も背の高い草も、薬草だって関係ない。追いつかれたらそこでおしまいだ。ビッグボアの餌食になってしまう未来しかない。

俺達は、ビッグボアから逃れるために死に物狂いで駆けるのだった。

§

僕達は冒険者の初仕事として街近くの森で薬草採集をしている。

サティと二人でちまちまと腰を曲げながら薬草を摘む。昨日買った薄緑色のローブもこの森とマッチしていて、サティにとてもよく似合っている。いい買い物をしたよ。

でもやっぱり街の中にいるより、こういった森にいる方が落ち着くね。

どうも街中の人でごった返した所にいると、こう、なんかクラクラしてくる感じがする。人に酔うっていう感じなのかな？　決意して山奥から出てきたんだから慣れなければいけないんだろうけど、どうも精神的に疲れてしまう。

まあ、まだ街に来て四日目だから徐々に慣れてゆくしかないのだろうけどね……。

サティの魔法の練習をしながら薬草採集すること数時間が経過した。さすがに精霊魔導師ということもあり、ちょっとコツを教えただけで低級魔法なら無難に発動できるようになっている。まだ魔力操作の未熟な点を考慮しても十分な威力なのだ。

今のところ難点は一つだけだ。まだレベルが低いことで、ステータス自体が低く、魔力量も少ないということだ。もっとも同じレベルの人から比べればサティの魔力は多いようなのだが、それでも低級魔法二十発も放つと魔力が底をつく勢いなのである。それでも僕なんか最初の頃は三、四発で魔力が枯渇していたからね。サティはそれだけ優秀ってことだろう。ということで、薬草もそこそこ集まったので、サティのレベル上げもしたいなぁー、と思っていたら、数匹の魔物がこの付近には徘徊しているようである。

「よし、サティ。魔力は少し回復したかな？」

「うん、もう大丈夫」

「すぐそこに魔物がいるから狩りに行こうよ」

「え、ええっ？　大丈夫かな……」

「大丈夫、大丈夫。気配からしてそんな強い魔物じゃないから安心してよ。サティには傷一つ付けさせないさ！」

少しサティのレベル上げもしておこうと思う。今後のサティの魔法のレベルアップのためにも必要なことだからね。中級魔法を覚えるなら魔力の量も底上げが必要だし、ステータスが高いに越したことはないからね。ステータスが上がると、それだけで防御力や素早さとかが付随して上がるから、それだけで今よりは死にづらい体になるのだ。

幸いここらにいる魔物は、僕が住んでいた所とは違いそんなに強い魔物の気配はしない。今の僕なら剣も魔法も使うことなく倒せそうな魔物ばかりである。僕が少しダメージを与えてサティの魔法を、ちょちょいと当てるだけでおそらく簡単に仕留められる魔物だろう。

父ちゃんはこれを『パワーレベリング』とか言っていた。僕がまだ何もできない小さな頃、無理やり洞窟に連れていかれ、父ちゃんが魔物を極限まで弱らせた後、最後の一撃に僕が小石を投げて仕留める。そんなレベル上げをしたものだ。

詳しくは知らないが、魔物には個体それぞれに経験値なるものがあり、魔物を倒すことによりその経験値が得られるということらしい。その経験値をもとにレベルというものが存在しているということである。

　今朝組合に行った時僕とサティは、パーティー誓約という神聖契約魔法を交わしてきた。アンリーさんの話ではその契約には不思議な効力があるらしく、パーティーの誰かが仕留めた魔物の経験値が同じパーティーメンバーに少し割り振られるという話らしい。まあそれはメンバーが一定距離以内の話だそうだが。

　こんな便利なシステムがあるなんて知らなかったよ。まあ、父ちゃんと洞窟に潜っていた時は、ほぼ僕がとどめを刺すように父ちゃんが仕向けてくれたからね。最終的に魔物を仕留めた人には、他の人に割り振られる経験値より多い経験値が入るそうなので、とどめはサティに刺してもらうことにする。

　ちなみに動物は魔物と違い魔法石が体内に無い生き物のことで、それを倒しても経験値は入らないということだ。まあこれは父ちゃんにも聞いていたので少しは理解している。

「う、うん、じゃあ行きます」

　サティは緊張した面持ちで頷《うなず》く。

「よーし、そんじゃあレッツラゴー!!」

「れ、れっつら……??　なんなのそれ??」

「ん？　僕もよく分からないけど、父ちゃんがよく言っていた掛け声だよ。出発の際の掛け声らしいよ」

「……？」

ふーん、と不思議そうにしているサティ。確かに父ちゃんは時たま、たぶんこの世界の言葉とは違う言葉を言っていた。

少し先に進むと飛びウサギがいた。そのうちの一つだ。

力は強靭《きょうじん》である。強靭といっても低級の魔物なのでたいしたことはない。せいぜい僕の背丈の二倍くらいの跳躍力を持っているぐらいだ。

「サティ、いたよ。僕があいつの行動を止めるから、止まったところを、そうだな、土魔法の【石弾《ストーンバレット》】で仕留めてよ」

「は、はひ……が、がが、ががが、ががむばります！」

サティはカチカチに緊張している。

「ねえサティ？　そんなに緊張していたら魔力の制御できないよ？　はい、深呼吸、深呼吸」

すううううううううううううううううっ……。

はぁあああああああああああああああああっ。

なんか僕も一緒にやってしまった。初めての獲物だから緊張するのも仕方がないか。たぶん一匹仕留めたら緊張もなくなってくるだろうね。

「落ち着いた？」

「う、うん」

「よし、それじゃあ行ってくるよ。合図したら落ち着いて狙って撃つんだよ」

「はいっ！」

距離はおよそ十メートルで、僕は一瞬でその距離を詰める。

ちなみにメートルという単位はこの世界にはない単位なのだ。よく分からないが、父ちゃんはこの単位でしか距離を測れないらしく、僕もそれで通している。

まあそんな話は今はどうでもいいね。

僕は常にスキルを使っているので、飛びウサギに悟られることなく接近に成功。剣を抜くと同時に後ろ足二本を切り落とす。いきなり後ろ足を切り落とされた飛びウサギは、きゅーっ！　という悲鳴をあげコロコロと草の上を転がった。このくらいなら狙えば当たるはずだ。

「サティ、いいよ‼」

「は、はい！」

僕が声を掛けると茂みに隠れていたサティが立ち上がり、飛びウサギに向けて手を翳《かざ》す。

「【ストーンバレット】‼」

拳大の大きさの石が出現し、サティの手から放たれる。

先ほどまでの練習の甲斐あってか、そこそこのスピードで十メートルの距離を飛んでくる石弾。しゅん！

――ガツン!!

と、飛びウサギの頭に命中。

おお、コントロールがいいな。だが飛びウサギを一撃で昇天させるほどの威力がなかった。まだ生命力が残っており、気絶している程度である。

「サティ。もう一発撃てる？　もう少し威力を高めるようにイメージしてね。こいつはもう脳震盪《のうしんとう》で動けないからゆっくり落ち着いてでいいよ」

「は、はい！」

サティは一発当てたことで少し気分的に余裕が生まれたような顔をしている。うん、いい傾向だね。

「【ストーンバレット】!!」

「おおっ！」

さっきより幾分大きな石が生成され、ビヒュンッ！　とうなりを上げ飛んでくる。

集中してイメージできたであろう石弾は、先ほどの数倍のスピードで飛びウサギへ命中。

ゴン!!　といい音がして飛びウサギの頭蓋を砕いた。

「やったよ！　やったよ、サティ!!」

「……あ、う、うん!!　やったぁ！」

僕がそう言うと、真剣な表情で飛びウサギに向け手を翳《かざ》して固まったままだったサティは、ワンテンポ遅れて返事をし、そして拳を小さく握り喜んだ。

「あっ！　……な、なんか体が少し温かくなったよ」

おっ？　早速きた？

「よかったね、早速レベルアップしたようだよ！」

「え？　レベルアップ？」

レベルが上がると体が少し火照ったり、どこからともなく力が漲《みなぎ》るような感覚が起こるのだ。

『テテレテッテッテテテ～ン！　アルはレベルガ、1、アガッタ。チカラガ、3、アガッタ。スバヤサガ、2、アガッタ……』と、レベルが上がると父ちゃんは時々そんな変な口調で話していたことを思い出す……あれはいったい何の口調を真似していたのだろう？

まったく、子供ながらにバカにされているような感じだったよ……。

「そうだよ、たぶんレベルが一つ上がったんだよ。最初のうちは上がりやすいんだ」

「そうなんだ……」

おそらくサティはレベル1だったのだろうから、弱い魔物一匹でもすぐにレベルが上がるはずである。レベルが上がってくると、徐々にレベルの上がりも渋くなってくるのだ。どういうシステムでそうなっているのかは不明だが、父ちゃんが言うには、それがこの世界の常識だという話だ。なので難しいことは考えないようにしている。ちなみに僕はもう魔物の一匹や二匹じゃ上がることはない。最近なんてもう随分上がってないよ。

その後、飛びウサギ二匹と大蜘蛛三匹、グレイドッグ一匹を仕留め、サティの疲れが見え始めたので少し早いが今日の冒険者初仕事を終え、街へと戻ろうかという話になった。

あまり無理をしてもいけないからね。

特に魔法は精神力を使うから、最初は肉体の疲労より莫大な負荷がかかるのだ。

「サティ、大丈夫かい？」

「うん、少し疲れただけ」

歩きながらにっこりと微笑むサティ。大丈夫そうだね。と思った時、

「――ん！」

少し進んだ所で僕は魔物の気配を感じ取った。そんな強くない魔物は無視して進んでいたのだが、これはこの辺りで感知した魔物より幾分強そうな気配だ。

「アル、どうしたの？」

僕が妙な声を上げたのでサティが不審に思い訊いてくる。

「うん、ほんの少しだけ強い魔物が近付いてくるよ」

「えっ、大丈夫なの？」

「うん、これぐらいなら全く問題ないよ……けど……」

けど、その魔物に追われている人達がいる……ん？　三人か。

　このぶんだと追いつかれるな。それにその人達の力的に見ても魔物が優勢である。力を隠しているなら別だけど、逃げていることからそれはないと判断できる。

「サティ、僕から離れないでよ。少し走るからね」

「うん、分かった」

　僕はサティが付いてこられる速度で走る。うん、早歩きかな。

　気配の方へ進むと逃げてくる三人と魔物が見えた。魔物はビッグボアだ。そこそこ大きい、体長は三メートルくらいかな？　そしてこともあろうか、逃げている三人は馬鹿正直に一直線に走ってくる。

「「「わあああああああああああああああああああああっ！」」」

　と、声を上げている方が疲れそうな感じだ。

　あれ？　どこかで見覚えがある顔の三人だな？　でも、必死で泣きそうな形相なので見間違いかもしれないな……あれ？　カイスル達じゃないか？　なんでビッグボアに追われているんだ？　と、そんなこと考えている場合じゃないな。このままだとカイスル達がビッグボアにやられてしまうよ。

　僕はビッグボアの進行方向直線上に立つ。

「サティ、少し横にずれていて」

「うん」

サティは素直に僕の言うことに従う。

しかし、ビッグボア相手に馬鹿正直に真っ直ぐ逃げるなんて間抜けだろう。相当経験が不足している。イノシシの魔物相手にそれはない、相手は何かに当たるまでは、よっぽどじゃなきゃその方向を変えないぞ？　自分達が激突されるか木に当たるか……。

「おーい!!　横に逃げろーっ!!」

僕は大声と体を使った合図でカイスル達にそう呼びかけた。

「「「……うあぁ？」」」

僕の姿を確認したであろう三人は、その声と合図で。たあーっ！　と横に飛ぶ。なんか滑稽な感じだ。急に横に飛んだカイスル達。そして、進路上から突然いなくなった獲物にビッグボアは困惑したような行動を取るが、突進はすぐには止まらない。ややあって進路上の先にいる僕に気付いたのか、狙いを僕へと変更するビッグボア。

「さあー来なさい!!」

止まっている僕を見た途端、しめたと思ったのかもしれない。顎を引きながら牙を僕に向けてくる。

「いいのかい？　そんな無防備に小さい脳を入れてあるところを晒《さら》して」

顎を引いたことで天を向いていた頭頂部が真正面に晒される。

——迎え討とうではないですか！

この程度なら武器も魔法もいらない。この拳一つで十分である。

眼光鋭く猛《たけ》り狂いながら突進してくるビッグボア。

僕は拳を握り、父ちゃん直伝のカラーテの正拳突きの構えを取る。

『無手なら空手は最強だ！　たぶん……そら手とは違うぞ？　あれは腱鞘《けんしょう》炎だ』と言っていたな。最初は『ケンショー炎』という炎技が強いのかと思ったが、あれはただ痛い手首の疲労性炎症だけだった。おっと、余計なこと考えている場合じゃない。

目前に迫るビッグボア。もう僕を仕留める気満々である。もう一段顎を引き牙を下から突き上げようとしているのが丸分かりである。

「きゃっ！」

猛然と突っ込んでくるビッグボアを見て、サティが悲鳴を上げる。傍から見れば重量級のビッグボアに僕が轢《ひ》かれてしまうように映るだろう。

下半身の土台を固め、丹田に力を籠めると同時に僕は拳を突き出す。

「むんっ！　はあああーっ!!」

拳はビッグボアの脳天を打つ。受け止めた衝撃が腕から肩腰と伝わり、両足は地面にめり込む。

――どごおおん!!　という鈍い音と共にビッグボアの突進はピタリと止まった。

そしてぐらりと、そのままゆっくりとビッグボアの巨体は傾き、ドスン！　という地響

きを立て地面に倒れ込む。ふう、久々にいい感触だったな。あ、

「ねえサティ！　石弾【ストーンバレット】一発だけ撃てる？」

「……え、う、うん」

僕がビッグボアの突進を止めたことに唖然《あぜん》としていたサティが我に返って返事した。

倒れたビッグボアはまだ生きている。しかし虫の息なのでサティの魔法でも十分とどめを刺せるだろう。

「ここ、ここ。ここを狙ってね」

僕はビッグボアの拳の型が付いた脳天を指差し言う。

「は、はい！【ストーンバレット】!!」

ボクォ!! と鈍い音が響いた。サティの放った石の弾は狙い通りの場所に当たり頭蓋を割り、ビッグボアは、ぐふぅ〜、と最後の息を吐く。

「やったねサティ！」

僕は、グッ！　と、親指を立てる。

「うん!! ――――ひっ！　あ、あ、ああ、っ」

元気よく返事をしたサティだったが、返事をした後様子がおかしくなった。

ふらふらと身を捩《よじ》りながら、立っているのがやっと、といった感じだ。

「ど、どうしたのサティ!?　もしかして魔力の枯渇かな!?」

魔力が枯渇してしまうと倦怠感を伴い、時には気を失ってしまうことがある。

少し無理をさせすぎたかな？　僕はサティに駆け寄り倒れそうな体を支え……。

「……ん？」

「……う、くっ、あ、ああん……」

体を支えるとそんな吐息がサティの口から洩《も》れる。

あれ？　どうも様子がおかしい。魔力枯渇なら顔面蒼白になり、苦しそうに声も切れ切れになるはずだ。しかし今のサティは顔を紅潮させ恍惚《こうこつ》とした顔をし、悶えるような声を出している。

「あれ、もしかして今ので数段階レベルアップした？」

「はうっ♡」

どうやらそうみたいだ。

経験値は強い魔物ほど多く保有しているものと聞いている。ということはビッグボアを倒したことにより、まだ低レベルのサティは数段階一気にレベルアップしたのかもしれない。

僕も経験があるが、レベルが一つ上がる時はほんわかと温かくなり力が漲《みなぎ》る感じだけど、数段階一気に上がると体が熱くなり、どことなく気持ちよくなるのだ。得も言われぬ快感、って感じかな？　まあそんなにこの感覚は長くは続かない。しばらくすれば元に戻るよ。うるうると瞳を潤ませ熱い吐息をはいているサティを、大きな木の下に座らせた。

　すると、

「た、助かったよアル……また助けられちまったな。はあはあはあ……」

「もう死ぬ覚悟ができたところだったっス。ハアハアハア……」

「ほんと死ぬかと思ったわよ。はあはあはぁ……」

　そう息を切らせながらカイスル達三人が近付いてきた。

「大丈夫？　怪我はない？」

「ああ、枝や草で少し切ったぐらいだからなんともない……ほんと、マジで危機一髪だったよ……」

　息を切らせ、命拾いしたことを三人で心底喜び合っていた。僕は少し切り傷がある三人の治療をしてあげると、また大仰にお礼を言ってきたので、そんな毎回お礼なんていらないと言った。

「でもあれだな……やっぱり強くなりたいな……」

「そうっス……アルみたいに強かったら逃げずに戦えるし、死にそうになることも少なくなるっスよね……」

「そうね……でも、そう簡単に強くなれないよね……」

　三人は自分達の力無さを痛切に抱いているようで、疲れもあるだろうが、一層暗い表情で項垂《うなだ》れながらそう言った。

　確かに今のカイスル達では、僕の見立てでもこのビッグボアには勝てなかっただろう。まるで力量が違いすぎるのだ。余程相手の行動を熟知していれば別だが、今の三人が立ち向かったにしろ勝ち目は非常に少ないと推測される。それほどの力量の開きがある。

「なあアル……こう何度も助けられて言える義理じゃないんだけど、もしよかったら俺達をアルのパーティーに入れてくれないか？　こうも弱いままじゃ、この先が思いやられるんだ。少しでも強くなりたい……強くなりたいんだ……」

　カイスルは縋《すが》るようにそう言ってきた。

　一昨日は孤児院の子供達を助けることもできずに殺されそうになり、今日もビッグボアに危うく殺されそうになった。それを考えれば、ここ最近でもう二度も死にそうな目に遭っているのだ。強くなりたいと切実に願うのは当然のことだろうと思う。でも、

「えっ？　カイスル達はもう僕達の仲間だよね？　一昨日、協力してくれるっていうことで、もう仲間だしパーティーの一員だと思っているんだけど、違った？」

「「「えっ……？」」」

　僕がそんなことを言うと、三人はキョトンと呆《ほう》けた表情をする。

「いや、あれはサティのお母さんを探し出すのに協力すると……」

　あれ、サティのお母さんのことだけのことを言っていたのかな？　僕の勘違い？

「そうなの？　僕はカイスル達がもう仲間になってくれているとばかり思っていたよ。じゃあ、改めて僕からお願いします。ぜひ仲間になってください。そして一緒に強くなりましょう！」

「「「……」」」

三人は驚き声も出ないようだ。

僕としてはこの二日間だけど、カイスル達のことは信用に足る人達だと考えている。何より右も左も分からない僕達に、損得抜きで手伝ってくれるという心根が嬉しかったのだ。

父ちゃんも言っていた。仲間には信頼関係が必要だと。少なくとも僕は、カイスル達を信頼の置ける人達だと思っている。これは直感的なものだから何とも言えないけど、僕の心がそう感じているのだ。

「いいのかアル？　俺達がいたら足を引っ張るかもしれないんだぞ？」

「俺っち達弱いっスよ？」

「仲間に入れてくれるなら、こんなに嬉しいことはないよ！」

三人は迷惑になるのではないかと懸念している。

「そんなことはないよ。サティだって今日初めてレベルが上がったんだよ。みんなで強くなるなら、僕は何だって協力するよ」

父ちゃんは、自分の背中を黙って任せられるような間柄が仲間と呼べる存在だと。その逆も然り、仲間の背中を自分以上に大切に守るのが己に課せられた仲間との絆だと。

それは今まで仲間や友達がいなかった僕でも切実に理解している。僕がまだ非力な時期に、父ちゃんが洞窟で僕の背中を守ってくれた安心感は、とても言葉では言い表すことができない。父ちゃんが守ってくれていたからこそ冷静な判断ができたし、大胆に行動できた。父ちゃんが旅に出て、一人になってからそのことにようやく気付いたからね。

カイスル達はまだ弱いけど、その心は持っているとなんとなく感じる。みんなが強くなるまでは、僕がみんなの背中を守っていけばよいのだ。

そうこうしていると、サティもようやくレベルアップの余韻が収まったらしく、木の根元で休んでいたところから起き上がってきた。

「どうしたの？　なにか問題でもあった？」

状況が掴《つか》めないサティは、みんなの顔を見回して心配そうに訊いてきた。

「いや、再度カイスル達と仲間になるって話し合っていたんだ」

「えっ？　一昨日仲間になってくれたんじゃなかったの？」

サティは僕と同じ考えのようだった。

「ねっ？　サティもこう言っているよ？」

「あ、あはははっ、そう思ってなかったのは俺達の方だったのか……」

「なんか、肩透かしを食らった感じっスね、ふぁははは……」

「考えすぎていたのね……ふふふっ」

「……？」

三人はお互いの顔を見合わせ、笑い合うのだった。そんな状況に、今まで蚊帳の外にいたサティは不思議そうに首を捻《ひね》るのだった。

「よし、それじゃあみんな揃ったことだし、お昼にでもしようか？　お腹空いているよね？」

僕の場違いな問い掛けに皆はキョトンとするが、ビッグボアに追われていた恐怖心も薄れてきてか、お昼時も近いからなのか、みな首を縦に振るのだった。

ほんとうはサティと街へ帰ってから昼食にでもしようかと思ったのだけど、もうお日様も高く昇り、昼も近いようだ。みんなもいることだし、街に戻るのは、お昼ご飯を食べてからにしよう。昼過ぎには解体所のニールさんの所にも行かなければいけないからね。

僕は【クローゼット】から魔導コンロやテーブルを出し、昼食の準備に取り掛かる。食べかけのイノシシの肉ももう少し残っているし、早めに食べてしまわないと悪くなるからね。ちなみに今ぐらいがちょうど良い熟成具合で一番美味しい頃合いなのです。

僕は肉を焼き昼食の準備を始めた。

そして食事もでき上がりみんなで食べることにする。

こんな大勢で食べる昼食。仲間、友達と食べる昼食は、また格別な味わいだった。僕はなんかすごく楽しくなってくるのだった。

# 第十三話　考えと現実の乖離《かいり》

僕達は昼食を森で食べ街へと戻ってきた。

街に入る際、自分の冒険者カードを提示した時には、得も言われぬ快感だった。そういえばこの前は、奴隷商を連れて来て衛兵さんに預け、グレイシアさんがいたからそのまま尋問室に連れられて行ったので、身分の証明をせずに街に入ったのだった。だから今回が初の身分証明なのだ。生まれて初めて自分が自分と認められた気がして嬉しくなったのは言うまでもないことだ。

冒険者組合でアンリーさんにクエストの件を報告し、組合隣の解体所、ニールさんの所へと向かう。

アンリーさんは『お疲れ様』と笑顔で言ってくれ、なんかとても充実感に包まれた。冒険者の初仕事を無事達成できたことをサティと共に喜んだものだ。

ちなみにカイスル達三人も同じクエストを請けていたらしく、既定の数を集められたが、芳しくなかったらしい。報告はしたのだが萎《しな》びかけていた薬草が十本だったので、報酬金は一セット分なのだが、減額されたようだ。アイテムバッグに入れていたが、あのビッグボアに追いかけられ内容物で揉みくちゃにされたそうである。三人のアイテムバッグはどうやらマジックバッグではないようだった。マジックバッグだったらそんなことにならないからね。

「こんにちはー、お邪魔します」

僕は解体所の扉を開き挨拶する。

解体所には昨日とは一変し、たくさんの解体師の姿があった。閑散としていた昨日とは違い、活気に満ち溢れている。『はいよ、次持ってこい!』『へい!』『硬てーな! コンチクショウ!』などなど、たくさんの職人の声が飛び交っていた。薄暗かった室内も魔導ランプの光で煌々と照らされている。

僕はニールさんの姿を探すと、

「……だから、なんでそんなことてめーに話さなきゃならないんだ? 悪いが帰ってくれ、こっちは忙しいんだ! どこぞのてめーらみたいなチンピラ冒険者が仕事をサボったお陰で組合も街も大変なんだぞ!! さあ分かったのなら帰った帰った! 少しはサボらずキリキリ働きやがれ!」

そんな怒鳴り声が聞こえてきた。

「けっ……」

お相手は冒険者のようだ。ニールさんの厳しい怒声に不満げな顔をしている冒険者は、舌打ちを残して渋々解体所から出てゆこうとする。すれ違う際、僕を見たその冒険者は、途端に少し険しい顔つきになったがなんでだろう？

冒険者が出てゆき、僕を確認したニールさんが声を掛けてくる。

「おお、アルだったな。ちょっとこっちに来い。お、なんだ？　今日もEランクになったばかりの駆け出し三人もいるのか、なんか用か？」

「こんにちは、約束通り来ました。カイスル達三人は僕の友達、ええと、これからなる予定です」

ちゅーす、とか、どもス、とか毎度なんて言う三人。

「そうか、そんじゃあお前ら三人。ちょっと外に出て見張っていてくれないか。チンピラ冒険者が入ってきそうだったら今は入れないと追い返してくれ。なんか言われたらオレの名前を出してもいいからな」

「はい、分かりました！」

カイスルが代表して元気よく返事した。三人はすぐに言われた通り外に出る。

なんか随分物々しいような感じだな。何かあったのかな？

ふとニールさんを見ると、ニールさんは昨日と同様杖を突いている。

あれ？　僕の魔法でも治らなかったのかな？　あれで治らない怪我はそうそうないはずだけど……というより、治らない方がおかしいのだが……。

「あのう、ニールさん？　その足――」

「アル、なにも言うな！　黙ってついて来い」

僕が足の件を訊こうとしたが、ニールさんは僕の言葉を遮りそう言った。

「お嬢ちゃんはそこのベンチに座って待っていてくれ。じゃあ行くぞアル」

ニールさんはサティにそう言うと杖を突きながら歩き、倉庫の方へと向かう。

僕もその後ろをついてゆく。

「おう、倉庫の扉は少しの間開けるなよ」

解体作業をしている面々に向けてそう言うニールさん。

作業している人達もその言葉に素直に了承していた。ニールさんはこの解体所の中でも偉い人なんだろうな。ふむ、どうやら二人きりで話をしたいのかな？

僕がニールさんの後ろから倉庫に入ると、倉庫の入り口を固く閉ざす。魔導ランプがあるけど結構薄暗い。倉庫の中は昨日よりは魔物の数は減っているが、まだおおよそ三分の一くらいの魔物が手付かずのまま保管されていた。

「ん、これでいいだろう」

「あのう、ニールさん？　どういうことですか？」

こんなところで話すなんて、いったいどういったことだろう？　そう思う。

するとニールさんは突いていた杖を放り投げ、

「昨日は驚きのあまり何も言えなかったが、足はほら、この通り完治している」

ニールさんは歩いたり飛び跳ねたりし、足が治ったことを強調した。

「ほっ、良かったです。治らなかったかと思って心配しました」

「おう、治ったのは素直に嬉しい。だから感謝する。この通りだ。ありがとう」

ニールさんは深々と頭を下げた。

「いいえ、このくらい当然のことですよ」

よかった。そう僕が思った瞬間、顔を上げたニールさんは顔を一気に引き締めた。

「そこだ、アル！　アンリーにも聞いたが、お前は相当世間知らずの田舎者らしいな？」

「あはは、確かに世間知らずの田舎者です。でも直接聞くと刺さりますね……」

自分で思う分にはそうでもないけど、他人から単刀直入に聞くと少し堪《こた》えるね。

うん、田舎者はしょうがないけど、世間知らずは早いところなおさなきゃダメなような気がするよ。

「おお、悪いな。だがそれがこの事実だ」

ニールさんは放り投げた杖を拾い、また杖を突く。そして、右に左にうろうろ歩き、杖をクルクルと回しながら話す。

「いいかアル。お前がしてくれたことは本当に感謝しているし、本当に嬉しい。だがな、世間ではそれはあまりにもおかしいことなんだ。分かるか？」

「えっ？」

僕がニールさんの足を治したことがおかしいこと？　なんでだろう？

「どうしてですか？　そこまで特別なことはしてないと思うんですが？」

「そこだよ、特別なんだ。特別というよりも奇跡に近いんだ」

「奇跡？」

僕は首を傾げた。奇跡とはまた大袈裟だね。

奇跡とは人間の力の範疇《はんちゅう》を超えた事象のことだよね。まさに神様がそうだと物語にも書いてある。天地を裂くほどの奇跡の力とか。

「そうだ、オレらにとっちゃあ奇跡なんだ。俺の足は神経毒で再起不能になり、上位回復魔法でも治らないほどの呪いもかかっていた。それを治すには最上位魔法でしかないと言われてもいた」

「そうですね、人を生き返らせる魔法は神の奇跡とまで言われ、人間が覚えられるのは【リザレクション】が最上位ではないかと父も言っていました」

「そうだろ？　なら話は早いだろ」

「早いですか？」

うーん、どういうことだ？

「アル、お前はこの世界にあの魔法を使える奴が、いったい何人いると思っている？」

「はい、高ランクの冒険者の人達ならほぼ使えるんじゃないですか？」

「かあ～……」

僕がそう言うとニールさんは頭を抱えた。

えっ？　違うの？　僕の中ではそういう認識でいるんだけど……。

「世間知らずもここまでとはな……いいかアル。正直に言うぞ」

「は、はい……」

顔を上げたニールさんは、僕の目をまじまじと見詰めながら話し出す。

「あの魔法を使えるのは、噂かもしれんがおそらく冒険者にはただ一人だ。王都の組合に所属するSランクの治癒師一人だけ。そしてもう一人。聖教会の教皇様だ。これだけ聞けばお前の魔法がどれだけのものか分かるよな？」

「――!!」

ニールさんの言葉に僕は耳を疑った。この世界にもしかしたら二人しかいないってことなのか？　僕を除いて……？　正直に言うと言っているし、ニールさんの顔は冗談を言っている顔じゃない。これは真実を告げていると思って間違いないだろう……。

「……ほ、本当なんですか？」

「ああ本当だ。だからお前に治してもらって悪いが、オレは杖を捨て公然とこの二本の足で歩くことを控えさせてもらった。実際もしあの魔法で治療を受けるとしたなら、おそらく白金貨五百枚では済まないだろう。一介の冒険者では夢のまた夢だ」

「……」

「今はただの解体師のオレが平気で街を闊歩《かっぽ》できると思うか？　治してもらいましたよ、と、平気で笑っていられるか？　それだけの金をどっから融通したんだ？　と、街の人達はそう思うだろ？」

確かにそうかもしれない。

ようやくお金の価値も覚えたところだけど、今日の薬草採集だって受け取ったのは二人で銀貨五枚だった。それを考えれば、普通に薬草採集しただけではビッドさんの宿に泊まることしかできない。食事のお金さえないってことだ。

「まあ、怒っているわけじゃない。あまりにも物事を知らないお前に知っておいてもらいたいんだ。世間てのはなアル、お前が考えているほど優しくはない。自分が良かれと思っていても、それをやっかんだり、僻《ひが》んだりする奴の方が多いんだ。まだ田舎から出てきて間もないから分からないことだらけかもしれんが、少し考えて行動しないと、お前自身じゃなく周りに危険を振りまくかもしれないんだ。その辺よーく考えろ」

「……はい、分かりました！」

そうなのか。確かにそうかもしれない。知らなかったとはいえ白金貨を出したことにより、僕の知らないところで噂になり、十五人もの冒険者が捕縛された。僕がそんなことをしなければ、捕縛されることはなかったかもしれない。でも、悪人だからそれはあまり心が痛まないが。しかし知っていれば回避できたことだ。サティにも怖い思いをさせずに済んだだろうし、あの事件すら起こらなかったのだから……。

「うむ、いい返事だ。これからは自分の凝り固まった考えを実行する前に、もう仲間、友達もできたんだろ？　少し相談するとか、オレやアンリーだっているんだ。何でも相談しろ。分かったな？」

「はい！　分かりました！　世間知らずは自分でも分かっています、これからもお願いします！」

僕は深々と頭を下げた。

実際まだ山奥から出て五日目だけど、今まで世間知らずと自分では分かっていても、他人の意見なんて聞く気もしなかった。隣にサティがいても相談すらしなかった。自分の考えに凝り固まり、他人の言っていることをまず疑り深く考えていたことを思い出す。

それじゃあいけないいんだな……。

「ははは、任されたぞ！　お、それとあれだ。この魔物をここに入れた件でチンピラ冒険者共が忙しなく動き始めている。お前の存在を嗅ぎつけようとしているようだ。実際予想以上の量でまだ三分の二ほどしか解体できてねえ。魔石とかは取ってあるが、ほとぼりが冷めるまでお前はここに来るな。悪いが金の面はアンリーに言っておく。問題があるようならアンリーに伝えろ」

「はい、分かりました。よろしくお願いしますニールさん！」

「おお、オレもお前の親父さんには世話になったんだ。ははは っ、伯父さんとでも思ってくれればいい」

「ありがとうございます！」

ニールさんは優しい笑顔でそう言った。

ここでも父ちゃんにお世話になった人がいる。父ちゃんの存在が非常に大きく再認識された。僕も父ちゃんみたいになろう。そう心に再度刻み込む。

今日狩った魔物もニールさんにお願いし、倉庫に置いて僕は解体所を後にするのだった。

僕達は解体所を後にし、宿方向へと向かう。

もうすぐ夕方になろうとしている街は、朝と同じように賑わいを見せている。夕食の買い出しなのだろうか、小さな子を連れた優しそうな表情のお母さんが、子供と笑いながら買い物をしている。とても幸せそうだ。

僕には母ちゃんの記憶が一切ない。物心ついた頃には、山奥の家で父ちゃんと二人きりだった。父ちゃんの思い出話に時々登場してくる母ちゃんを想像していただけ。そこに登場する母ちゃんは、いつも優しい笑顔を僕に向けてくれていた。

――あんな優しい顔なのかな？　僕の母ちゃんも……。

羨ましいような、寂しいような。そんな寂寥《せきりょう》感が胸を掠《かす》めてゆく。

でも、そもそも母親の存在を知らない僕には、それ以上母ちゃんに対する感情は生まれてこない。父ちゃんといて楽しかったし、まあ、少しは辛い面（地獄の特訓とか）もあったけど、今までの生活を悔やむようなことは、なに一つとして浮かんでこない。

今思うのは、とにかく強くなることを追い求めていた結果、この世界のことはまったく知らないことを悔やむだけだ。さすがに死んでしまった父ちゃんに、今文句を言ってもしょうがないが、おそらくは旅に出なければその辺りも教えてくれるはずだったかもしれない。だがそれもできずじまいになった。といったところだろうか。

多くの物語や書籍はダンさんが持ってきてくれていた。それなりに厳選して持ってきてくれていたとは思うのだが、僕ももう少しこの世界のことを詳しく書いてあるものをお願いするべきだったのかもしれない。と、今になってそう思う。

『どんな本がいいんだ？』というダンさんのリクエストに対し、戦闘モノとか空想的な物語、魔導書や錬金の文献、調合材料の書籍、なんてお願いしていた。それが逆に世間知らずに拍車をかけていたのかもしれない。

「アル、じゃあ俺達はまた少し探ってくるよ」

「明日からよろしくっス！」

「アル、サティ、またね」

ビッドさんの宿の前に着くと三人がそう言ってきた。

カイスル達はまたスラムでサティのお母さんの手掛かりを探ってくれるという。僕も一緒に行こうと昼ご飯の時に言ったのだが、地理的に不慣れな場所で人数が多ければ、それなりに厄介事に巻き込まれるかもしれないとカイスルが言うので、おとなしくカイスル達に任せることにしたのだ。

昨日は手掛かりが掴《つか》めなかったようだが、一つだけ気になる点があったそうだ。チンピラ冒険者の所に、どこかの貴族の召使い風の人が接触していたらしい。もしも今日もそういった人を見かけたらその後を尾行してみると言っていた。なかなか頼もしいものだ。

メノルが言う明日からよろしくとは、今日のビッグボアの件もあり、カイスル達は自分達の非力さを痛切に感じていたようだった。下手をすれば命を失っていたかもしれないのだ。なのでサティの鍛錬もあるので、午前中は一緒に鍛錬とかレベル上げをしようかという話になったのである。

「あ、うん。またね――あっ！」

「うん？　アルどうした？」

「いや、カイスル。今日のクエストのお金で宿に泊まれるの？」

カイスル達はスラム近郊の安宿に泊まっているとのことだ。まだ稼ぎが少なく、月決めの貸し部屋を借りるだけの財力がないそうだ。そんな月決めの貸し部屋があるなど知らなかったが、僕はビッドさんの宿は快適だし、当面はビッドさんの宿でいいと思っている。

それよりもカイスル達が泊まる宿は、素泊まりで一人銀貨一枚と以前聞いていた気がする。今日の稼ぎは三人で薬草一セット。本来なら銀貨五枚なのだが、薬草自体の程度が悪く、減額されて銀貨二枚しかもらえていなかったはずである。それでは二人しか泊まれない。

「……まあ、何とかなるよ」

頭を掻《か》きながら困った表情でそう言うカイスル。どうも何とかなりそうな顔ではない。たぶんまた孤児院の片隅を借りようとしているのかもしれないな。というよりも食費だって必要だろうに。

「ビッグボアの金額聞いてきたから、半分こにしようか？」

さっきニールさんの所に置いてきたビッグボアの買い取り値段を聞いてきているので、カイスル達と折半しようかと思う。どちらにしてもカイスル達が追いかけられなかったら仕留めることのない魔物だったのだ。それに使い道も分からないほどのお金もいっぱいあるので何の問題もない。

「えっ！　倒したのはアルだろ？　俺達は助けられただけだぞ。半分を貰う権利もない」

「いいよ、僕達も偶然仕留めただけだからさ。仲間になるんだから、どうせならこれからはみんなで仕留めた魔物は、みんなで分けるようにしようよ」

「い、いいのか？」

お金をいっぱい持っているとは、今は言えないよな。でも今後は、みんなと稼いだお金は分けた方がいいと思う。

「うんいいよ」

そう言いながらマジックバッグから金貨を二枚取り出しカイスルへ渡す。ビッドさんも言っていたが、肉の値段が最近では上がっているということなので、あのビッグボアは金貨四枚ぐらいだとニールさんも言っていた。魔物は動物と違って少し高級な肉になるとのことと、魔法石が取れるので値段も高いということだ。ということは昨日ニールさんの所に置いた魔物はいったいどれくらいになるのだろうか……うん、考えるのはやめよう……。

「こ、こここ、こんなにか⁉」

二枚の金貨を受け取ったカイスルは、目を見開きながらそう言う。

「うん、今は買い取り金額が高騰しているようだそうだからそれで半分だよ」

「ほ、本当にいいのか？」

「うん、貰っておいてよ」

「ありがとうアル」

カイスルは、少し遠慮がちにそう言った。そしてカイスル達とはその場で別れ、僕とサティは宿へと戻る。

「ビッドさん、ただいま」

「ただいま」

カウンターには誰もいなかったので、食堂を覗いて挨拶する。

厨房ではビッドさんがせっせと夕食の準備に追われていた。

「おうアル、サティ、お帰り。早ぇえな？　晩飯はまだだが風呂は沸いているぞ、先に風呂に入っちまえ。それまでには飯の準備しておく」

「はい、分かりました」

仏頂面だが多少にこやかに言うビッドさんに、僕とサティは頭を下げてから部屋へと向かう。今回肉を安く分けたことで、宿泊している時の朝、晩の食事はタダにしてくれるということである。僕は別に取ってもらっても構わないと言ったのだが、ビッドさんもそれでは気が済まなかったようだ。

「はあ～」

部屋に入り一息ついた。ベッドに腰を下ろし溜息を吐くと、サティが顔を覗き込んでくる。

「どうしたのアル？　さっきから変だよ？」

ニールさんの所から出てきてから、少し様子がおかしかったのかもしれない。少し考え事をしていたのもあるけど、今まで何を見ても騒いでいた僕が急におとなしくなったのだろうから。

「うん……どうもね、自分の世間知らずさが相当なモノだとようやく気付き始めてさ……」

「……そう」

「サティはどう思う？　今まで僕が凄いことしているように見えた？」

「う、うん。私もあんまり世間のことは詳しくないけど……でも、アルは凄い人だと思うよ。あんな凄い魔法や、今日だって武器も使わずに素手で魔物を倒しちゃうなんて、今まで私も聞いたことがないもの」

「そうか、やっぱりそうなんだね……」

サティにもそう映っているということは、たぶん間違いないのだろう。

魔法だけでなく、力もおかしいのかな？　これはちょっと考えを修正するどころではなくなった気がする。大幅に入れ替えないと、ただの世間知らずの田舎者のバカ。そうなってしまう……まあただのバカなら可愛いものかもしれないけど、常識知らずのバカにはなりたくないな……。

「うん、でも私も世間知らずだから……」

「でも僕よりかは知っているよね？」

「ま、まあ、それは、たぶん……」

「ならさ、今度から何かあったら訊くからさ、その時は教えてね。そして二人でも答えが出なかったら一緒に考えてよ」

「うん、いいよ。アルのためだったら私何でもするよ」

にっこりと微笑んでそう言ってくれるサティ。うん、なんか少し気持ちが軽くなった気がする。やっぱりこういう時に友達って心強いものなんだね。

「よし、サティ。先にお風呂入ってきなよ。それとも僕が先に入る？　どうせなら一緒に？」

「！」

ばふっ！　と枕が飛んできた。それでも難なく受け止めたけど。

「さ、先に入ってきます！　覗かないでね！」

やっぱり女の子は恥ずかしいものなんだね。本当かどうか試しに言ってみただけなんだけど。

「ごめんごめん、冗談だよ。お先にどうぞ」

「行ってくるね……」

顔を真っ赤にして出てゆくサティ。よし、この常識は覚えたぞ！　一つ一つ、確実に、しっかりと覚えていこう。

僕もお風呂に入り、食堂で晩御飯もごちそうになった後、寝るまで部屋で魔法の訓練をサティと行う。魔力の操作を毎晩寝る前に行うことで、魔法の練度も上がるし、体内の魔力の流れの活性化も促すので魔導師には必要不可欠な訓練でもある。サティはその辺りがまだまだ未熟なので、これからは毎日の日課にしてもらいたい。

サティは文字は少しは読めるが書くことはできなかったので、その勉強時間も加えた。やっぱりこの世界で生きていく以上読み書き算術は必須だろうから。

明日の分のクエスト（薬草採集）も組合でアンリーさんから請けてきているので明日は真っ直ぐ森に向かおうと思う。明日の朝からはサティも軽いランニングを一緒にすることにした。冒険者には、いくら魔導師とは言え体力勝負なところはあるからね。サティも随分やる気を出してきたようだ。

とにもかくにも、色々あったけど冒険者としての初仕事は終わりました。

§

【衛兵師団　グレイシア】

夕暮れも近くなり街の警邏《けいら》を終えたわたしは、衛兵詰所へと戻った。

「おーい、グレイシア！」

詰所に入るや否や、一際大きな声で呼ばれる。

こんな大声でわたしを呼ぶ人は一人しかいない。それはガイゼル師団長ただ一人である。まがりなりにも副師団長を任されているわたしを呼び捨てで呼ぶのは彼しかいないのだ。警邏から戻り装備も解除する前に呼びつけないで欲しい。少しは休憩させて欲しいものである。全く人使いの荒い師団長である。などとはあまり思ってはない。呼びつけられることに少し嬉しい自分がいるのだ。

とはいえ、ある程度重要な要件でもあるのだろう。わたしを直接呼ぶということは、他の衛兵には頼み難い案件だということで間違いないはずである。

「はい！　何でしょうか師団長！」

わたしは取るものもとりあえず師団長の所まで急ぐ。

「うむ、街の状況はどうだ？　変わりはないか？」

「はい、スラム近郊では、ガラの悪い冒険者が目立ちますが、今のところこれといった悪事は露見していません。おとなしいものです」

「そうか。昨日アルを襲撃し返り討ちにあった件で、また報復を考えていると思ったのだがな。杞憂《きゆう》だったか？」

アル君とサティエラちゃんの心配をするなんて、顔はあれとして、優しいところは変わらないわね。

「いいえ、まだ安心はできません。どうも一部の不良冒険者は、水面下で不穏な動きをしているようです。それとアル君との関係は分かりませんが、留意するに越したことはありません」

「うむ、確かにそうだな……」

ガイゼル師団長は鬼の顔をさらに険しくしながら思案する。

この街の人達の師団長の通り名は『鬼のガイゼル』で統一されているのだ。面と向かってそう呼べるのはごく一部の人達ぐらいだろうけど、誰もが親しみを込めてそう呼んでいる。この街の守護鬼神。一騎当千の戦士として名を馳《は》せているのだ。

「うむ、なら余計早めに知ってもらわねばな……」

「はい？　何をですか？」

誰に何を知ってもらうのか、主語も述語もあったものではない。とはいえ、考え事をしながらなので、独り言に近いとは分かっている。

「ちょっと冒険者組合まで行ってきてくれないか？」

「冒険者組合ですか？」

ガイゼル師団長はわたしにそう命令する。今のアル君の話と冒険者組合にどんな関係があるのだろう。と、首を捻《ひね》ると、

「実はアルがこの間捕らえてきた奴隷商の奴らに会ってきたのだが、その中にとんでもない奴がいた。それに昨日の冒険者崩れのチンピラの中にも数名気になる奴がいたのだ」

「とんでもない奴ですか……」

確かにアル君が捕まえてきた奴隷商の中には、強そうな人達が何人かいた。それに昨日の強盗未遂犯の冒険者の中にも、多少腕に覚えのありそうな冒険者が数名いたことは確かである。

「お前の話にもあった通り、アルは自分の強さを認識していない節がある。このままだととんでもない事件に発展するかもしれない。あいつの父親との約束はあるが、これはそんな次元の話ではないと思うのだ。看過するには危険すぎる力かもしれん」

「確かに……それは一理あるかもですね……」

あの途轍《とてつ》もない闘気の持ち主。そんなアル君がもし本気で何かをしようものなら、街の一角ぐらい簡単に壊滅してしまうのではないかと想像できてしまう。

わたしはガイゼル師団長の命令で冒険者組合へと来た。

師団長から冒険者組合の組合長に伝言を頼むと、そう言付かって来たのだ。

「あ、アンリー。元気にしてる？」

組合に入った所で幼馴染のアンリーと鉢合わせた。

アンリーとは小さな頃から一緒に遊んだ悪友である。冒険者の真似事なんかして死にそうになったこともいっぱいあった。まあそのお陰でここまで強くなることができて、衛兵師団の副師団長までになることができたのだから、一概に悪いことばかりではないよね。

「あら、グレイシア組合に用なんて珍しいわね」

「ええ、組合長はいらっしゃる？」

「組合長に用があるの？　ちょうど組合長に呼ばれたところだから一緒に行きましょうか」

「助かるわ」

アンリーもちょうど組合長の所に行くというので、一緒に階段を上り組合長の執務室へと向かった。

執務室に入ると、そこには組合長と話すニールさんもいた。

「おお、アンリー来たか。む？　グレイシアも一緒に来たのか？　珍しいのう、どうしたのじゃ？」

「はい、ガイゼル師団長より伝言を預かってきております……ところでニールさんと大事なお話中では？」

「ちょうどいい、衛兵師団の副師団長のグレイシアもいることだから聞いてもらった方が良いかもしれんな。アンリーも聞きなさい。それじゃあニールよ、続けるのだ」

杖を突いたニールさんが一歩横にずれ、組合長とわたし達に聞こえるような位置取りをする。なんかスムーズに移動していたが気のせいだろうか？　ニールさんの足は、強力な毒と呪いのようなもので、再起不能になったはずである。その足であんなにスムーズに動けただろうか。わたしは少し疑問に思った。足が治った？　そう思わせる所作だったのだ。

まあそのことは後でアンリーにでも訊いてみることにしよう。

「はい、では続けます。今日アルが持ってきた魔物の中に、近場ではあまり見ないビッグボアがありました。アルのことだから森の奥の方まで行っていた可能性はないとも言えないが、どうもそんな感じではないように思う」

ニールさんがそう発言すると、組合長は難しい顔でアンリーの方を見る。

「ニールさんどうしてそう思うんですか？」

それを受けてアンリーがニールさんに質問した。

「詳しくは聞かなかったが、ビッグボアが出てくるような所だと、それなりにゴブリンやオークも多く出没する場所だ。だがアルが持ってきた他の魔物は、他は飛びウサギや大蜘蛛といった低ランクの魔物だった。そして今のこの組合の状況からして、アル達は近場で薬草採集でもしていたってことだろ？」

「ええ、そうね。今朝アル君達は薬草採集のクエストを請けて行ったから、近場での採集場所を教えました」

アル君が今日ビッグボアを仕留めてきたという。初心者の薬草採集場所に出没する魔物としては近年にないほど狂暴な魔物である。街の近場に現れることはほとんどないのに……。

「そういえば最近駆け出し冒険者が、そう遠くない場所でオークのような魔物に襲われたとか言って、怪我を負ってきたことがあったわ……冗談として捉えていたんだけど……」

「むむむ、そうか……これは、少し考えなければいかんようじゃの……」

組合長も二人の話を聞き、顎に手を当て深く考えている。

「衛兵師団には、街近郊でそのような報告は上がっておらんのかな？　グレイシア」

「そうですね、今のところはそういった報告は上がっておりません」

街の外壁には魔物を寄せ付けないように、魔物の嫌う香りを発する匂い袋や、効果は弱いが魔法による結界のようなものを張っているので、そうそう近付いてはこない。街道も定時巡回しているが、今のところそういった報告も上がってきていない。ただランカスターの森の方までは、巡回の範囲外になっているので、そこではどうなっているかは分からないが……。

「そうか……最近どうも嫌な予感がしてならん。チンピラ冒険者の動きもあれだが、駆け出し冒険者までそんな危険な目に遭うようでは、なにかが起こり始めているのかもしれんな……由々しき事態にならねばいいのじゃが……」

組合長は険しい表情でそう言う。英雄が亡くなったという噂から、ここ最近の街の状況、そして一部の冒険者の不穏な動き。どれをとっても良い風向きではない。確かに色々な懸念材料が多すぎるような気もする。

「ところでグレイシアの用件は何かな？」

「あ、はい。ガイゼル師団長より、明日の朝お時間を頂けないかと――」

わたしは、ガイゼル師団長から言付かった用件をガルムド組合長に話す。ガイゼル師団長の懸念することと、冒険者組合の懸念の両方にアル君が何かしら関係していることもあり、その話はすんなりと快諾されたのだった。

アンリーとニールさんもそこに参加することになり、わたしの用件は伝え終わった。

§

【グリューゼル邸　ベルグート】

オレは雇い主であるラルームの街の領主であるライジン伯爵と共に、このレーベンの街の領主であるグリューゼル侯爵の屋敷を訪れた。

オレは王都の傭兵である。自分で言うのもなんだが、剣の腕にはそこそこ自信がある。いちおう【剣豪】という称号というか、そんなものを名前の上に冠していることからそれも分かることだろう。言っておくがオレが自画自賛でそう言いふらしているわけじゃない。周りがそう呼ぶのだ。【剣豪ベルグート】、と。

王都の傭兵ギルドでラルームの街の伯爵の用心棒の依頼が張り出されており、仲介役の奴に詳しい内容を聞き、面白そうなので請けることにしたのだ。そして遥々《はるばる》この街にやって来た。

「態々《わざわざ》来てやっているのだぞ！　会えないとはどういうことだ⁉」

グリューゼル侯爵邸に到着し、玄関先で執事の男に侯爵への訪問を告げると、すげなくお帰りください、とあしらわれる。

「主人《あるじ》は、今現在多忙にあらせられます。お日を改め、またお越しくださるかしていただければ幸いに存じます。とは言いましても、しばらく主人はお忙しく、お会いする暇もないでしょうが」

「うぬぬぬぬっ、ボ、ボクを誰だと思っている！」

「はい、ライジン伯爵と存じ上げておりますが。なにか？」

「うううううううううっ！」

見ているだけで笑えてくる。

ライジン伯爵は、今にも癇癪《かんしゃく》を起こしそうなほどに顔を真っ赤にしている。

仮にも伯爵という身分があるのだから、いくら忙しくとも会うのが筋だろうと思う。しかしそれをしないということは、おそらくこいつは快く思われていないのだろう。体《てい》よく忙しいと言っておけば、ライジン伯爵より地位的にも高いグリューゼル侯爵なら追い返すことも可能だ。もしも相手が自分より地位が高ければ会わずにはいられないからな。

まあ、このライジン伯爵とやらは、オレが調べたところでも、そんな良い噂のない人物だ。ラルームという街の領主らしいが、その街もまた酷い所だと聞く。差別が顕著で、奴隷制度を笠に悪徳業者がのさばり、その上がりで成り立っているような街らしい。至る所で獣人を攫《さら》っては他の街へ売りに出している。そういった裏の商売が横行しているような街の領主が、品行方正なわけがない。そう思うのはオレだけではないはずだ。

「くっ、分かった。今日のところは引き上げるとしよう。次回は会ってくれるようイメルザに伝えておいてくれ」

「ご足労おかけ致しました。ひとまずはお伝え致しますが、ライジン伯爵の意には添えないかと存じます。悪しからず」

「むぅ～～～～～～～っ！　執事風情が生意気なぁ～……行きますぞ、ベルグート殿！」

「……」

そう言い残しライジン伯爵は踵《きびす》を返す。オレは無言でその後をついてゆく。

いいように手玉に取られているな。執事にまで軽くあしらわれてしまうこいつに多少なりとも同情してしまう。しかし同情といっても、そこまで親身になっているわけではない。どうせろくでもないことをして嫌われているのだろうから、自業自得ではあると予想できるからだ。

オレは、今更になってこのライジン伯爵の依頼を請けてしまったことに、多少後悔しつつあるのだった。

§

翌朝。約束通り朝練をサティも一緒にすることになり、ランニングから始め一通りの準備運動をするのだった。

サティはやはり体力的なものは著しく低かった。ステータス自体が低いこともあるが、今まであまり運動していなかったのが祟っているのかもしれない。まあその辺りは焦らずゆっくりと向上させていけばいいと思う。

朝練を終えた僕達は、宿に戻り朝食を摂《と》ることにする。

食堂に入るとビッドさんがもう朝食の準備をしていてくれた。

「ただ今戻りました」「ただいま」

「おう、おかえり、準備しといたぞ。冷めないうちに食え」

「はい、ありがとうございます」

僕とサティは朝食が配膳されている席へと着く。

うん、相変わらず美味しそうだ。でも何となく父ちゃんの作る料理と似たような味がする。まあ、この世界の料理にどれだけの種類があるのかはまだ分からないが、この街の料理の味は父ちゃんの味に近いということなのだろう。

そう納得しながら朝食を頂いていると、ビッドさんが話しかけてきた。

「アル今日も街の外に行くのか？」

「はい、もうクエストは請けてきているので、そのまま行こうかと思っています」

「そうか、実は昨晩グレイシアが来て今日の午前中早い時間に衛兵訓練場に来てくれと言い付かってな。もしあれだったら先にそっちに寄ってからにしてくれないか？」

「あ、そうだ！　午前中に行く約束していたんですけど、何時か決めてなかったな……」

ガイゼルさんとの約束をすっかり忘れていた。今日の午前中衛兵訓練場で、少し手合わせをすることになっていたのだ。危なかったよ……。

「早い時間に来てくださいということですね」

「ああ、そうだ」

「分かりました。でもまたなんでですかね？　午前中ならいつでもいいって言っていた気がしますけど？」

「うーん、たぶんなにかお前に用事ができたんだろう。まあ行って悪いことじゃないはずだ」

「はい、分かりました。では先に衛兵訓練場に行ってみますね」

ふむ、なんだろうね？　朝一番で訓練でもするのかな？　まあそれでも僕はいいけど。

衛兵訓練場の場所は、僕がこの街に来た時の門の所にあった衛兵詰所のある通りを少し行った所にあるそうだ。門もすぐ近くだし終わったら皆で少し訓練がてら森に行ってもいいだろう。

「あ、それとな、もし訓練場に行くならその向かいにある鍛冶屋に寄ってもらえないか？」

「鍛冶屋ですか？」

「ああ、チョットこの包丁の切れが悪くなったもんでな、研ぎに出したいんだが持って行ってくれねぇーか？」

「研ぎですか？」

僕は包丁を受け取り刃を確認する。

うーん、鋼ではないね。刃は鈍《なまく》らになり、鍛えが甘いのか把持部分少し上に小さな亀裂が入っていっている。これではいくら刃を研いだところですぐ駄目になりそうだな。

「これは研ぐだけじゃ無理そうですね」

「ん？　アル、お前鍛冶のスキル持っているのか？」

「ええ、人並みには打てると思います」

あ、そういえばあのバックラーの件もある。これは鍛冶スキルも僕が考えているより、僕のスキルがあるということかな？　そう考えれば、余計な謙遜なんてしない方がいいのかもしれないな。

「そうか、その包丁はもう駄目か……」

なんか非常に落胆するビッドさん。この包丁に何か思い入れがあるのかな？

「ええ、この把持部分の少し上に見づらいですけど亀裂が走っています。このままですとそう長くは使えないかもですね」

「そうか、残念だが捨てるしかないか……」

「いいえ、補修ならできますよ」

「本当か？」

「ええ、一度その部分を熔解《ようかい》させて軽く少し打ち直せばまた使えるようになると思います。まあ、耐久性は新品には劣るでしょうが」

父ちゃんの技術で、アーク溶接とか、ロウ接という補修方法を学んでいる。外観を損なうことなく亀裂を補修するならその手が有効である。

「そうか、できるのか？」

「ええ、でもこの街の鍛冶屋さんはできるでしょうかね？」

僕が教わったのは、雷魔法で溶着させる方法と、超高温の火魔法を一点集中させるロウ付けである。どちらも相当な魔力操作を要求されるので、この街の鍛冶屋さんはその魔法を使えるかが問題である。

父ちゃんも『この技術は並みの鍛冶屋では無理な技術かもな、魔法がかなり得意な鍛冶屋さんでなければできない技だ』と言っていたので、高等技術に類するものなのだろう。鍛冶屋さんはまだ行っていないけど、この街を見る限り専門職はそのスキルしか持っていない感じがするし、どうなのだろう。

「割れた金属を補修するなんざ聞いたことねえぞ。捨てるか熔《と》かしてまた打ち直すかのどっちかだぞ？　だがアル、お前ができるんだろ？」

「あ、ええ、できますよ」

「ならお前が直してくれればいいじゃねーか」

あ、そうか。僕がすればいいんだよね。割れた金属は捨てられるのか……やっぱりそういった技術も父ちゃんは次元が違うってことなのか？　やっぱり僕の学んできたことは、何にしてもこの世界の普通を超えているのだろうか。

「そうですね、では帰ってきたら修繕します」

「おお、頼む」

僕は包丁をビッドさんに返し、朝食を再度食べ始めた。

「おはよーう、アル、サティ」「おはようっス！」「おはよう」

朝食途中で、カイスル達三人が食堂に入って来た。昨日までは冒険者組合ですれ違いになっていたから、今日は宿に直接来たのだろう。

「あ、おはようみんな」

「おはよう」

サティも食べながら挨拶した。

「朝ご飯中だったか」

「美味そうっスね！」

「もう、メノルはすぐそれなんだから……」

へへへっ、と三人は笑い合う。

「ご飯は食べたの？」

「いやまだ食ってない」

そう話し始めると、厨房からビッドさんがいつもの仏頂面でのそりと出てくる。

「おい、お前ら客か？」

そして三人に向けビッドさんがそう言った。

「あ、この三人は僕の仲間です。そして僕の新しい友達でもあります」

「え、友達……うっ、初めまして、カイスルです。アルと一緒にこれから仲間になります」

「う、どもっス！　メノルっス」

「ひゃ、リーゼです」

三人はビッドさんの顔を見た途端、顔を強張《こわば》らせた後自己紹介した。思わぬ仏頂面に面食らったようだ。

「そうか、アルの友達か。なら立ってねーで座んな」

　はぃいい!!　と言って、三人は同じテーブルに着いた。

「飯は食ったのか？」

「い、いいえ、食べておりません！」

　カイスルが緊張した面持ちで言う。

「そうか、なら今準備するから食っていけ」

「え、いいんスか？　でも俺っち達金ないっスよ？」

　メノルが速攻食いつくが、お金がないと正直に言う。あれ？　でも、昨日のお金はどうしたのだろう？　まさかもう使ってしまったとか？

「うるせえ、アルの友達なら金なんか要らねえ。子供が余計なこと考えるな！」

　そんな発言もなんのその。ビッドさんは僕の友達だからと朝食をごちそうしてくれるそうである。

「ひっ！　分かったっス！　ありがたくいただくっス！」

　あざーす！　と言う面々。やっぱりビッドさんは優しい人だ。

　怖いっス。半端ないわね。おう……。と、ひそひそと話す三人に、僕は笑いを堪《こら》えた。

「今日も薬草採集でいいんだよな？」カイスルが今日の予定を訊いてきた。

「うん、少しサティの魔法の練習とかもしたいしね。あ、そうか、先に組合に行ってパーティー誓約した方がいいのかな？　ああ、でも先に衛兵訓練場に行かなきゃね」

「ん？　衛兵訓練場？　なにしに行くの？」リーゼが訊いてくる。

「うん、衛兵さんがここに来て、そこに朝一番に来てくれって話だよ」

「ふーん、捕まるような何かしたっスか？」メノルが言った。

「そんなわけないじゃないか。それならここで待っていて捕まえるでしょ？」

それもそうだ。と、みんなで笑い合った。凄く楽しい。これが仲間、友達なんだ。

朝食も食べ終わり僕達は食器を片付け、ビッドさんにいってきますの挨拶をして宿を出た。まずは衛兵訓練場へ行ってみよう。

昨日までは、サティと二人きりのパーティーだったけど、今日からは三人も増えたのだ。仲間ならもう友達でいいよね。まだ数日しか経っていないけど、カイスル達は良い人達だし、友達になってくれると僕はとても嬉しく思う。こうして並んで歩いていると、冒険者のパーティーみたいでなんかすごく楽しくなってくる。

しかし、最初に会った時もそうだったが、グレイシアさんとビッドさんは仲が良く見えた。グレイシアさんはビッドさんの仏頂面は怖くないのかな？　なんて思ってしまう。

と、まあそんなことはどうでもいいよね。衛兵訓練場へ向かうとしよう。

「みんなはどうする？　たぶん呼ばれているのは僕だけかもしれないし」

「私は一緒に行く」

サティはすぐさまそう答えた。他三人は顔を見合わせてから、

「まあ、滅多に入れる場所じゃないからなぁ～俺達も一緒に行くよ」

カイスルがそう言うと、メノルもリーゼも頷《うなず》いた。

「じゃあ一緒に行こうか」

行こう行こう。とみんな言ってくれた。

衛兵詰所がある通りをしばらく進むと、大きな建物が見えてきた。直線的な四角い建物ではなく、大きく弧を描いたような建物である。

「へえ～、大きな建物だなぁ～」

「でかいスねぇ～」

メノルも建物を見上げながら同意してくれた。イメルザさんの屋敷も大きかったが、この建物も非常に大きい。この街には驚かされるばかりだよ。

入り口であろう大きな扉の所にゆくと数名の衛兵さんがいたので、アルベルタですと名乗ったら、大きな門の隣にある小さな扉を開けてくれ、そこから中に入るように言われた。薄暗い洞窟のような通路が少し続き、明るい場所に到達する。

「うあ……」

屋根はかかっておらず、空が直接見える広大な訓練場。ぐるりとその訓練場を囲むよう

に円形になった建物。建物は訓練場から斜めに迫《せ》り上がっていて、そこにベンチのようなものがぎっしりと備え付けられている。訓練や競技を観覧するような所だと推考できる。

建物の中がこんなに広い場所だったなんて、想像も及ばなかった。僕がそんな声を上げて感心していると、同じようにみんなもぽかんと口を開け、この訓練場の広さに一様に驚いているようだった。

田舎者の僕以外でも、やっぱり驚くぐらいの広さなんだね。

「おーいアル!!　こっちだこっち!」

皆で感心しきり、としていると大きな声が訓練場に響いた。

「あ、ガイゼルさん、それにグレイシアさんも。おはようございます」

右少し先に休憩場所なのか長椅子が数脚おいてある場所にガイゼルさんとグレイシアさんがいた。

『う、鬼のガイゼルだ!』『鬼の右腕もいるっス!』『きゃぁ～グレイシア様～!!』と、カイスル達は、それぞれ小さな声で言っていた。みんなが知っているほどあの二人はこの街で有名だってことだよね。凄いな。

「おはよう諸君。悪いなアル、朝早くに」ガイゼルさんは腰に両手を添えながら、清々しい鬼の笑顔でそう言った。

「おはようアルベルタ君、サティエラちゃん。それにそちらは?」グレイシアさんも笑顔で挨拶してくれる。

「おはようございます」サティも挨拶した。

「あ、こちらは仲間、友達になったカイスル、メノル、リーゼの三人です」

僕が紹介すると、三人はそれぞれ頭を下げつつ朝の挨拶をした。

「おおそうかそうか、着実に友達を増やしているなアル」

「はい、嬉しいです」

「ふふふっ、よかったわね」

二人は僕に友達ができたことを喜んでくれた。

「ところで、まだ皆さん訓練していない時間帯のようですけど。こんなに早くに来てなにかあるのですか？」

「む、ああ、ちょっと気になることがあるもんでな。それで急遽早く来てもらった次第だ」

「気になることですか？　なんですか？　それは僕に関係することですか？」

「まあそうだな、関係しているといった方が早いな」

ガイゼルさんは真剣な表情でそう言った。

僕の知らないところで、あの強盗冒険者みたいなものが、またなにかを企んでいるってことかな？　そんなことしか思い浮かばない。

「何でしょうかね？　僕には全く覚えがないのですが……」

「まあ待て、そう慌てるな。もうすぐ全員集まるからな」

ん？　僕以外にも誰かをここに呼んでいるのか？

「僕以外にも誰か来るんですか？」

「ああ、もう来る頃だろう」

ガイゼルさんとグレイシアさんと僕だけじゃなく、他の誰かも呼んでいるとなればそれなりに重大なことなのだろう。

しばらく昨日の冒険者初仕事にあった事柄を話したり、メノル達がビッグボアに追いかけられていたことを笑い話にしたりしていると、入り口から数人の人影が現れた。

「む、来たようだな」

ガイゼルさんがそう言うと、その数人はこちらに向かって歩いて来る。

「あ、組合長？　それにアンリーさんとニールさんも……」

冒険者組合の僕が名前を憶えている数少ない人達がやって来た。

『げ、組合長！』『ニールさんっス！』『おばさんも来た……』と、小さな声も聞こえる。

「うむ、おはよう」「おはようさん」「おはようございます」

三人はそれぞれ朝の挨拶をした。

「おはようございますガルムド師匠。お元気そうで何よりです。朝早くにお越しいただき感謝致します」

「うむ、よいよい。おお、アルベルタ君、どうじゃな？　冒険者になった気分は」

組合長はガイゼルさんへの挨拶もそこそこに僕に顔を向けそう言った。

うん？　ガイゼルさんも組合長の弟子だったのかな？　ということは、父ちゃんとガイゼルさんは兄弟弟子ってことか？

「おはようございます、はい、仲間もできましたし毎日が新鮮で楽しいです！」

「そうかそうか、それは良きことじゃ」

「あ組合長、できればアルと呼んでください。その方が僕は嬉しいです」

「そうか分かった」

うんうん、と、目がなくなるほど優しい笑顔で言う組合長。

そして皆を見回し、厳しい表情に戻す。

「うむ、揃っておるようじゃの」

「はい、ではよろしくお願いします」

組合長の掛け声に、ガイゼルさんが合いの手を入れた。これから話が始まりそうだ。

「まずこの街の現況から入ろうかの……」

組合長はそう口火を切った。

この街のことが僕に何か関係しているのかな？　分からないけど静かに聞くことにした。

英雄という人が死んでから此《こ》の方。冒険者組合、ひいてはこの街は良い状況じゃないという話を組合長は淡々と話した。

冒険者の多くがこの街から他の地域の町や村、王都などに派遣され、冒険者不足に見舞われていること。そして残った冒険者に不穏な動きが見られること。動物や魔物が組合に納入される数が減り、街の食事情、魔法石の在庫不足、各種加工業に影響が出始めていること。などなど。

そして僕が先日強盗に襲われそうになったこと。そんな話題が上がった。

へえー、英雄って人が死んだだけで、そんなに世界って変わるものなんだな。

英雄ってどんな人だろう。物語ではすごくカッコ良く描かれているし、勇者とかと似たようなものなのだろうね。

まあ僕が関係している話は、強盗に襲われそうになったという点だけで、他は正直あまりよく分からなかった。冒険者の現状なんて新人冒険者の僕が聞いても分かるわけがないし、街に来てまだ日が浅い僕にこの街のことを言われてもそれこそちんぷんかんぷんである。

「先日アル君を襲った十五名を尋問した結果、ちょっとした懸念要素が浮上してきました」

グレイシアさんが僕を襲った冒険者の尋問をしたみたいだ。

「まあ、アルが襲われた件はオレの落ち度があったのは反省する点が往々にあるが、今回に関しては情報を聞き出せた点を考慮すれば、結果として良かったのかもしれないと思う。ともあれオレが悪いのは確かだ。すまなかったな」

「いえいえ、先日も謝って頂いたのでもう結構ですよ、ガイゼルさん」

ガイゼルさんは律儀にまた頭を下げた。もうそのことはいいのにね。

「そして昨日アルが持ってきた魔物の中にビッグボアがいた。アル、あれは森の奥で遭遇したんじゃないんだよな？」

ニールさんが今度は口を開いた。昨日と同じく足が治っているのに杖は突いたままだ。

それにしても昨日のビッグボアがなにか問題あるのだろうか？

「森の奥といえば奥かもしれませんけど、どこからが奥なんですかね？」

「アル、あそこは奥じゃないぞ。ニールさん、俺達もあんな所にビッグボアがいたなんて今でも信じられないです。いつも新人が薬草を採集する場所で、出会っても飛びウサギとかグレイドッグぐらいの低級な魔物ばかりですからね」

僕が曖昧な返事をすると、カイスルが補足説明してくれた。

その話を聞くとニールさんは組合長とアンリーさんを見て頷《うなず》いた。

「うむ、ここでハッキリさせておくとしよう。アル君、君は英雄を知っているかね？」

組合長は突然話を変えた。

英雄って言葉は知っているけど、全て物語の中の人物である。

「先頃亡くなったと言われている英雄のことですか？」

「そうじゃ、その英雄のことじゃ」

もう、今まで山奥にいたって話しているよね？　どうやってそんな英雄と会えるの？

「いいえ、山奥にいたのでそんな有名な人には会ったこともないし、名前も知りませんよ」

「ふむ、やはりそうか……あの馬鹿者め、いったい何を教育しておるのじゃ……」

「え？」

組合長は、目に見えない誰かに向かって言っている。

「アル君。君のフルネームはなんだね？」

「はい、アルベルタ・ササキ、です」

僕はササキというファミリーネームを言った。

「うむ、この世界の英雄。先頃亡くなった英雄の名前は、ユージ・ササキ。そう名乗っておった」

「――!!」

えっ？　僕の父ちゃんと英雄が同じ名前なの？

「偶然ですね、僕の父と同じ名前なんて……」

「ふっ、同一人物じゃよ」

組合長はニヤリと笑みを湛《たた》えそう言った。

「えっ？　えええええええっ!!」

なに？　どういうこと？　父ちゃんがエイユウ？　それって冗談？

そう思って皆の顔を見回すと、誰一人としておおげさな顔をしている人はいない。アンリーさんもニールさんも真剣な表情で頷《うなず》いている。おおげさな驚き顔をしているのは、仲間になったばかりのカイスル達三人だけだ。

「と、父ちゃんが英雄？　それって冗談じゃなく？」

「ええそうよ、冗談なんかじゃないわよ」

アンリーさんは真剣な顔でそう言った。

「いったいあ奴がどういう教育方針でアル君を教育していたのかは分からんが、だいたいは想像がつくわい。きっと強くなることだけしか教えていなかったのじゃろうて。そもそもあ奴自身も超が付くほどの世間知らずじゃったからな」

組合長は父ちゃんも世間知らずだったと言う。それも超世間知らず。

「世間知らずならまだいいさ、訳の分からないことばかり言って皆を困らせたりしていたもんだ。だがそれが奴の魅力だったのもあるけどな」

ガイゼルさんもそんな父ちゃんのことを思い出し、鬼の顔をニヤニヤさせながら言う。

「でも、物凄い発想力のある人でした」アンリーさんも言った。

「そして強かった」グレイシアさんもほんのり頬を染めて言う。

「あいつの底抜けな笑顔に何度も救われたな」ニールさんは腕を組みながらしみじみとそう言った。

僕の父ちゃんが英雄……英雄が父ちゃんで、その息子が僕……。

まったく実感が湧かない……。

小さい頃から色々な話を聞いていたが、英雄の「え」の字すら父ちゃんの口から出たこともない。ダンさんや他の父ちゃんの友達にしても、誰一人として父ちゃんが英雄だなんて言っていたこともないのだ。それが突然『父ちゃんは英雄なのだ！』と、そんな話を聞いても実感が湧かなくて当たり前かもしれない。却《かえ》って父ちゃんは本当にハーレム王だったと聞いた方が、まだ信じられるって感じだ。

「まあ、英雄と呼ばれるのをあ奴は嫌っておったからの。自分の口からそのことを話すことはなかったのじゃろうな」

僕の知らない父ちゃんの過去を知っている組合長がそう言った。

「ということでアル、英雄の息子であるお前は幼い頃からあいつに色々教わっていたんだろ？　お前はその強さを認識しなければならない」ガイゼルさんがそう言う。

「あの冒険者十五人を倒したのはアル君なのよ」グレイシアさんがそんなことを言った。

「え？　あれはグレイシアさんの魔法じゃないんですか？」

「ふふふっ、わたしには人を気絶させるような精神魔法なんて使えないわよ」

ええっ？　どういうことなんだ？　昨日ニールさんからは、僕の魔法はこの世界でも一人か二人の希少な魔導師しか使えないとは聞いたが、あの十五人と戦いそうになった時には、実際何もしていない。ただ闘気を解放しただけである。

「うむ、では、アル君は自分自身の強さをどれくらいと見ておる？」

組合長が僕の強さの自己評価を訊いてくる。

「は、はい。まだまだ父ちゃんには及ばないと思っています。それにこの世界の高ランク冒険者や騎士にもまだ出会っていないので、その人達よりは劣っていると思っています」

僕は正直に言った。

「ふむ、やはりな……おいガイゼル、それにニール。少し本気で稽古してもらえぬか？」

すると組合長は、またもや話を違う方へと持ってゆく。ガイゼルさんとニールさんを稽古させると言うのだ。その意図が分からずに僕は首を捻《ひね》る。

「え？　師匠。ニールは足が……」

ガイゼルさんはニールさんの杖を突いている姿を見てそう言う。

ニールさんの足は実際完治しているので問題ないはずである。杖は飾りのようなものだ。

「ふ、儂《わし》らしかおらんからよいじゃろうて。ニールよいな？」

「はい、組合長」

ニールさんはそう言うと、突いていた杖をアンリーさんに預けた。

「お、おいニール！　お前その足……足は治っているのか……？」

「ああ、アルのお陰でな」

「……ま、マジかよ……信じられないな……」

「ふっ、まあそういうことだ。体が鈍っているからお手柔らかに頼むぜ、鬼のガイゼル」

「ふ……ふははははっ！　面白いっ、実に面白い！　双剣のニール、またお前とやり合えるなんてな。アル、感謝するぞ！　がはははははっ！」

ガイゼルさんは本当に楽しそうに笑った。

二人は訓練用の武器をそれぞれ手に取り訓練場の中ほどまで進む。でも組合長は、ガイゼルさんとニールさんを戦わせて、いったいどうするつもりなのだろう。そこに僕の強さの何が関係しているのかさっぱり分からない。

「よいかアル君、あの二人の戦いをよーく見ておれ」

「は、はい……」

組合長は僕の肩を掴《つか》みそう言った。

訓練場の中央付近で、楽しそうに笑う二人の模擬戦が今始まろうとしている。このこと、僕が英雄の息子であることと何か関係があるのかと考えるが、今の僕には全く分からない。

しかし、父ちゃんが英雄だったとは……僕の知っている父ちゃんが、物語に出てくるような英雄像とは、いまいち合致しないからである。確かに強くて優しかったが、そんな英雄だなんて一言も話したことがなかったし、それらしい素振りもなかった。

だが、ここにいる古くから父ちゃんを知る人達が、声を揃えて父ちゃんは英雄だと言うのだから、まるっきり嘘じゃないと判断できる。とにかく、昨日のニールさんの話にもあったように、今までの僕の世間知らずのかちかち頭では疑うことしかできなかった。でも、組合長やガイゼルさん、ニールさんといった僕が生まれる以前の父ちゃんを知る面々が、そう言っているのだから間違いない真実だということなのだろう、と、そう思うことにした。

そして僕は、その英雄に育てられたのだからその強さを知らなければならない、らしい。

あの僕とサティを襲った強盗冒険者十五人を倒したのは、僕の力だとグレイシアさんは言った。あの時僕は何もした覚えはないのだが、グレイシアさんもあの時は何もしていないということである。じゃあ誰が……。

そして今、どういうわけかガイゼルさんとニールさんが訓練場で模擬戦を行う運びとなった。

「お前たち良いな。初めから全力でな」

組合長がそう言うと、ガイゼルさんもニールさんも頷《うなず》いた。

「ふっ、双剣のニール。今は皮剥ぎニールか？　一撃でおしまいってことはないようにな」

「おいおい、変な二つ名付けるなよ！　それにこちとら約一年半も現場から退いていたんだ。少しは加減してくれよ？」

ガイゼルさんは両手持ちの大剣を軽々と持ち、対するニールさんは両手に片手剣をそれぞれ持つ。二人共にとても嬉しそうな顔をしている。

特にニールさんは、その嬉しさが体から滲み出しているかのようだった。

「では行くぞ！」

「おう！」

中央で対峙《たいじ》していた二人は、組合長が言った通りに全力で稽古を開始する。

「――!!」

二人は闘気を解放する。ふわっ、と二人を中心に空気が動く。その闘気が訓練場を席巻した。おおっ、ガイゼルさんも出会った時から凄い人だと思ってはいたが、この闘気は予想以上だ。ニールさんも解体所にいた時とはまるっきり別人である。相当鍛えているとは思ったが、ここまでの闘気を放つとは予想していなかった。

「……ん？」

そう感想を抱いていると、後ろの方でバタバタと数名が倒れたような音がした。

後ろを見るとカイスル達三人がぴくぴくと白目を剥いて倒れている。糞尿まで垂れ流しているとは言わないが、三人共に多少ちびったような形跡がある……。

サティは僕の外套《がいとう》に掴《つか》まってぶるぶると震えていた。

「え、カイスル？　メノル？　リーゼ？　いったいどうしたの？」

「ふふふっ、仕方がないわね」

「ええ、この子達にはまだ耐性が無いようですから仕方ありませんよ」

グレイシアさんとアンリーさんがそう言いながら、三人を長椅子へと運んでゆく。

えっ？　グレイシアさんが何かしたわけじゃないんだよね？　あの三人はどうして気を失ったのだろう。僕が不思議そうに首を傾げていると、

「がははははは、あの三人は闘気に中《あ》てられたのじゃよ」

「あてられた？」

「そうじゃ、あの二人が放つ闘気に精神が耐え切れなかった。ということじゃ」

「えっ？　闘気が精神に干渉するんですか？」

「うむ、そうじゃ。ある程度鍛錬しておれば別じゃが、ステータス差があったり、格の違う闘気を受ければ、それだけで精神的に作用するのじゃ。こいつには敵わない、そう怯えや戦意を喪失させることもでき、あまりにもそれが酷ければ、ああいったように気を失うのじゃよ」

「なるほど。あ、でもサティはステータス低いけど気を失わないね」

「……」

サティに話しかけるが、震えていて話すこともできない。

「うむ、彼女は精霊の加護を受けておるでな、その辺りで耐えられるのじゃろう」

なるほど、なんか難しいけど、闘気にはそういった作用もあるのか……。

ということは、あの十五人の強盗冒険者を倒したのは、僕の闘気だったたってことなのか？　確かに僕が闘気を解放した直後にみんなバタバタと倒れてしまったことを思い出す。

要するに組合長が説明してくれたことを鑑みれば、あの十五人と僕との格の違いであの人達は僕の闘気に耐え切れなかった……そういうことなのか？　でも冒険者だよね。確かに強そうには思えなかったけど、カイスル達よりは強いのは確実だった。

「アル君よ、ところであの二人の強さをどう見る？」

訓練場中央付近で剣をぶつけあう二人を見ながら、組合長は僕に問うてくる。

キン、キン、ガキーン！　と、剣戟《けんげき》が訓練場に響き渡る。

ガイゼルさんが優勢に攻撃をしているが、ニールさんも負けてはいない、二本の剣で上手くいなしながら攻撃をしている。確かに二人からは、この街で出会った誰よりも強さを感じるし、剣技や力も磨かれている。

「はい、お二人とも強いですね。でも……」

「ん？　でも、なんじゃな？」

「強さで言えば、父にはまだ遠く及びませんし、それに……」

「それに、なんじゃ？　正直に言うてみい」

これを口にすれば失礼に当たらないかな？　だけど組合長が正直に言えと言っているから、正直に言うことにする。【洞察】で感じた二人の強さ……。

「は、はい……僕よりは間違いなく弱い、そう思います……」

「があーははははっ！　そうか、そうじゃろう。全くもってその通りじゃ」

組合長はそう高らかに笑った。

えっ？　失礼に当たらなかったかな？

「うむ、アル君。君は鑑定スキルを持っているのかな？」

「はい、持っています」

「ふむ、君はあ奴、ユージに鑑定スキルを使うなと教育を受けているのじゃな？」

「え、は、はい。小さい頃から敵の強さは数字じゃないと教え込まれました。その時から生産系以外での鑑定スキルは使うことを禁止されました。なので今まで、魔物に対しても、自分のステータスすらも見たことはありません」

「やはりそうか……あ奴も儂《わし》の教えを忠実に君に伝えたのじゃな……じゃが、もうそれは良いじゃろう……」

組合長はなぜか納得したように頷《うなず》いた。

「アル君。本来個々人のステータスは口外してはならない暗黙のルールがこの世界にはある。自分で公表するなら問題はないが、組合ではそれはタブーとされている。衛兵もその風潮はある。ともかく鑑定スキルを持っている者はこの世界にもそう多くはない。商人や生産系のスキルで付属して持っている者は多いが、そういった者達は他人のステータスを覗くまでの能力はないのじゃ。そもそもステータスに開きがある場合、格の違いによって強い者のステータスは覗くことはできない。隠蔽スキルを持っている者もいるが、それも余程鍛錬を積んだ者だけじゃ。稀な存在と言ってもいいじゃろう」

組合長は鑑定スキルの常識を教えてくれる。

なるほど、鑑定スキルを持っている人も少ないのか。それに隠蔽も……。

まだ小さな頃、父ちゃんにもそんなことは言われていたことを思い出す。鑑定の種類も父ちゃんや僕は、他の付属鑑定とは違う、【万能鑑定】というものを持っていると。

「アル君はこの前自分のステータスは確認しておるな？」

「は、はい、見ています。でも、あの数値が多いのか少ないのか僕には判断できません。なにしろ初めて目にしたものですから……」

「がははは、そうかそうか。ならば今、あの二人のステータスを覗いてみるがいい」

「え、いいんですか？」

「うむ、勿論じゃ。だがその代わり見たモノは口外するでないぞ？　よいな」

「は、はい」

僕は模擬戦を行っているガイゼルさんとニールさんを鑑定してみた。

そして初めて他人のステータスを見た僕は、その目を疑う。衛兵師団長であるガイゼルさんは、レベルが498。力は僕の半分くらい。対する解体師のニールさんはレベルは488。力はガイゼルさんと同じくらいだ。二人は魔法はあまり覚えておらず、自身の身体強化系の魔法やスキルを重点的に覚えているようである。

「どうじゃな？　二人のステータスは見られたかの？」

「は、はい……僕のほうがレベルが高いです……」

「うむ、その通りじゃ」

組合長はまたもにこやかに頷《うなず》いた。

「あ奴らも、今の君と同じくらいの歳から鍛錬を始め、そして冒険者になったのじゃ。ガイゼルは家督を継ぎSランクの冒険者になる前に衛兵師団に入ったがな」

ガイゼルさんは衛兵師団の師団長を務めるほどの人。ニールさんは解体師だけどガイゼルさんに匹敵するステータスを持っている。衛兵の中でも長という肩書を持つガイゼルさん。ということは、この街でも指折りに強い人……。

「ということは……」

「そうじゃ、君はとんでもなく強い。そういうことじゃ。ガイゼル、彼はこの街の兵士の中では一番の猛者じゃ。それにニールは今でこそ解体師をしておるが、足が健在だったころはSランクの冒険者だったのじゃ」

「えっ？　一番の猛者とSランクの冒険者……」

それを聞いた僕は、世間知らずの田舎者のかちかちの頭で考えた。

組合長が嘘を吐いているとはもう思わない。実際に自分の目で二人のステータスも確認したし、僕の力量と比べもした。ということは、ガイゼルさんもニールさんも、この街ではトップクラスの力を持っているということになる。組合長が言う通りなら、あの二人が今のところこの街の最強といえるのかもしれない。ということは、組合長は、

「ちなみに儂《わし》のステータスも見てみるといい」

「は、はい」

組合長が言う通り素直に鑑定してみた。

レベル570。今戦っている二人よりは確実に強い。

「どうじゃね？　今の君に教えられることはもうない、といった意味が分かったかね？」

「……は、はい……」

組合長の闘気を感じた時にはどうして謙遜するんだろうと思ったし、年齢のことも言っていたが、そこまでの年齢を感じさせなかった。だけどステータスを見てそれははっきりとした。ステータス的に言えば、僕の方が間違いなく強い、と……。

「まあ、あ奴がいったい何を思って君をここまで強くしようと思ったのかは、今になって

はもう分からんが……おそらく何か目的があったのかもしれんしの。二年前に旅に出たということ、そして死んでしまったという以上、また何かが動き始めてるやもしれん……」

「父は、冒険者になったら、心のままに自由に生きろ……そう言っていました。仲間を作りこの世界を旅するのも一興だ。とも……」

僕は強くなった。という実感はない。

小さい頃からそれが当然だと思っていて、修行や洞窟での魔物狩りをただ淡々とこなしてきただけである。あの場所で生きるために強くなる。生きるための力を父ちゃんは教えてくれただけだ。そこに何か目的意識を挟んだことなんて一度もなかったし、冒険者になったら自由に生きろとも言ってくれた。

ただ、山奥で生活させたことだけは謝っていたけど。十五歳までは我慢しろと。

「そうか、自由に生きろとな……ふっ、あ奴らしいといえばあ奴らしいのぅ」

組合長はどこか納得したように頷《うなず》く。

「アル君。この先君がその力をどう使おうが君の自由じゃ、誰にも縛ることはできない。じゃが規格外の力の使いどころを間違えると、とんでもないことになる。冒険者になった今、これからは山奥とは違い魔物だけを相手にするわけではない。もう分かっている通り、時には敵に人間も含まれるかもしれん。その時は自分の力を正確に理解し、判断しなければ、周りの無関係な人達まで巻き込まないとも限らない」

「は、はい！」

「そのためには相手の力量を知り、それに合わせ的確な力配分で対処すべきじゃろう。と、儂《わし》は思う。よって君の父親から言われていたであろう【鑑定】の制限を撤廃することを、元師匠の儂から提言したい」

「鑑定の制限を解除するということですか？」

「そうじゃ、相手を知り己を知る。相手の強さを見抜き、その強さに見合った自分の力を出す。そんな力の制御がこれからは必要不可欠であろうと儂は考える」

なるほど、あの十五人の強盗だって、僕が全力で魔法をぶっ放していたら、あの人達どころか、その近くにいる人達まで巻き込んでいたかもしれない。そう、サティも例外じゃないだろう。そう考えれば組合長がそう言うのも頷《うなず》ける。

「はい、分かりました！」

「うむ、良い返事じゃ。だが、誰かれ構わず鑑定を使うことはなるべくせぬようにな。見てもよいが公然と吹聴《ふいちょう》などするな。これは約束じゃ」

「はい！」

個人個人の能力はそれぞれ秘匿するべき情報。人に依《よ》ってはそれで生計を立て、もし他人に知られたら色々と身を危険に晒《さら》すようなスキルもあるそうだ。そういう情報は絶対に漏らしてはいけない。そう組合長は教えてくれた。

ガイゼルさんとニールさんの訓練はまだ続いている。二人共とても楽しそうに剣を打ち交わし、まるでライバルといってもいいような、そんな嬉々とした汗を流しているようだ。

「組合長。そうするとこの街で一番強いのは組合長なのですか？」

僕は訊いてみた。こうやって他人のステータスと自分のステータスを見比べて、初めて自分の力というものを実感した。それは今までの僕には到底想像できないことだった。世界にはまだまだたくさん強い人がいると思い込んでいた僕にとって、僕の強さはいったい何を基準にすればいいのだろう。と、

「がははは っ。儂か？　いや儂では――むぅ⁉」

組合長が答えようとしたが、入り口方向に目を向けたその次の瞬間表情を変えた。

「むむっ！　また余計な奴に、余計なところを見られたもんじゃわい……」

「……？」

僕が入り口方向へ目をやると、衛兵に制止されながらも強引に訓練場へと足を進めてくる二人の人影がいた。

『すいません、ですから今は誰も入れるなと指示を受けているのです……』

『良いではないか！　態々《わざわざ》来てやっているのだそのくらいの融通は利かせろっ！』

『ですから……』

『うるさい、退けっ！』

純白のマントを装着した、高貴な身なり？　そんな人と、真っ黒な軽装防具をまとった剣士風の人が衛兵を押し退けるように入って来た。

「ガイゼル、ニール！　止めじゃ‼」

楽しそうに訓練をしていた二人に向け、組合長は訓練の中止を促した。

ガイゼルさん達もそれに気付いたらしく、即座に闘気を収めた。

すると不審な二人は組合長の前まで悠然と歩いてくる。

「いやあーいやあー訓練中申し訳ないガルムド殿。組合に伺ったところ此方《こちら》だと聞いたものですからねぇ。態々《わざわざ》足を運んだ次第ですよ。あはははっ」

ひょろりとした痩身の貴族風？　の男がそう言った。

なんか癪《しゃく》に障る言い方だね。態々来るくらいなら来なくていいと思うのは僕だけかな？

組合長も数歩その男の方に歩み寄り口を開く。

「これはこれはライジン伯爵。レーベンに来られているとは存じ上げませんでしたな」

「ふん、数日前に来たのだがな」

組合長もどことなく嫌味な言い方をしている。歓迎といった感じではない。

伯爵と言っているということは、どこかの領主様かなにかだろうか？

「そうですか、しかしこのような老骨の私に会わずとも、この街の領主であるグリューゼル様に会われた方がよいのでは？」

「ふん、追い返されたからここに来ておるのだ！」

あからさまに不機嫌な顔でそう言うライジン伯爵とかいう男。

イメルザさんに追い返された？　ま、まあ、あのイメルザさんならそうしそうな感じはするよ。どことなく嫌味臭い人だもんねこの人……。

「――!!」

そう思っていると、突然僕の背中に先ほどまで震えながら外套《がいとう》を掴《つか》んでいたサティから、異様な魔力の放出を感じ取った。

「むっ！　これは……」

「さ、サティエラちゃん！」

その異様な魔力に組合長とグレイシアさんが反応した。

「さ、サティ!?　どうしたの？」

サティを見ると、普段少しおとなしくて可愛らしい顔が、憎しみに燃えるかのような険悪な顔つきになっている。そして特筆するべきは、綺麗な『おっどあい』の瞳。いつもなら澄んだ緑と蒼に彩られた両の瞳に、赤みが差していた。片眼はオレンジに、そしてもう片方は真紅の色に染められてゆく。

「――うううううううっ!!」

そんな唸《うな》り声が、サティの口から零《こぼ》れ出る。

「サティ!!」

《アルさん！　サティエラを止めてください!!　心の制御が破綻してしまいます!!》

するとそれと同時に精霊さんの慌てた声が僕の頭の中に響く。

「――えっ!?」

これは魔力の暴走？

それに気が付いたのは僕と組合長とグレイシアさん。それとライジンという貴族風の男の傍にいる剣士風の男だ。すぐさま腰に提げた剣に手を添えていた。

精霊さんがサティを止めてくれ、と鬼気迫る勢いで念話を飛ばしてきたので、相当ヤバイ状況なのだと判断できる。魔力の暴走。いやそれよりももっと険悪な雰囲気を纏《まと》った魔力だ。何故ならサティには、まだそれほど暴走に際しても危険を及ぼすほどの魔力量は、今は持ち合わせていないからである。その保有魔力量を完全に上回るほどの険悪な魔力。

ある文献にはこう書かれている。

【命の魔法《ソウルマジック》】その名の通り、命を対価にして魔力に変換する魔術である。

既存の魔力をはるかに上回るほどの魔力を術者の命で作り出す。その威力は甚大で、広大な森や高い山一つをまるまる消し飛ばしてしまった。そんな逸話も文献には記されていた。

本当かどうかは分からない。だがそんな魔術があるとすれば、今サティが放出している

魔力がそうではないか？　と、本能がそう伝えてくるほどに険悪なのである。僕の全力の最上位破壊魔法でも勝てる気がしないほどの険悪さを秘めている。

「――チッ！」

後方で誰かの舌打ちが聞こえた。おそらくライジン伯爵とかいう奴の隣にいた剣士風の男だろう。存在感が急激に近付いてきた。

「むうっ！　手出し無用じゃ!!　――アル君！　なんとかその子を無力化するのじゃ！」

組合長が剣士風の男の進路を妨害するように立ち、続けて僕にそう言った。

「それを止める方法は二つしかない！　精神の鎮静化か、こ奴が今やろうとしていることだけじゃ！　今時点でそれをできるのはアル君だけじゃ！　早くするのじゃ！」

「は、ハイ!!」

止める方法は二つ。強力な魔法で精神的に鎮静化を図る。そしてもう一つはその命を絶つこと。僕は瞬時にその判断が付いた。何故ならそれを聞かずしても、この魔力はそれを肌で感じるほどの険悪さなのだから。

サティはライジンという貴族風の男を睨みつけ、血を流すほど強く唇を噛み締めていた。

これはまずいぞ！　僕は逡巡《しゅんじゅん》するまでもなく魔法を唱える。

「【強制昏睡《フォースコーマ》】!!」

簡易催眠ではサティの魔力に打ち消されそうだったので、強力な昏睡魔法を掛けた。

怒りそして憎しみ？　そんな様子がサティから徐々に消えてゆく。
そして、サティはそのまま僕の腕の中で深い眠りに落ちてゆくのだった。
《……アルさん、ありがとう……手遅れになる前で本当によかった……》
《いったい何なんですか？　あの魔力は本当に危険な匂いがしました》
僕はサティを抱えながら長椅子へと向かいながら精霊さんと話した。
《あれは危険です。サティエラの命を削ります……》
《精霊さんでも止められないのですか？》
《それが難しいのです。根本的に魔力の質が違います。逆に私が引っ張られてしまうまでに強力な魔力ですので……》
やはりそうなのか。危険を感知したのはあながち間違いではなかったのだ。
僕はサティを長椅子の方まで連れていき、そこに寝かせる。
でもいったい何でサティがこんな状況になったんだ？　状況的に見てもそんなに危険を感じるようなこともなかったし、あったとすればあの二人が訓練場に来て、組合長と話を始めたところだった。ただそれだけだ。
ライジンとかいうひょろっちい貴族風の男を睨んでいたな……何かあるのかな？
「んん？　何かあったのですか？　子供が四人も倒れているようですが」
ライジンという男は長椅子に寝ている四人を見てそう言った。

今あったことも、サティにも全く気付いていないようである。しかし剣士風の男は、黙って僕の方へその冷たい視線を送ってくるのだった。

「なんでもありませぬ。なに、少々訓練で疲れて寝ているだけじゃ。それよりグリューゼル様に追い返されて、儂《わし》に何の用が？」

何事もなかったかのように組合長は話の続きに移る。

剣士風の男も黙したまま、ライジン伯爵の後方へと戻っていった。

「ふん、あのお転婆の次にこの街で力があるのはガルムド殿ではないか。英雄が死にこの街が今大変な状況だと聞き、態々《わざわざ》手を貸そうと思って来たのだが、すげなく門前払いするとは、なんとも浅慮な領主様ですな」

「それはそれは、グリューゼル様もライジン伯爵様の力を借りるまではないと思ってのことでしょうな」

「ふん、この街の……は、どこまでひとを……するのだ」

組合長の言い分に、小声でぶつぶつと何か言っているライジンという男。

僕は貴族の階級とか、そういうのはあまり詳しくはないが、グリューゼル侯爵とライジン伯爵。侯爵と伯爵では侯爵の方が位が高いのではなかったかな？　にしては、あの人のイメルザさんに対する発言は、僕の見立てでもあまり良いものとは思えない。僕はサティの傍にいながらそう考える。

そこにガイゼルさんとニールさんが訓練場中央からこちらへと向かってきた。

「おお、ガイゼル殿、それにそちらは確か……双剣のニールさんではないですか？　あれ？　確かあなたは足の怪我で冒険者を引退したはずでは？」

ニールさんの姿を目にしたライジンという男がそう言った。

ガイゼルさんとニールさんは礼儀正しく腰を折り挨拶するも、ニールさんは苦虫を噛み潰したような顔つきだった。

「うむ、なに、この不安定な情勢なものでな、街のために少しでも戦力を温存したいと思っての。ニールには儂の老後の貯えを使って治療してもらったのじゃ」

「ほーう、それはそれは街思いなことですな。冒険者組合がそこまで一つの街に愛着を持っているとは思いもしませんでしたよ。よかったですねニールさん、また組合にこき使われるそうですよ」

にへらっ、と嫌味な笑顔をするライジンという男。

組合長はニールさんの足が治っていることを第三者に知られたことを嘘で誤魔化した。

それは昨日ニールさんが僕に言っていたようなことと一緒なのだろうと思う。今のニールさんではあの足を治すだけの財力がないし、ひいては僕があの魔法を使って治したということをまだ公表したくないということだろう。

「はい、ありがとうございます。組合長には感謝してもしきれません。このご恩はたとえこき使われようとも街のためにと思う所存です。ご心配ありがとうございます」

「……ふ、ふん」

ニールさんはライジン伯爵の嫌味にも動じることなくそう言った。一方のライジン伯爵は余計に面白くない顔をする。

「ま、まあガルムド殿。もしお力が必要でしたら、いつでも私が力をお貸しするとグリューゼル侯爵にお伝えください」

「分かりました。儂《わし》如き老骨の一存では、そんな街のことまでは口出しできませぬが、お伝えするぐらいならできましょう」

「あはははっ、なに見返りなどは求めません。ボクはあと数日この街に滞在する予定でいます。手遅れになる前に……あいや、賢明なご判断を所望すると、ね」

では、と言い、あはははは、と笑いながら立ち去ってゆく。

『いいかアル。あからさまに見返りを求めない、いらないという奴ほど内心強欲なモノだ。そういう奴は何を考えているか分からない。だからそんな奴には気を付けろよ』そう父ちゃんは言っていた。じゃあ父ちゃんは素直に見返りを求めるから信用できる人なんだ。恩返しを切望するような人だからね。そう思った時もあったな。

ただ今いたライジンという人は、まだそんなに他人を知らない僕でも嫌な人に映った。なんだろう、こう、生理的に嫌悪する？　そういう感じの人だ。

「まったく。嫌な奴に変なところで来られたものじゃな……」

ライジンという人が訓練場から出て行った後、組合長はそう小さく呟《つぶや》いた。

「全くです。ですが何か意味深な発言をしていたように思いますが」

アンリーさんも眉をひそめながらそんなことを言う。

「うむ、考えたくはないが、もしやあのバカ貴族が何か企てているのかもしれぬな……」

組合長が溜息交じりに辟易《へきえき》として言った。

「うむ……どうも引っかかる……アンリーよ、頼まれてはくれぬか？」

「はい、了解しました」

組合長がアンリーさんに頼み事をすると、その内容も聞かずにアンリーさんは了承し、すぐさま訓練場を出て行った。組合長は何を頼んだのだろう？　アンリーさんも組合長が言わんとしていることを即座に汲《く》むなんて凄い人だな。

「あの隣にいた奴……あれは、ベルグートじゃないか？」

ニールさんがライジンという人の後ろにいた剣士風の人をそう呼んだ。

「なに⁉　ベルグート？　あの剣豪ベルグートか？」

ガイゼルさんが驚く。

「ああ、王都で一度見たことがある。たぶんそうだ」

皆はそれぞれ話しているが、僕には何の話をしているのか理解ができない。この街に関しての話なのだろうが、今の僕にはちんぷんかんぷんである。

僕にしてみれば、今サティがどうしてああなったのか、その方が気懸りなのだ。

「うむ、余計な邪魔がはいったな、話はまた別の機会にするかの」

組合長がそう切り出す。

「そうですね。グレイシア、兵数人にアルの友達を宿に運んでもらうように指示してくれ」

「はい、了解しました」

ガイゼルさんの命令で素早く行動するグレイシアさん。

「アル君。お友達の様子が良くなったらまた組合にでも寄りなさい。その時お願いしたいこともあるでな」

「は、はい。分かりました組合長」

組合長はそう言うと、ニールさんを伴い訓練場を後にした。

僕はサティをおんぶし、衛兵さん三人がカイスル達をおんぶして宿へと向かう。

あ、おもらしを【クリーン】で綺麗にしてやればよかった！　衛兵さん達は『うぁ、ばっちい！』とか、『腰が冷てぇ』とか言っていた。ごめんなさい……。

ビッドさんの宿に着き、四人をベッドに寝かせた。勿論全員を【クリーン】で綺麗にしてからね。ちょうど三人部屋が空いていたようで、そこにカイスル達を寝かせることにしたのだ。

ビッドさんは四人も気を失って帰って来たので、とても心配そうな顔をしていた。あの仏頂面が消えるくらいの心配ぶりだった。あのビッドさんがこんな顔もできるだなんて、と素直に驚いた僕である。でもみんなを心配してくれてとても嬉しく思う。

カイスル達は、少し眠れば目を覚ますだろうが、サティはそうそうすぐには目覚めないだろう。それだけ強い昏睡魔法を掛けている。唇を強く噛んでおり、薄くて可愛らしい唇が裂傷して血だらけになっていたので、傷跡が残らないように回復魔法を掛けておいた。

「おい、アル。あいつら本当に大丈夫なのか？」

一階へ行くとビッドさんがそう訊いてきた。

先ほども大丈夫だと言ったのだが、ビッドさんはまだ心配なようである。

「ええ、別に怪我をしているわけじゃないのでそのうち起きると思います。それより三人の宿代を支払います」

「……そんなものはいい、あれだったらお前の先払い分から引いとくからしばらくはここに泊まってもいいと言っておけ」

「えっ、いいんですか？」

「ああ、部屋は空いているからな」

「ありがとうございます！」

今お金のないあの三人は、一日でも休めば生活に困窮することだろう。ここはビッドさんの優しさに甘えることにする。でも昨日渡したお金は本当にどうしたのだろう。後で訊いてみることにする。

「ビッドさん。どこかに金床とか置けるスペースないですかね？」

僕は、みんなが寝ていることもあり今日は、もう冒険者の仕事はしないことに決め、今朝方ビッドさんに頼まれていた包丁の修繕をすることにした。朝の短い時間だったけど、色々と僕の今までの考えとかけ離れた情報が詰め込まれ、その整理もしたかったので……。

「ん？　おおそうか、包丁の修理をしてくれるのか？　それだったら厨房の裏にちょっとした庭がある。そこなら自由に使っても構わねえぞ」

「はい、分かりました。ではそこを使わせてもらいます」

ビッドさんは快く場所を提供してくれた。包丁を受け取り裏庭に出てみると、そこは雑草ぼうぼうな場所だった。庭というよりは荒地みたいだ。

「……うーん、これは草を刈る必要があるかな……」

庭にはゴミ箱が数個置かれているだけで、他には何もない。草刈りも面倒なので少し魔法を使うことにする。風魔法で一気に草を刈り、地面を土魔法でカチカチに固めた。

そうだな、少し音が反響しそうな場所なのでご近所に迷惑かもしれないな。他の四人もまだ寝ていることだし、少し防音のために壁でも作ろうか。そう思い土壁を作り、ついでに屋根も作った。場所を提供してくれたお礼にゴミ箱もしっかりとした地面にして雨風で倒れないように置き場を作る。これでいいだろう。

土壁で作った小屋の中に入り、【クローゼット】の中から照明や鍛冶に必要なモノをセッティングしてゆく。うん、数日振りに濃い鉄の匂いを嗅いだ気がする。

「よし、やるか！」

ビッドさんから預かった包丁の柄をばらし、金床に載せて修繕を開始する。

年季が入った包丁だ。大切に使っているのがよく判《わか》るよ。

今回は火魔法で炎溶接を行うことにする。本来は熔解《ようかい》温度が違う金属で接着するロウ付けという方法もあるらしいのだが、同じ金属でも熔解温度が一緒なら少しの亀裂ぐらいなら修繕が可能である。これは火力の調整が要である。強すぎてもダメ、弱すぎてもダメ。その金属素材に適した火力を使わなければ金属同士が馴染まないのである。

包丁の亀裂部分を赤くなるまで熱し、少し流動するくらいまでにしてから、同じ材質の鉄の細棒を少しずつ溶かしながら亀裂を塞いでゆく。鉄が赤いうちに軽く叩き、そして冷やす。後は肉が盛り上がった部分を研磨する。回転砥石《といし》という魔道具で研磨も簡単だ。後は柄を付けて刃を研げば終わりである。刃は水砥石で手作業で研がなければ切れ味が鈍るので、魔道具は使わない。

「ふう、終わった」

意外とあっさりと終わってしまった。まだ昼時にも早い。考えることもいっぱいあったけど、なんか包丁に集中してしまった。ついでだし、時間もまだある。インゴッドもまだまだあるので、包丁や剣を打つことにした。サティ用のスタッフも作ろう。

そう思い僕は溶鉱炉に火を入れる。

僕は鍛冶仕事をしながら考えた。

金属を叩いていると余計なことを考えることが少なく、いつも無心で打つのだが、今回は少し考えたい気分である。しかしさっきはとんでもない話を聞いたものだ。

——僕の父ちゃんがこの世界の【英雄】だった、と。

そんな話をさも当然のように話す人達。嘘や偽りを話しているとはもう思わない。自分の世間知らずさは昨日から身に染みる思いである。自分の考えの狭量さや、まず疑りから入る思考は考え直さなければならない。

そもそも今回は、父ちゃんを古くから知っている人達が口を揃えてそう言っているのだから間違いのない話ということに他ならないと思う。

「うーん、でも、なんかこう、実感が湧かないというか……」

まあそれは当然のことかもしれない。今まで一度としてそんな話は聞いたこともないのだから。

「……うん、でも、それは真実として受け止めよう」

声に出して自分で納得する。

まあ父ちゃんが英雄だったとしても、僕の父ちゃんだったことには、何ら変わりないのだ。英雄だからこれからどうなるって話でもないし、そもそも父ちゃんはもう亡くなったのだ。これ以上変わるものはない。父ちゃんが英雄だったからといって、僕が英雄になるわけじゃない。僕は僕だしね。

それ以上に変わるのは、僕の強さが規格外という事実かもしれない。

ガイゼルさんやニールさんは勿論、あの組合長よりもステータスが上だったなんて……。

ともあれ他人のステータスなんて初めて見たのだから仕方がない。自身のステータスも知ったし、他人のステータスも自分の目でハッキリと見ることができた。これは紛れもなく事実だということ。念のため今自分のステータスを確認したが、この前組合で見た数値と一致した。もう疑う余地はない。

今後はこの力をどう制御するかが問題かもしれないな。というか、この街で一番強そうな組合長よりも、僕の方がステータスが高いなんて……この世界に僕より強い人はいるのかな……？　僕は、そんなことを考えながら槌《つち》を振るのだった。

キーン、キーン！　と赤く熱い金属を槌で叩く音が鳴り響く。

§

【イメルザ・グリューゼル】


あ〜、イライラする。

あの顔を思い浮かべるだけで反吐《へど》が出るほどだ。

「ジェル！　ジェルはいる？」

私は執事のジェルを呼ぶ。無駄に広い屋敷なので大声を出さなければ、誰かを呼ぶ声など届かない。のどが痛いわね。だが執事のジェルは耳が良い。たとえ下の階にいてもこのくらいの私の声は彼の耳には届く。

しばらくすると扉がノックされジェルが顔を出す。

「お呼びで御座いますかイメルザ様」

「ええ、昨日来たあの虫けらは、今日は来てない？」

「はい、仰せの通り強く追い返しましたので、今日は来ないでしょう。来ると致しましたら明日以降かと」

「ほんとにゴキブリのように執念深い奴よね……」

ライジン伯爵。現当主イコム・ライジン。

このレーベンより東に位置する街、ラルームを治める領主である。

「まったく！　昔プロポーズを断ったのがそんなに面白くないのかしら？」

子供の頃から何度となく言い寄って来たいけ好かない奴である。確かにあの頃はまだ私の家柄も男爵という位で、ライジン家の伯爵より位は低かった。本来なら相手の求婚は断れるものではなかったのだが、どうもあの男だけは生理的に好きになれなかったのだ。

しかし今回は別件だろう。

「どうやら今回は求婚しに来たのではないようです。わたくしが考えるところ、あの御方は何かよからぬことを画策しているように感じます」

「ジェルもそう思う？」

「はい」

当時このレーベンの街はラルームの街より規模が小さかったが、英雄が現れたことにより街も地位も逆転した。亜人種やハーフへの差別を少なくし、比較的平等な社会を築いたこの街は、他の街で差別されていた人々だけではなく様々な人種が流入し、どんどん街の規模が大きくなっていった。

ライジン伯爵の街はその差別が如実な街だったため、多くの人々がこの街へと救いを求めにやって来たのだ。

そしてとどめは魔族大戦の勝利である。

英雄ユージを筆頭に、我が街の有志が先頭を切って勝ち取った勝利だった。その戦いで父は勇敢な死を遂げたが、戦争の立役者でもある我が家系に侯爵という位を王から授かったのだ。名実共にライジン家より上になってしまった。

「英雄が亡くなった今、グリューゼル家の利権を奪おうとしているのかもしれません」

「でしょうね。どう見てもあからさますぎるものね」

冒険者組合への非常識なまでの派遣依頼。同時に街の経済を混乱に陥れようとしている動きを見るに、このレーベンの街への攻撃が既に始まっている。

戦力の分散。経済の撹乱《かくらん》。少し気付くのが遅かった。

「はぁ。甘く見られたものね……」

「はい」

二年ほど前からまた始まった亜人種やハーフへの執拗な嫌がらせや誘拐。スラムの治安の悪化。おそらくその裏にもイコム・ライジンの手が回っているのだろう。

「どうしたものかしらね……」

そろそろ衛兵へ非常事態宣言を出した方がいいかもしれないわね。

「ん？　イメルザ様。冒険者組合のガルムド様がいらしたようです。出迎えてまいります。こちらにお通し致してもよろしいでしょうか？」

「おじさまが？　ええ、通してください」

「かしこまりました」

ジェルはそう言うと部屋を出て行った。

相変わらず人の気配には敏感なジェルである。私でもまだ気配すら感じない距離なのに、年齢を重ねてもまるで衰えることを知らない。

はあ、あの虫けらは、きっと私に追い返されたものだから、冒険者組合の組合長ガルムドおじさまに話を持っていったのね。行動が安直すぎるわね……。

しばらくするとガルムドおじさまが来た。

「これはグリューゼル侯爵、ご機嫌麗しゅう」

そんな格式張った礼をするおじさま。

「お久しぶりですおじさま。そんな堅苦しい挨拶はやめてください。昔通り小娘にするような挨拶でいいですよ」

「いやいや、イメルザ嬢ちゃんはもうこの領地の立派な領主様なのだ、いくら昔は寝小便たれの小娘だったとしても、挨拶ぐらいは通例通りでなくてはいかん」

「挨拶だけですか？　って、寝小便たれは余計ですっ！　そんなに毎度毎度おねしょしてませんでしたっ！」

時々よ、時々……。

「がははははっ、すまんすまん。ユージの奴がぼやいていたことがあったからな。がはははっ」

「……も、もぅっ!!」

　うふふっ、でも懐かしいな。もう十七、八年も前になるかしら。

あのイコムのお陰でユージと出会うことができた。それを考えれば、少しは話を聞いてあげたい気もするけど、それとこれとは話が別である。

「あのバカ貴族が儂《わし》の所に来おった」

「はぁ、やっぱりですか……」

　予想通りすぎて気持ちがいいくらいだわ。

「一連のこの騒動はあのバカが画策しているようじゃな」

「そのようですね。私がもう少し早くに気付いていれば……」

「なに、ユージの死が皆ショックだったのはお互い様じゃ、儂ももう少し早くこの不穏な動きを察知できればよかったのじゃがな。明らかに不必要な要請が多すぎた」

「相当お金を積んでいるようですね。まるで家の存続をかけた攻撃ですね」

「うむ、それなりに勝算が高いということではないかの？　あのバカの顔はそんな感じじゃった」

　むかっ！　またあの顔を思い出したら腹が立ってきた。

「こちらに来たということは、その準備も整ったってところでしょうか？　そしてなんらかの譲歩案をこちらに呑ませるために私に会いに来たとしか思えません」

「でしょうな……してイメルザ嬢ちゃんはどうなさる御積もりかな？」

なんらかの手段を講じ我がグリューゼル家を失墜させる。もしくは譲歩案を呑ませてこの街ごと手中にする気か……まさか、また結婚しろと言ってこないわよね？

たとえ死んでもそんなことを呑むわけがないじゃない。

「そうですね……おそらくあの男のことです、近いうちにもう一度やって来るはずです。その時は会ってみようかと思います。ですが答えは決まっています。この首は縦に振ることはないと思います」

私はきっぱりと宣言する。あんな奴の言いなりになるような私ではない。

「ふむ、覚悟は決めているようですな。では、儂の方もそういう運びで事を進めよう。組合の方は儂に任せておれ。事が起こる前に不穏分子は極力排除しておこう」

「はい、よろしくお願いします」

「まあユージの息子のお陰で街の問題も幾分かは和らぐ見込みじゃ」

「えっ？　アル君が何かしたの？」

「ほう、もうアルベルタ君とは会ったのか？」

「ええ、この街に来てすぐにガイゼルに連れて来てもらいました」

「そうかそうか、それは行動が早いの。がははははっ」

ガルムドおじさまは愉快そうに笑った。

「ところでアル君が何かしたの？」

「うむ、大量の魔物を組合に入れたのでな、その辺りの混乱は少しは改善されるじゃろう」

「そう、さすが私が見込んだアル君ね」

うん、それでこそアル君よ。

まだ、誰も唾を付けていないようだから、私が先に……。

「おい、考えが顔に出ておるぞ？」

「はっ！　な、なにを仰《おっしゃ》りますおじさま！　アル君は私のモノですからねっ！」

「……もうそこまで妄想しておったか……相変わらずじゃの……」

誰が何と言おうと私がアル君の1号になるのよっ！

「だが少し困った問題もある。あのバカ貴族と事を構えるとなると、奴と剣を交えなければなるまいな……」

「奴ですか？」

「うむ、剣豪ベルグートじゃ」

剣豪ベルグート。王都でも指折りの傭兵である。昨日あの虫けらが来た時に、執事のジェルが言っていた奴ね。相当強い奴を用心棒に付けているという話だった。

それが剣豪ベルグートだったとはね……よくもまああの虫けらに付いたものだわ。

「剣豪ベルグートですか。それはまた豪勇な助っ人を雇ったものですね」

「うむ、それに厄介なことにベルグートの奴にアル君は目を付けられたかもしれん」

「何ですって！」

アル君に何かあったら、どうなるか分かっているわよね⁉　まともに死ねると思ったら大間違いよっ‼　ああして、こうして、こうやって、死ぬまで甚振《いたぶ》ってあげるわっ‼

「おい、だから顔に出ておるぞ……」

「……お、おほん、どうやって殺そうかと思案してしまいました」

「相変わらず物騒じゃの……だが心配には及ばん。アル君も弱くはないからの」

「そりゃそうよね、あのユージの息子ですもんね」

あいつの子だもの、弱いわけないわよね。実際どのくらい強いのかは分からないけど、おじさまが弱くはないというのだから、それなりに強いということでしょうね。

「まあ、あと気懸りなことは、あの娘じゃが……それは、今は何とも言えんな……」

「……⁇」

まだ気になることがあるようだ。しかしガルムドおじさまは不確定なことはあまり口にしない。余計な不安を煽《あお》るようなことは昔からしなかった。

「とにかく、あのバカ貴族が態々《わざわざ》自分の計画を話しに来てくれているようなものじゃからの。こちらも万全とはいかぬがそれなりに準備しておかねばなるまい」

ほんとに頭が悪い虫けらでよかった。あんなのと結婚なんてしてしまったら、未来は相当暗い。親同士も仲があまり良くなくてよかった。許嫁《いいなずけ》なんてことになっていたら、自殺ものよね……。

「そうですね、私の方はガイゼルと話し合い今後の対応を詰めたいと思います」

「うむ、儂《わし》もできる限りのことはせんとな……この歳になってもまだまだゆっくりできんということか……」

「なにを仰《おっしゃ》いますかおじさま。まだまだ若いものには負けん！　と、このあいだまで言っていたではないですか」

「がははは、確かにそうじゃな。だが息子のような奴に先立たれてはその気力も失せるわい……じゃがアル君が現れてくれたお陰で、少しは持ち直したようじゃ」

「でも歳には違いないですからね、あまり無理はなさらぬようにお願いします」

「うむ、心得ておる。ではまたの」

そう言うとガルムドおじさまは部屋を後にした。

ユージの死を切っ掛けにこの街に仕掛けてくるなんて、なんて卑劣な虫けらだ。せっかくユージが作り上げた平和な世界をまた混乱に陥れるような奴は、絶対に許すことはできない。

特にアル君に手出ししようものなら見てらっしゃい！　必ず生き地獄を見せてあげるわよ！

# 第十四話　依頼と怒り

私は早朝まだ暗いうちに目を覚ました。

辺りは暗く静かだった。ここはビッドさんの宿。私がここ最近寝ているベッドの中。どうしてこのベッドに寝ているのか記憶がない。確か今朝、アルとカイスル達と一緒に、衛兵訓練場へ行って、アルがあの英雄の息子だというびっくり仰天な事実を知った。

これには本当に驚いた。でも、アルの強さと優しさを目の当たりにしている私にとっては、それは当然のこととして受け止められる。それは英雄の息子としてではなく、私の英雄としてアルはいるのだから。

だがその後の記憶が朧気《おぼろげ》である……。

「……ハッ！」

そうだ、あの男が現れたのだ！　里でお母さんを攫《さら》って行ったあの男が……。

そこで、私は我を失ってしまった。あの男の姿を見た途端、言い知れぬ怒りが込み上げてきた。そこからの記憶がない。そしてこの感じは以前にもあった。

怒りで我を忘れてしまい、制御不能の魔法を発動したあの時と同じ感覚……お父さんを殺してしまった忌むべき力……。

お母さんへの手掛かりも情報もなくなってしまった今、不意に現れた張本人に自分でも押さえられない怒りの衝動が湧き上がってしまったのだろう。

そしてこの場所に無傷でいるということは、たぶんアルが私を止めてくれたのかもしれない。精霊様に尋ねたところ、それで間違いないようだった。アルが私に強力な昏睡魔法を掛けてくれたと。危ないところだった。もしも、もしもまたあの制御不能な魔法が発動したかと思うと、身震いが止まらない。それにあの魔法を衛兵さんにも悟られてしまった可能性がある。一年前のあの事件も明るみに出るかもしれない。そうなれば私は殺人の容疑で捕まってしまうかもしれないのだ。でも今はまだ捕まるわけにはいかない。お母さんを助け出すまでは……。

でもようやく見つけた。あの男がこの街にいるということは、きっとお母さんもこの街にいるはずである。けれどもどうやってお母さんを探し出そうか。その方法が私には思い浮かばない。私一人が動いてもどうにもならないとは分かっている。お母さん譲りのこのオッドアイの瞳。それにハーフエルフといった、この街で珍しい容姿でうろつけば、すぐに目立ってしまい、最悪はまた私も捕らえられてしまうだろう。アルとの訓練で、少しは魔法を使えるようにはなったけど、それであいつらに対抗できるほど甘くはないと思う。

「……どうしよう」

そう小さく呟《つぶや》くと、隣のベッドに寝ていたアルが、ごそもそと目を覚ます。

「あ、おはようサティ。もう起きていたんだね」

「お、おはようアル……」

「気分はどう？　どこか調子の悪いところはない？　いちおう回復魔法は掛けておいたけど」

「うん、大丈夫だよ」

アルはいつものように優しく微笑みかけてくれた。私のことを心配してくれ、回復魔法まで掛けてくれたという。ぴりっ、と下唇が少し痛むように感じた。

「ごめんねアル……私を止めてくれたんだよね……」

「あ、うん。びっくりしたよ。ただあの魔法だけは使って欲しくないな。あれはサティだけじゃなく、他の人達も巻き込むような危険な魔法だよ」

「う、うん、知っている……ほんとにごめんね……」

「うん、でも何もなかったからいいじゃないか」

アルはそう言いながら着替えを始めた。

「でもなんであんなことになったの？　精霊さんは、あの貴族風の男が関係していると言っていたけど……」

「うん……そう、あの白マントの男が私のお母さんを攫《さら》って行ったの……」

「えっ！　あの貴族風の男が？」

「うん……」

あの男が犯人だと知ると、アルは合点がいったような表情をし、

「そうか、あの貴族風の男がそうなんだね……でも、サティ。気持ちは分かるけど、あの魔法は駄目だよ、サティの命を削る魔法だよ」

アルは真剣な表情で私に忠告をする。

「うん、分かってる。けど、ああなってしまったら私の意志ではどうしようもないの……制御が利かないの……」

「なるほど、あの魔力に精神まで引っ張られるのかな？　うーん、心を強く保つ方法……なんていっても、心を強くする方法は僕にも分からないしね」

確かに心が不安定な時にそうなりやすいのかもしれない。以前の時もそんな感じだった。けれどアルが言うように、私も心を強くする方法なんて知らない。

「うーん、そうなれば、ある程度魔力の操作をできるようにしておいた方がいいのかもしれないね。魔力の質の違いこそあれ、魔力操作を会得していれば、その魔力も自ずと制御できるようになるかもしれないよね」

「魔力操作……」

そうはいっても、まだ魔法を少し覚えた程度の私に、そんな魔力操作なんてできるとは

思えない。

「大丈夫だよ、どのみち魔力操作をしっかりできるようにならなければ、この先覚えるであろう魔法も上手く発動できないからね。基礎中の基礎でもあるけど、全ての魔法に必要なことなんだよ」

「うん、分かった。アルがそう言うのなら間違いないわよね」

私から強くなりたいと言い始めたことでもあるし、アルと一緒ならできそうな気がする。

「それはそうと、あの貴族風の男がサティのお母さんを攫《さら》ったということなら、まだこの街にお母さんがいる可能性が出てきたね」

「うん、でもどうやって探せばいいか……」

「そうだね。今の僕達ではどうにもできないかもしれないな。闇雲に探したところで時間ばかりかかりそうだし……」

「うん……」

やはりアルも私と同じ考えだった。

「まずはみんなと相談してどうするか決めようよ」

「うん」

カイスル達とも相談して今後どう動くか決めようということになった。

「それとアルに少し聞いて欲しいことがあるの」

「ん、どうしたの？」

アルは着替えも済み、早朝訓練に向かう気満々である。

「私が以前この街に住んでいたことは話していたよね」

「うん、聞いたね」

「私がなぜまたあの里に戻ったのか。その理由があの魔法なの」

「里に戻った理由が？」

アルには私のすべてを聞いて欲しい。隠し事はしたくない。それによって私が嫌われてしまってもいいと思っている。私のしてしまった過ちを……。

「うん、一年前。私の不注意から、お母さんと私が今回のように奴隷商みたいな奴らに捕まりそうになったの。その時私のあの魔法が発動して、それを止めようとしたお父さんと、スラムの罪もない人が何人か死んでしまったの……」

奴隷商が死んでしまったのはどうでもいい。それに対しての罪悪感はあまりない。でも、その他の人達は巻き添えを食った感じである。特にお父さんは……。

「そうなんだ……でも、それはサティの意志ではどうにもならなかったんだよね？　危険から身を守るためにしてしまったということだよね。死んでしまったお父さんや周りの人達は可哀想だけれど、それ以上にサティはそれに対して悔いているんでしょ？」

「うん……私のせいでそうなってしまったから、悔やんでも悔やみきれないよ」

私がおとなしく隠れていないで、ふらふらと昼間から外に出ていた軽率な行動をしなければ、そうはならなかった。全部私のせい。

「なるほど、でも、僕がそれに対してどうこう言えるものはないよ。もしも僕がサティと同じ状況で誰かを助けたいと思ったら、他のことまで気が回らないで同じことをするかもしれないし、今の僕だったら、もっと被害を出すようなことをしたかもしれない。けど、これだけは言える。過去の過ちを悔やむなとは言わないし、それを心に刻むのも大切なことだと思う。でも、過ぎてしまったことを延々と悔やむよりも、今後同じようなことは、しないし起こさない。ということが大切だと思うんだけど、どうかな？」

アルは自分のことのように考え、しみじみと言った。

「うん……」

「そのためにはやっぱり、魔力制御を早急に覚えないとね。そうか、そのせいもあって魔法を覚えなかったのもあるのか……そうなれば逆効果でもあったわけか……」

アルは後半自問自答して一人で納得していたようだ。

でもアルの言う通りかもしれない。少しでもこの力を制御するだけのものを身に付けなければ、また今回のように同じ過ちをしてしまうかもしれないのだ。

「でも、一年前のことで私は捕まっちゃうかもしれないよ……」

それとは別にこの街でその事件の容疑者が今でも捜索されているかもしれない。

「そうかな？　それならもう既に捕まっていてもおかしくないと思うけどな」

「えっ？　どうして？」

「うーん、はっきりとは言えないけど、ガイゼルさんやグレイシアさん、それに組合長は、もうサティのことをおおよそどんな人物なのかは知っているはずだよ。それに今回の件でその話が出なかったということは、僕の予想では、一年前の事件はサティが引き起こしたものだとは考えていないと思うんだ」

「……」

そうなのだろうか。確かにスラムでの出来事だったし、目撃者はたぶんみんな死んでいる。逃げ出した私とお母さんを見ている人は少なかっただろうと思う。

「まあ気にしてもしょうがないよ。たぶんサティからその事件のことを言わなければ捕まるようなことはないと思うよ。それよりも体の調子が悪くないのなら朝の訓練に行こうか？」

「う、うん……」

「じゃあ行こう」

アルはいつもの優しい笑顔で私に手を差し出す。私はその手を取り、ベッドから腰を上げる。宿の外に出ると、空も薄《うっす》らと白み始めてきた。私の手を引くアルの温もりが物凄く心地よい。すべてを優しく包んでくれるかのようなアルに、私は感謝の気持ちでいっぱいになる。

「ありがとうアル」

「ん？　あはは、これから一緒に頑張ろうね」

アルは私の手を解き、照れながら頭を掻《か》いた。

「うん！」

私はそんなアルに精一杯の笑顔でそう答えるのだった。

お母さんの手掛かりもすぐ近くにいることが分かった。

――待っていてねお母さん。きっとすぐに見つけて助け出してあげるよ。

私の中にはそう確信にも似た心が芽生える。

それは何故か……それは、それはアルが私の傍にいるからである。

§

朝練を終え、朝食を摂《と》り早速出掛けることにした。

まずは組合長が何か用事がありそうだったので、先に冒険者組合へと向かうことにする。その後は今のところまだ確定していない。組合長の用件が何なのかもはっきり聞いておきたいし、サティのお母さんの調査も重要だからだ。カイスル達とも相談してどうしようか決めなければならない。

「あ、サティ。このスタッフを使いなよ」

僕は昨日作成した杖《スタッフ》をサティに渡す。

「えっ？　いいの？」

「うん、サティのために作ったんだから、使ってもらわなければ僕が困るよ」

「うん、分かった。ありがとうアル」

サティは嬉しそうに受け取ってくれた。

いちおう世界樹の木の枝も在庫がまだたくさんあったので、それを杖《スタッフ》の主材に使い、それとそこそこ純度の高い魔法石を杖《スタッフ》の先端に仕込み、追加効果がある魔法を付与している。通常の魔法を1・2倍もの威力に引き上げてくれるのだ。今はまだ威力のないサティの魔法にうってつけの付与魔法である。

ちなみにカイスル達三人にも、新しい武器を昨日の夜に渡してある。サティが目を覚まさなかったので、三人は心配そうにしていたが、僕と一緒に鍛冶小屋で待つことにしたのだ。その時みんなの採寸をとり防具も作る約束をしたのである。みんなはまだ初心者レベルの武器だったので、まずは装備で攻撃力の底上げをしたいと思ったからだ。

今までは銅《カッパー》ぐらいの武器しか買えなかったらしいのだが、今回は鋼鉄《スチール》と銀合金《シルバー》で作り上げた。カイスルには鋼製のロングソードを。メノルにはシルバーメイス。リーゼにはシルバーレイピアを製作した。

カイスル達は新しい武器を手にしてとても喜んでいた。作った甲斐があったよ。

ビッドさんにも修理した包丁と、新しく僕が打った包丁を二本渡した。修理した包丁はただの鉄製《アイアン》だったが、今度のは切れ味鋭い鋼製の包丁をプレゼントしたのだ。『こりゃあ、前の包丁よりすげーじゃねーか！』と、絶賛してくれた。

みんなの喜ぶ顔が、僕もとても嬉しく思うのだった。

新装備で皆ウキウキと街を歩き、冒険者組合へ到着する。

「アル君ちょっと組合長の所に行きましょう。みんなはその間ここで待っていてね」

冒険者組合に着くなりアンリーさんはそう言って、僕だけを組合長の部屋へと誘った。

「おお、来たか。おはようアル君」

「おはようございます組合長」

僕が組合長の部屋へ入ると組合長は、僕を待ちわびていたかのように挨拶してくれた。

「うむ、昨日は大丈夫だったかの？」

「はい、みんなどこも調子は悪くないようです」

「そうかそうか」

組合長はみんなが無事なことを知り、目がなくなるほどの優しい笑顔で頷《うなず》く。

しかし、次に瞳を見開いた時、その優しい笑顔は消えていた。

「アル君、実はアル君にお願いがあるのだ」

「はい、なんでしょうか？」

「うむ、ここ最近街近郊の森でもやや強い魔物が徘徊しているようでの、低ランクの冒険者が結構な人数怪我をしておる。まだ死人は出ておらんが、大怪我を負うものも出てきておる状況じゃ」

街近郊というと、僕達がこの間ビッグボアと出くわしたような所かな？　低ランクといえばカイスル達のような冒険者のことを言っているのだろう。やや強い魔物がビッグボアとかだったら、カイスル達のような低ランク冒険者には少し厳しいかもしれないな。

「それでじゃ、アル君は今四人の仲間がいるが、彼らはアル君とは違いまだまだ初心者の域を出ん。アル君は彼らを守り切れるだけの行動をとれるかね？」

「守り切るですか？」

「そうじゃ、もし彼らを危険な目に遭わせるようなら、申し訳ないが、今しばらく壁外へ行くのは控えてもらいたい。危険な森で、無駄に怪我人を出すことはして欲しくないのでな。そこでもう一度訊くが、彼らを守れるか？」

「うーん、そうですね、絶対守る……と言えればいいのですが、そこまで自信がありません。極力守ります。としか言えません」

絶対なんて多分無理な話だろう。ちょっと離れていたり、不意の攻撃なんて受けたら間に合わない場合もある。なるべく注意はするつもりだけど、それでも四人共となれば、絶対とは言えない。

「そうか、まあ、冒険者には危険がつきものじゃからな。極力守ると約束してくれるなら許可はしよう」

「はい、ありがとうございます」

　街の外でのクエストを請けられないとなると、カイスル達が困るよね。まあ宿代は今のところビッドさんの宿にいて良いという話が付いているので問題ないが、街にいると何かとお金も必要だろう。それにサティやみんなの鍛錬もできなくなるから。でも、僕がみんなを守れば許可は出してもらえるということだ。

「そこでだアル君。それでも彼らを死なせたくはないじゃろ？」

「はい！　それは勿論です」

　当たり前ですよ。せっかく友達になったばかりなのにすぐに死に別れなどしたくない。まだ数日しか話してもいないし、いきなり土の中に埋葬したりなんかしたくない。

「ならば、彼らを鍛えてはみぬか？」

「鍛える？」

「そうじゃ、アル君が父上にそうして鍛えられたように、彼らを鍛えるんじゃ」

　ふむ、要は父ちゃんが言っていた『パワーレベリング』をしろということかな？　まあ、サティにはそうするつもりで一昨日もレベル上げをしたのだ。

今朝【鑑定】で見たサティのレベルは6だった。たった数匹でレベルが五つも上がったのだからたいしたものだ。組合長に【鑑定】を解禁され、早速見てみたのだが、黙って覗くのはやっぱり気が引けるね。いちおう許可は貰ってみたけど、まあ口外しなければいいだけのことなのだが、どこか気が引けてしまう。

ちなみにカイスルはレベル12。メノルはレベル11。リーゼはレベル10だった。どうやらカイスルがみんなより少し多く経験値を獲得しているようである。

「はい、それは最初からそうするつもりでした。魔法の訓練も並行しようと考えています」

「うむ、それならば結構だ。ステータスが上がるとそれだけで死ぬ確率は減る。アル君が付いていれば彼らも安心してレベルを上げることができるじゃろう」

「はい、頑張ります！」

ん？　僕が頑張るのか？　頑張らせます！　の方がよかったかな？

「そこでじゃアル君。ここから本題なのじゃ」

「はい、なんでしょうか？」

「できれば魔物駆除を優先して行ってはくれまいか？」

「えっ？　ランクが上のクエストですよね？」

「うむそうじゃ。今回は緊急事態でな。特例で許可する」

「は、はい……」

どうやら、中堅の信用の置ける冒険者と、僕にその依頼を出すようだ。

僕はまだFランクだけど能力的にはSランク以上だという話で、特例として頼みたいということらしい。ただ詳しくは、昨日の話にもあった通り今この街には、高ランクの冒険者が極端に不足しているらしく、残っているのは素行不良な冒険者らしい。故にこの特別な依頼は出せないということなのだ。信頼の置ける冒険者もそう数が揃ってはいないらしく、そこでボクに白羽の矢が立ったという話だった。

「ただ、他の四人を鍛えるのはいいが、危険に晒《さら》すことはしないようにな。君とは違いまだまだステータスも体もできていないからの」

「はい、分かりました」

「それと、アル君は空間魔法を使えるのじゃったな。であれば討伐した魔物はすべて持ってきて欲しい。この街の食糧事情や生産業もまだまだ改善しなければならんのでの。済まぬが頼む」

「はい、あ、であれば、こないだの魔法石や素材も差し上げます。僕はまだ在庫があるので、いつでもいいので」

「そうか！　それは助かる」

組合長はことのほか喜び、アンリーさんに解体所に指示するように伝えた。

まあ、山奥の洞窟で集めたものはまだまだたくさんある。もし無くなったらまた魔物を討伐すればいい話だしね。

「あと注意して欲しいことがある。例の魔物を組合に入れた件で半端者達がアル君を狙いだすかもしれん。それと例の白金貨事件もまだ気を抜くことはできんからの」

「んー、まだそれがあったか……。

「はい、注意します……」

僕は注意するとしか言えない。いくら注意していようが襲って来るのは止められないだろう。なるべくそんな面倒なことはしないで欲しいのだけど……。

「ところでアル君の持っているアイテムバッグはマジックバッグなのかの？」

組合長はまた話を変えて、今度はアイテムバッグのことを訊いてきた。

「はい、そうです。これは父が持っていたものです。形見として受け取りました」

「そうか、それならばそれを貸してくれとは言えぬな……」

組合長はマジックバッグを貸して欲しいのかな？

「どうしたんですか？」

「いやな、組合でも数個は所有しているのだが、中堅冒険者に全て貸し出してしまいもう在庫がないんじゃ。魔物の討伐依頼を出しても、死骸を持ってくるだけで一仕事になってしまうからの」

なるほど、カイスル達にも聞いたけど、冒険者でもマジックバッグを持っている人は少ないと言っていた。Aランクの冒険者でも、持っている人は稀だという話だ。必要な時は冒険者組合が貸し出すということらしい。そこでも僕の認識とは大きく違っていたんだな……。ちなみに多くの魔物討伐を請ける冒険者は、組合からマジックバッグを借りるか、数人の荷物持ち《サポーター》を雇うそうである。

「あ、五つなら僕の作った予備がありますよ。それをお譲りしましょうか？」

「なに‼　アル君はマジックバッグを作成できるのか？」

「はい、月に十個ぐらいは作っていました。それをイーグルシティーのダンさんに納めていましたよ」

「……！」

組合長は声が出ないほど驚いた。山奥で作ったものが十個あり、サティとカイスル達に一つずつ渡したけど、後六個は作り置きがある。そのうち五個ぐらいなら譲ってもいいよね。また時間をみて作ればいいことでもあるし。

「……な、なんと、イーナス商会が販売していたマジックバッグは、アル君の作ったものだったとはな……ダンバルの奴め、儂《わし》にまで内緒にするとは、いい根性をしておるな……」

組合長はダンさんとも知り合いなんだ。

そりゃそうか、ダンさんは父ちゃんの友達だから、知っていてもおかしくないか。

「まさかアル君だったとはな……しかし凄いものじゃな。今この国で空間魔法を魔道具にエンチャントできる魔導師など、もしかしたらアル君ぐらいかもしれんの……」

「えっ！　そうなんですか？」

マジックバッグを作成できる錬金術、魔導師は、とても稀有《けう》で、数十年に一人出ればいい方だと組合長は話してくれた。以前まで作成していた人はもう数十年前に他界しているようで、今まではその人の作ったものが世界に流通していたようなのだが、希少価値が高くオークションにも滅多に出てこないほどの代物だったらしい。そしてもう作成してから数十年も経過しているため、その人の作ったモノは破損や劣化で徐々にこの世界から姿を消していったそうだ。そして、そこに僕が作ったものが出回ったという話である……。

な、ななんと……ここでも、僕の認識の齟齬《そご》が発覚した。マジックバッグなんて、ちょっとした錬金術師、魔導師なら誰でも作れて、冒険者ならば誰しもが持っているだろう。そう思っていたのだが、まったくの思い違いだったらしい……。

はうっ、最近知る僕のとんでもなさに、なんか知恵熱が出そうだ……。

「ありがとうアル君。ではこれは相応の値段で譲ってもらうこととしよう」

「はい」

僕は五個のマジックバッグを組合長に渡した。

相応の値段というのだから、相応の値段なのだろう。父ちゃんが言っていた金貨五百枚、白金貨五十枚でかな？　うあ、また白金貨が増えそうだよ……。

「最後にあのエルフの子じゃがの、確かサティエラちゃんといったかな？」

「はい、サティですか？」

「うむ、あの魔力……あれは禁断の魔術のような気がしたが……」

サティの放出した魔力。禁断の魔術【命の魔法《ソウルマジック》】。やっぱり組合長も気付いていた。

「よく止められたの？」

「あ、はい、無我夢中で昏睡魔法を掛けました」

「ふむ、なにか原因か理由があるのかは知らんが、あの魔法は危険だ。万が一発動でもしたらと思うと肝が冷えるわい」

「そうならないように、今日から魔力の操作を教えようと思っています。サティにも了解は取っています」

スラムでの一件は聞いているが、まだそのことは話さない方がいいと思った。サティが気にしている通りスラムでのことは、誰もサティが引き起こしたとは思っていないようだから、態々《わざわざ》こちらからそれを言うまでもないと思ったからだ。あまり他の人に目を向けられると、サティに良くない気がしたから。

「そうか、それならそのサティという子のことは、アル君に任せることにするかの……」

「はい」

どうやら組合長は、あの禁断の魔術がもしも発動しても、それを止められるのはこの街には誰一人としていないだろうと言っていた。なので、僕がサティの側にいてくれる方が安心だと言う。ただ一つだけ忠告は受けた。昨日も言っていた通り、最悪の場合は殺すことになるかもしれないということは肝に銘じろと……。

しかし僕はそうならないようにしたい。きっと僕とサティとなら何とかできるはずだ。

「ところで組合長。昨日の白マントを装着したひょろっとした嫌な人……ライジンっていう人でしたっけ？」

「んん？　おお、ライジン伯爵かの？」

「そうです。あの人は何者なんですか？」

「うむ、あのライジン伯爵はこの街の東の方にあるラルームという街の領主じゃ」

「ラルームの街の領主さんですか……」

「それがどうかしたかの？」

「いえ、なんかあまり良い人には見えなかったものですから……」

「がはははっ、そうか、アル君にもそう見えたか？　これは益々あ奴の人望も落ちたというものじゃな」

愉快そうに笑う組合長。やはりサティのお母さんを攫《さら》ったということだけはあるのか、良い人なわけがない。

「まあ、あのライジン伯爵はこのレーベンの街が危機に瀕《ひん》しているので手助けをしたいと言ってきての」

ん？　この街の危機を救いに来たの？　そこだけ聞けば、それはそれで良い人がすることに思えてくる。しかしサティの話を聞いている僕にとって、もうライジンという人は敵として認識している。

「とはいえあ奴は信用ならん奴じゃ」

やはりそうだ。組合長もあの人のことは信用できないと思っているのだ。

「そのライジンって人が、サティのお母さんを攫った犯人らしく、それであの場で偶然出会ったことに怒りのあまり、あの魔法を発動したみたいなんです」

「なに⁉　そんなことがか……」

「はい、組合長ももうご存知だと思いますが、ランカスターの森のエルフの里を襲った例の奴隷商一味の黒幕があの人だという話です」

「ふむ……そうか……」

組合長は顎に手を当て難しい表情で考え込んだ。

「それでアル君はどうしたいのじゃな？」

「はい、居場所を突き止めて、サティのお母さんがこの街にいるのであれば、救出したいと思っています」

「ふむ、そうか……アンリー、ライジン伯爵の宿泊先は判明していたな？」

組合長は僕の意見を聞くと、アンリーさんに話を振る。

「はい、ライジン伯爵と剣豪ベルグートは、この街で一番高級な国営の宿、ハリソンの宿に宿泊しています」

「ふむ、そうか……」

アンリーさんはライジン伯爵と、その連れの剣豪ベルグートという人がそんな高級な宿に泊まっている事実を告げる。アンリーさんがきっと昨日、訓練場から一足先に出て行ったのは、あの二人を尾行していたからなのだろう。

「どうするかねアル君？」

「居場所が分かったのであれば、直接乗り込むまでです」

「やはりな、そう言うと思ったわい……安直なのは父親譲りじゃのう」

組合長はにこやかに微笑んだと思ったら、次には厳しい表情で続ける。

「だがそれはやめておきなさい。相手はああ見えても貴族の端くれだ。確たる証拠もないまま乗り込んでもこちらが不利になるじゃろう」

「確たる証拠？　……サティの証言があります」

「それは分かる。だがまだ少女、それもエルフ族、その一人の証言が通る世界ではないのだよ。そして悪いことに王国直営の宿ともなれば、貴族に歯向かったという情報が伝わり、最悪はアル君がこの国から手配されてしまうかもしれん。それになぜあんな奴に付いているかは分からんが、剣豪ベルグートという凄腕剣士が側に控えているのじゃ、ここはじっくり証拠を掴《つか》み、確証を得てから行動をした方がいいと儂《わし》は思うのじゃが、どうかのう？」

組合長は諭すようにそう言った。

僕にはこの世界の貴族や王国などの事情は全く分からない。確かに貴族とは一般人より身分が高く、国から賦与される爵位というものがあるので、その人に逆らうのは、反逆罪とかになるのだろうか？

「わ、分かりました。証拠を掴めばいいのですよね？」

サティのお母さんが見つかれば、遠慮はいらないってことだよね？

「うむ、しばらくは我慢じゃな。なに心配するでない、儂らもその辺りのことは探っていこう。あ奴がこの街に現れると碌《ろく》なことがないからのぅ。こちらも警戒した方が良さそうじゃからな。それに相手が貴族ならこちらもそれなりの後ろ盾を準備していたに越したことはない。それまでは待っていなさい」

組合長も力になってくれるということだ。

「分かりました。では、先に組合長の依頼を進めていきます。時間があれば僕達も探りますけど……」

「うむ、その方向でいこうかの。ではよろしく頼む」

話はそれで終わった。僕は組合長の部屋を後にし、アンリーさんと下の階へと向かった。

「アル君。心配しないで組合長の言う通りにした方がいいですよ。あたしも協力するから、安心して依頼をこなしてくれればいいわ」

アンリーさんも僕のことが気懸りなようで、協力してくれると言ってくれる。みんな良い人だな、と僕は嬉しくなるのだった。

一階に着くと、なにかエントランスが騒がしかった。

「なんだよあんた達には関係ないだろ！」

「そうっス！　そうっス！」

「サティに変なことしないでよ！」

サティを庇《かば》いながらカイスル達三人は、数名の冒険者に詰め寄られていた。

「おいおい、お前らもいい武器持ってるじゃねーか！　黙って寄越せば見逃してやってもいいんだぜ？」

昨日カイスル達に渡した武器に目を付けた男がそんなことを言った。

「なんであんたに渡さなければならないんだ！」

「そうっス！　これは友情の証《あかし》っス！」

「死んでも渡さないんだから！」

いや、死ぬ前に渡そうよ。武器はまた作れるけど、命は作れないんだよ？

「アンリーさん、なんか絡まれていますね……」

「もうっ、朝っぱらから堂々と……アル君は手を出さないでね」

「は、はい……」

そう言うとアンリーさんは、ズカズカとその冒険者達の元へと向かっていった。ここで僕に手を出すなということは、僕が悪目立ちするのを避けたいのかもしれない。

でもアンリーさん大丈夫なのかな？

「こらーっ！　あなた達何をやっているんですか!!」

アンリーさんがそう言いながら一人の冒険者の後ろ襟を、むんずと掴《つか》みあげた。

床から足が浮く冒険者……。

おお、アンリーさん力持ち！

「ひっ！　あ、アンリー……さん……？」

冒険者は男のくせに情けない声を上げる。

「組合内で堂々とそういう行為は許しません！」

「わあっ！　ぐっ――」

アンリーさんが軽く腕を振ると冒険者は軽々と飛んでゆき、ガツン！　と掲示板に頭から激しくぶつかって床に落ちた……動かない……。

「「ひっ！　すいあせんしたーっ!!」」

それを見た残りの冒険者達は、蜘蛛の子を散らすように組合から出て行くのだった。

アンリーさん侮れず……。

「さあ、何があったかは知らないけど、あなた達もあんまりあんなチンピラにかかわるのはやめなさいよ？」

「は、はい。でも向こうからサティにいちゃもん付けてきたんです……」

カイスルが毅然《きぜん》と言った。どうやら三人はサティを庇《かば》ってくれたようだ。

「そう、でも気を付けるのよ？　相手はチンピラ冒険者でも、あなた達よりかは強いのですからね。なるべく反抗しないようにね」

「はい、気を付けます。ありがとうございました」

「ありがとうッス、アンリーさん」

「ありがと、おばさん……ボソッ」

三人はそれぞれ礼をした。が、アンリーさんの狐の耳がぴくっと動くと、

「こらそこーっ!!　あなたもああなりたいのね？」

床に伸びている男を指差しリーゼに向かいそう言うアンリーさん。それを見たリーゼは、千切れるかと思うぐらい首をブンブンと横に振っている。カイスルとメノルは抱き合って震えていた……。リーゼは何か言ったのかな？　僕にはお礼しか聞こえなかったが……。

ともあれ僕達は、急遽組合長から請けた依頼をこなすため、森へと向かうことにしたの

だった。

§

【衛兵寄宿舎　シルラ】

ブロディの介抱を続け、ようやく顔の腫れも引いてきて、少しは水分も取れるぐらいには回復してきた。みんなの目を盗んでポーションを飲ませた甲斐があった。効き目の低いポーションだから、そこまで目に見えた回復はしない。まだ話すことはできないが、ブロディの眼は、ただすまなそうにわたしを見詰めるのだった。

里の他の者達は、わたしのこの行動を快く思っていない。それもそうだろう、このブロディのせいで奴隷商に攫《さら》われたのだ。痛め付けられ、縛られて……それを許すことができる者は、誰一人としていないだろう。小さな子供だってブロディのことを憎んでいる。斯《か》くいう私だって許せはしない。だけど何故かわたしは放ってはおけなかった。

『シルラ、そんな奴のことは放っておきなさいよ。何で連れて帰るって衛兵さんに言ったの？』

そんなことを言うのは当たり前である。あのまま衛兵に引き渡しても良かったが、どうしてかわたしにはそれができなかった。

どのみち里に連れ帰ったとしても、一族、仲間を売った罪を償わせられることは明白である。いくら長《おさ》の孫、次期長の息子という立場だろうが、それは免れられないと思う。最悪は死をもって償え、という判断が下される。里の裁定は、いくら長一人が反対しようが覆ることはない。そこまでの裏切りをブロディはしたのだ。

里もあの騒動で大変な被害を被っているはずだ。下手をすれば多くの仲間が殺されたのかもしれない。そこにブロディに温情をかける余地がある者など、おそらく誰もいないだろう……わたしだって怒っているし憎んでいる。なんでブロディはこんな残忍なことをしてしまったのか……それでもわたしは……わたしは彼を放ってはおけない……。

幼馴染だから？　いや、ただそれだけじゃない。きっと、きっと誰よりもブロディのことを知っているから、かもしれない。

「シ、シ、ル、ラ……」

介抱を続けていると、そんな絞り出したような声が、ようようブロディから発せられた。

「なに？　どこか痛むの？」

ボコボコに殴られて顔の形も変わってしまい、歯も何本も抜け落ちてしまった。そんな歯の隙間から、シューシューと空気を漏らしながら頑張って話そうとする。

「……ご、ご、べ、ん、で……」

「……」


わたしの手を取り、回らぬ口で紡ぎ出した言葉が『ごめんね』だった。

それに対して私は何も言えない。素直に許すことができるなら、そんなに簡単なことはない。ただ今回の件に関しては、みんなの手前もあり到底許すことはできないのだ。

その後ブロディは何も言うことなくまた眠りについた。わたしはどうしたいのだろう？ブロディをこのまま里に連れ帰ることが本当に良いことなのだろうか？　処刑される、もしくは一生涯牢に閉じ込められる。そんな末路しか彼には用意されていない里へ……。

ブロディが握ってきた手を解こうとしたところ、わたしの手に何かを握らせていたのだ。

――袋？　……!!

小さな革の袋の中身を確認して驚いた。そこには銀色に輝く硬貨が二十枚入っていたのだ。それは銀貨ではなく、たぶん白金貨と呼ばれるものだ。お金こそあまり見たことがないが、銀貨と金貨は以前里で見たことがある。その銀貨とは似ても似つかない綺麗な銀色。教えてもらったお金の種類で、金貨の上に白金貨というものがあると聞いた。たぶんそれに違いないだろう。ブロディは何故これをわたしに託したのだろう？　そう考えているうちに、わたしの気持ちも固まってきた。ブロディを生かす方法はこれしかない。わたしはその一念で行動することに決めたのだった。

わたしは他のみんなが寝静まるのを待ち、ブロディを連れ衛兵寄宿舎から逃げ出した。

いちおう里の年長の子に手紙を残してきている。私の決断でみんなに迷惑がかかるのを謝るために。ごめんなさいと……。

夜の街に出て朝まで物陰で身を隠した。エルフ族は目立ってしまうのでフードでエルフの特徴である耳は隠している。朝になったらブロディのために薬屋さんでポーションを買おうかと思っている。その後は冒険者の登録をして、二人でこの世界を旅でもしようかと考えている。二人でなら何とかやっていけないだろうか？　その一念である。

日も昇り、薬屋さんを探しに街をうろついたが、土地勘もこの世界のことも何も知らないわたしには、どこにそういったお店があるのか見当もつかなかった。

そして意を決し、近くにいた数人の男の人達に薬屋さんの場所を尋ねたことが、私達をまた窮地へと追い込むのだった。

「なに？　なるべく効き目の高いポーションを売ってる店だと？」

ブロディの怪我を治せるような中級以上のポーションが欲しかった。

「おまえな、上級ポーション高けーんだぞ？　金持ってるのか？　そんな恰好には見えねーぞ？」

そう言ってきたので、お金はありますと白金貨を見せた途端、その人達の目の色が変わった。

「お、おいこいつら例の奴らじゃねーのか？」「そうかもしれねえな男と女の二人組、白金貨も持っていやがるし間違いねえ」「ちょうど誰もいねえから、やっちまうか？」などとひそひそと話し出す人達。わたしは手に持ったお金の入った革の袋を奪われそうになり、それに抵抗するとしたたか殴られる。

「なっ！　お前エルフか⁉」

「ひゃ、ひゃめろ……」

わたしのかぶっていたフードをはぐられ、エルフだと露見してしまった。そんなわたしを見て、まだ怪我も治っておらず、ぐったりとしているブロディが男達に掴《つか》みかかる。

「うるせえ、死にぞこないが！　けっ、金を奪い、この女を売っぱらっちまおうぜ！」

しかしブロディはなす術もなく殴られて倒れた。そうやってわたし達は男達に囲まれてしまうのだった。話の内容からして、わたしはまた捕まり奴隷商へ売られる。

ああ、どうして世界はわたし達の味方をしてくれないのだろう。里で奴隷商に攫《さら》われ、何とか助かり、その里を捨てる決意をし、ブロディと二人でゼロからやり直そうと思っていた矢先に……なんで……なんでこんな酷い目に遭わなければいけないのだろうか……。

わたしはこの世界の過酷さを呪うのだった。

§

僕達は組合長からたっての依頼を請けて、魔物討伐をすることになり壁外へと向かうために冒険者組合を出た。

サティのお母さんのことも気懸りだが、組合長やアンリーさんが、僕達の代わりに色々と動いてくれるということなので、まずは組合長の言った通り、魔物討伐を優先しようということになった。サティやカイスル達とも相談してそう決めたのだ。この件に関してはカイスル達も組合長と同意見だったので、僕もそれ以上は意見できなかった。確たる証拠もなしに行動しても、こちらが悪者にされてしまうのでその方針はやめた方が良い。貴族に手を出すと碌《ろく》なことにならないというのは、世間一般で常識になっているそうである。

けど、この街の領主であるグリューゼル侯爵、イメルザさんはそんな碌な人ではないとカイスル達は言っていた。たまにスラムの状況を見に来てくれたりして、色々孤児院の子供達にしてくれていたということらしい。良い貴族もいるようだ。僕の印象でもイメルザさんはそんな悪い心証がない人だったので納得できる。

でも時間が取れるようだったら、夕方からでも僕達もサティのお母さんのことを、少しでも探りに入ろうと考えている。じっとしていられるわけもないのだ。確証を得た時点で行動に移してもいいだろう。

ということで、せっかく魔物討伐の依頼を請けたので、サティやカイスル達のレベルアップも同時に行うことにしようと思っているのだ。

「アル！　あそこ見てみろよ！」

街の門を目指し商店街を抜けようとしていたところで、カイスルが少し人通りの少ない路地を指差し言う。そこでは数人の冒険者らしき人達が、誰かを甚振《いたぶ》っているようだった。

一人はぐったりとした男性、そしてもう一人は女性だ。小さな悲鳴が何度か聞こえてきた。

「なにしているんだろうね？　というか、なんか険悪な雰囲気だよ」

「またかよ……チンピラ冒険者がまた弱い者いじめをしているようだな」

カイスルは悔しげな表情でそう言う。

確かに今のカイスルでは、その数人の冒険者には敵わないと理解しているようだった。

「というより、弱い者いじめは許せないよ！　行ってくるね！」

「――お、おい……」

カイスルが何か言おうとしたが、僕はそれを聞くこともなく地面を蹴った。

チンピラ冒険者がのさばっている現状を組合でも憂いていたし、こうやって目の前で被害を被っている人がいたら、放ってはおけない。

僕は瞬時にその現場に移動し、今にも女性に殴りかかろうとしている冒険者の腕を掴《つか》む。

「――ぐっ、だ、だれだ!!」

「ねえ、止めなよ！」

女性に何の躊躇《ちゅうちょ》もなく拳を振り上げようとしている男は、父ちゃんが言うようにクズとしか言いようがない。

「一つ訊いておきます。悪者はどっちですか？」

「あんだてめーわぁ!!」

腕を取られた男は、頬を引き攣《つ》らせながら獰猛《どうもう》に叫ぶ。どう見てもこっちが悪者だな。

訊くまでもないと思ったが、もしかしたらこの襲われている二人が冒険者に悪さしたとも考えられる。そう思って女性を見ると、どこかで見覚えのある顔だった。サティと似たような耳の形をした女性は、あの洞窟で助け出したエルフの女性達のうちの一人。そして地面に倒れ込んでいる男性は、あのブロディという男だった。

「そうですか、冒険者の皆さんが悪者らしいですね」

「うるせえ、放しやがれ!!」

冒険者として弱い者を虐げ、あまつさえ女性にも手を上げるなど、恥ずかしくないのだろうか？　父ちゃんの教訓『強く優しくあれ』は、今のこの街では通用しないのか？

「その二人を解放してもらいます」

「あんだとコラぁー!!」

冒険者は三人。僕はその三人のステータスを鑑定で見る。レベルは三人共に２００前後。

全力で当たれば間違いなく殺してしまう。

「凄んでも無駄です！」

「「「――うぐっ……」」」

冒険者の腕を放すと同時に、加減をしたパンチで三人の腹部を次々に殴ると、簡単に意識を刈り取ることができた。組合長の許可を貰っていて正解だった。洞察だけでなら、パンチだけでも加減を間違えば殺しかねなかっただろう。

「大丈夫かい？」

僕はエルフの女性に向かって訊く。ブロディとかいう男は、怪我がまだ治っていないらしく、ぐったりと路地に突っ伏していた。

「あ、はい……また助けていただきありがとうございます……」

エルフの女性は、ホッとしたというよりも、本当に済まなそうに頭を下げた。

「怪我しているみたいだね。というか、なんでこんな所に？　衛兵さんの所にいたはずだよね？」

「……」

僕の質問に口籠もってしまう。

「おい、アル！　大丈夫か？　――あ、なんだよこいつ！　あのブロディとかいう奴じゃないか！　いったいなにがあったんだ？」

カイスル達も駆け付け、地面に倒れている男を目にすると、即座にブロディと分かったようだった。

「うん、理由は分からないけど、衛兵さんの所から抜け出してきたようだね。とりあえず怪我を治そうか」

そして僕は回復魔法を女性に掛ける。ブロディはそのままだが。

「あ、ありがとう……」

その後エルフの女性——名前をシルラというらしい——から話を聞くと、どうやら二人は、エルフの里には戻らずに逃避行するということが判明した。ブロディという男のためにポーションを買おうとしていたらしく、冒険者にポーションの売っている店の場所を訊いたところ、お金を奪われそうになり、おまけに自分も捕まりそうになったと話した。

もう少し人を見てから訊けばいいのにね。態々《わざわざ》チンピラ風の冒険者を選んだのが運の尽きだと思うけど……。

「そうか、僕はシルラさんの行動に何かを言うつもりはないけど、里の人達はなんて言うかな？」

ブロディは、エルフの里で裁くという話だったので、この街の衛兵さんもそれを許諾したのだ。なのでもうエルフ族にブロディの処遇を任せているので、こちらで裁くことはしない。ただ心情的には許せないものがある。このブロディのせいでサティのお母さんが攫《さら》われてしまった事実は消せないのだ。それを簡単に許せるほど、僕とサティは優しくはないだろう。だが、シルラさんの話に依《よ》れば、ブロディは深く反省をしているみたいだという。このまま里に帰ればまずブロディは里の裏切り者として処罰される。悪ければ処刑されるだろうし、良くても一生檻の中での生活を余儀なくされるだろうということだ。

だから、二人で一緒に里抜けして逃げ出そうと決断したらしい。シルラさんはブロディのことを心配しての行動を取ったということだ。

「なあ、アル、サティ。少し話を聞いてくれ」

するとと難しい顔で話を聞いていたカイスルが発言する。

「ん？　どうしたのカイスル？」「？」

「この男のしたことは許せないかもしれない。特にサティは、お母さんがこいつのせいで攫われたようなものだから余計だと思う。だがシルラさんが言う通り本当にこいつが反省し、改心しているというのなら、俺達の役に立ってもらおうと思うんだが、どうかな？」

「え？　カイスルどういうこと？」「……？」

カイスルの提案に、僕とサティはよく意味が理解できなかった。

「こいつはこの中で唯一、あのライジンとかいう貴族と接触しているんだろ？　それに手を貸してまでいるんだ。それなら何ら怪しまれることなくライジンにまた接触できるんじゃないのか？　奴らの懐に潜り込んでもらって、サティのお母さんの情報を探ってもらおうと思うんだが、どうかな？」

「あ、そうか。その手があるね……サティ、どうかな？」

僕達が良くても、サティが許せないと思うならこの話はなしだろう。サティが嫌がってまですることではないと思う。

「うん、アル達がそれが良いと考えているなら、私もそれでいいと思う。何より今欲しいのはお母さんの情報だから……」

憎さより情報、背に腹は代えられないということか。お母さんの情報が手に入るのであれば、たとえ裏切り者のブロディの手でも借りようと決断するサティだった。

「でも、また裏切らないとも限らないよ？」

「そ、それはない！　反省していたし、謝ってもいた……だから……そう思いたい……」

僕がそう言うと、シルラさんが最初こそ強い口調で反論しようとしたが、後半は自信なさげにブロディへと目を向けた。

「大丈夫だアル。そんな時のために神聖契約がある。もしちょっとでも裏切ったなら、その命で償ってもらえばいいことだ」

「なるほど、その手があったね」

神聖契約とは、大切な約束事に際して行われる契約で、その約束事に反する行動をすると契約に則って罰則が発動するといった魔法契約である。その効果は絶対だそうだ。僕はそんな約束事をするような人が山奥にはいなかったのでしたことがない。したことがあると言えば、父ちゃんと約束した針を千本飲ませるという恐ろしい呪いの契約だけだよ。

「それで協力してくれるかな、シルラさん？」

「はい、分かりました。助けられてばかりで何も返すことができなかったのが心苦しくもありました。それにブロディには罪を償うチャンスだと思います。よろしくお願いします」

シルラさんは是非とも協力すると言ってくれた。

そうと決まればブロディへも回復魔法を掛け、怪我を回復させる。起き上がったブロディは、僕達を見るや驚きの表情をしていたが、まずは謝罪の言葉を口にした。どうやら反省しているという話は本当のことらしい。そしてシルラさんが今話した内容を告げると、ブロディもコクリと頷《うなず》き、その提案に乗ると言った。

僕はライジン伯爵の、今手元にある情報を伝え、そこに潜入して欲しいとお願いした。シルラさんにはその仲介役をお願いする。そして神聖契約を取り交わし、行動開始してもらうことにしたのだった。


そんなこんなで僕達は街の外へと来た。ランカスターの森の外縁部。初心者や駆け出し冒険者が薬草をよく採集する場所にまず入る。

ちなみにシルラさん達を襲っていた冒険者は衛兵さんへ引き渡しておいた。少しは反省してもらわなければね。悪いことをすると痛い目に遭う、と改心して欲しいものだよ。

「アル、それにしても神聖契約の方法なんてよく知っていたな？」

歩いているとカイスルがそんなことを訊いてくる。

あの二人に神聖契約で、裏切ったり嘘を吐いた場合には、死ぬまではいかないが、今後生きてゆくにも苦労するような罰則を盛り込んだ契約をしたのだ。

「えっ？　神聖契約の方法なんて知らないよ」

「はぁ？　じゃああれは何だったんだ？」

「いや、あれは契約をしたふりをしたんだよ」

「えっ？　なんで？」

サティも不思議そうに僕を見た。

「だって、最初にブロディ一人だけのつもりで罰則を伝えたら、シルラさんが自分も契約すると強く言ってきたよね。それを見たブロディも、真剣に僕達の話を聞いてくれた。ブロディ一人だけなら冒険者組合に行って、アンリーさんに神聖契約のやり方を教わろうかと思ったけど、二人が真剣にそう言っているのだから信用することにしたんだよ」

この件になんの関係もないシルラさんが、ブロディと一蓮托生《いちれんたくしょう》として、命を懸けてまで罰則を受け入れると言っているのだ。それを裏切るほどブロディも浅はかではないはずである。そう思ったので形なりに契約をしたように見せただけで、実際のところは何もしていないのだ。それで十分だと僕は思ったのである。

「そっか、うん、それでいいと思うよ」

サティも納得してくれた。やっぱりサティは優しいな。

「よし、その件は後回しにしよう。もう森に入ったから気を引き締めて行こうね！」

「おう！」「はい！」と、みんなで気を引き締める。

「とにかく組合長の依頼でもあるし、みんなのレベルを上げるチャンスでもあるから、遠慮なくこの機会を使わせてもらおうよ」

レベルが上がり、ステータスが上昇すれば、それだけで死にづらい体が出来上がる。せめてビッグボアぐらいは一人でも倒せるぐらいにはなって欲しいと思う。『死にづらい冒険者育成計画』の始まりだ。

「サティは今朝も教えた通り、常に魔力の操作をしながら行動してね。時々攻撃してもらうから、その時は合図するから慌てずにね」

「はい！」

サティは強く頷《うなず》いた。魔力の操作を覚えることで、少しでもあの危険な魔法を制御できる力を備えて欲しい。精霊さんにも協力は仰いでいる。もし不安定な魔力を感知したらすぐに報告してもらえるようにね。

「カイスルは、常に周囲を意識すること。【索敵】や【洞察】スキルを早めに習得した方がいいからね」

「おう！」

カイスルは魔法はいまいちだが、体技系を伸ばせばそこそこな剣士になれると思う。狼の獣人なので、俊敏性がかなり高いようで、それなりに訓練すれば間違いなく強くなれると思う。

「メノルは肉体強化系のスキルを開花させるように意識ね」

「うっス！」

メノルは低レベルな割には力が強いみたいだし、自分から盾役も買っている。そちら方向を伸ばした方が早いと思う。伊達に小太りじゃないのかもしれない。

「リーゼはサティと同じく魔力の操作を常にして、始動魔法のイメージを確かなものにしよう。同じく時々攻撃もしてもらうから、武器に魔法をチャージしておいてね」

「了解！」

リーゼは今のところ、低級の風魔法しか覚えていないらしい。サティと同様に魔力操作とイメージ力の強化をしてもらうことにする。できれば詠唱は短縮できた方がいいからね。まあ、魔法チャージ武器を渡してあるので、そこにチャージしておけば一回は詠唱なしで発動できる。よし、これで準備はいいね。

僕がまだ小さかった頃、父ちゃんがしてくれたような『パワーレベリング』を実施したいと思う。レベルが上がるとステータスは上がるが、ステータスが上がったところで技術や魔法が比例して向上するわけじゃない。力や魔法の威力は向上しないこともないのだが、何事も鍛錬は必要だ。なので常にその辺りは意識しながらレベル上げもしていかなければだけどね。とにかく組合長が言うように、まずはチョットぐらいで死ぬことがないように、ステータスを早めに上げておくことが、今後生き抜くために必要だと思う。

「じゃあ行くよ。みんなあまり離れないようにね」

こうして魔物討伐、並びにみんなのレベル上げを開始するのだった。

このあいだサティとしていたような方法で魔物を討伐してゆく。僕が敵を攻撃不能状態にし、そこをみんなに攻撃してもらいとどめを刺してもらう。まるで袋叩きにしているようで、気持ちのいいものではないが、人間じゃなく魔物なのでどうでもいいだろう。

なるべく交代交代でとどめを刺すようにし、平均的に経験値を取得するようにする。

低ランクの魔物を数匹倒し、少し進むとゴブリンがいた。ちょうど四匹の集団だ。

ゴブリンは、いちおう低級の魔物に分類されてはいるが、多少知能はあるし、人間と同じく武器を使用してくる。強さで言えば飛びウサギの三倍くらいかな？　初めて魔物を【鑑定】で見てみたが、個体個体で若干レベルも力も異なるということが分かった。

今のカイスル達では三人でゴブリン二匹ぐらいを相手にして勝てるかどうか、というステータス差がある。

「ちょうどゴブリンが四匹だね。まずは僕が先行してあいつらを無力化してくるから、合図したら一匹ずつとどめを刺してね」

茂みに隠れながら僕がそう言うと、みんなは静かに頷《うなず》いた。その顔には緊張の色が見てとれる。

「緊張してる?」

「お、おう……ゴブリンなんて初めてだからな……」

カイスルが生唾を飲みながらそう言う。

今までは昆虫系や動物系の低級魔物を相手にしていたらしいが、ゴブリンは武器を持っている。木の枝に石を括《くく》り付けたような粗末な石斧や石槍だが武器には変わりないのだ。恐怖感が込み上げてくるのだろう。

「そっか、でも安心してよ。レベルが上がるまでは僕が無力化するから、そんなに緊張しないでリラックスして行こうよ」

「お願いするっス……」

メノルも蒼い顔をしながらそう言った。

「じゃあ行ってくるね」

僕は茂みから飛び出してゴブリンの元へとすぐさま移動した。

四匹のゴブリンはこちらに気付いている様子はない。げひゃげひゃ、と何やら楽しそうにしている。仲良く歓談中? 申し訳ない……。

僕は剣を抜き四匹のゴブリンの背後を取り、そして腕と足の腱《けん》を斬り付ける。

――ぎゅあああああぁあぁぁ!!

と悲鳴をあげるゴブリン四匹。手に持っていた武器は既に地面に落ちている。

「みんないいよ！　攻撃開始！」

おおーっ！　と言いながらわらわらと茂みから飛び出してくる。

ゴブリンは武器を手にすることもできず、逃げることもできずに地面に座り込んでいる。

「よし、カイスル、メノル、リーゼは手持ちの武器で一匹ずつ確実に仕留めてね！　サテイは【石弾《ストーンバレット》】を」

おおっ！　はい！　と、四人は各々武器を手に攻撃を開始する。

「とりやああっ！」

とカイスルはロングソードを強く薙ぐ。剣はゴブリンの首筋にしっかりと入り、スパン！　とゴブリンの首が宙を舞った。

「うりゃあっス!!」

メノルはシルバーメイスを振りかぶり、思い切りゴブリンの頭部へ叩きつけた。ゴシャッ！　という潰れた音を残してゴブリンは倒れた。

「やっ！　【リリース】!!」

リーゼはレイピアの先端がゴブリンの胸に突き刺さった瞬間、武器にチャージしていた風魔法を解放する。ブォン！　と体内で膨張する風の塊がゴブリンの背から突き抜けた。

「【ストーンバレット】！」

サティはスタッフを掲げ、石弾を発射した。ゴブリンの頭より大きな石が勢いよく飛んでゆき、ぐしゃっ！　と顔を潰す。サティには昨日作成したスタッフを渡してある。世界樹の枝を原料にし、魔法石を埋め込み、魔法威力向上のエンチャントを掛けてあるので、通常の1・2倍ほどの威力になるだろう。

うん、まずまずだね。

「やったぜ！」「会心の一撃っス！」「すごいわっ！」「よし！」

と、四人は喜びあう。

「やっぱ鋼の剣は切れ味が違うな！　ありがとなアル！　あ！」

「このシルバーメイスなら重さもちょうどいいし使いやすいっス！　どもっス、アル！　あ！」

「魔法チャージできる武器なんて信じられない！　これなら攻撃の種類も増えるわ！　ありがとうアル！　あ！」

「この前より魔法の威力が上がったよ！　このスタッフのせいなの？　あ！」

同時に何か言っていたが、最後に、あ！　とみんな言う。

おおっ、また早速レベルアップしたようだ。四匹のゴブリンを倒して、一人でほぼまるまる一匹分の経験値を得たことになるのか。僕が少し貰った分を抜いても、低レベルのサ

ティ達にはレベルアップに見合う経験値だったってことらしい。

「やったね！　レベルアップだ！　この調子でどんどんいこー」

おおーっ！　と、レベルアップに調子づく。

魔物の気配を追い徐々に森の奥へと足を進める。片っ端から出会う魔物を仕留めること数時間が経過した。少し森の奥に来ると徐々に魔物も強くなってきている。強いといっても僕的には雑魚同然だが、サティ達にとってはまだまだ強い部類の魔物だろう。

四人のレベルも順調に上がっている。カイスルならもうゴブリンと一対一でも負けないぐらいのステータスになっているかもしれない。

「いやあー凄いなあーっ！　こんなに順調にレベルアップしていいのかな？」

「なんかズルっぽいっスけどいいんスかね？」

「ズルっぽくてもいいのよね？　アルのお陰でこんなに楽にレベルアップできるんだから感謝しなくちゃ」

「魔力も徐々に制御できるようになってきたよ。魔力量も増えてきたし」

「うんうん、着実にみんなレベルアップしているようだね。よかったよかった。でもステータスが上がったからって技能が上がるわけじゃないからね。それは肝に銘じてよ。あまり調子に乗ると手酷いしっぺ返しをもらうからね」

そう言うと、分かった、と、みんな素直に頷《うなず》いた。

これに関しては少し考えるところもある。早朝練習や宿での自主練も増やそうと思う。それと少し死にそうな目に遭ってもらおうかとも思っている。男組はね、むふふっ……。

昼食も食べ終わり片付けも済んで、再度魔物討伐とレベル上げをすることにする。

「もう少し魔物狩りをしようと思うけど、みんな疲れていない？」

僕がそう言うと、みんな疲れていないと意気込んでいた。レベルも上がって身体的に余裕が出てきたのかもしれないね。

「よし、それじゃあもう少し行ってみよーぅ!!」

「れっつらごー～っ!!」

「「「おおーっ！」」」ス！」

あはっ、サティが父ちゃんの出発の掛け声を発して、みんながそれに倣う。なんか楽しいな。魔物を倒しながら少し森の奥まで足を運ぶ。

数匹魔物を倒したところでメノルが妙なモノをまた見つけた。

「あっ、またあったっスよ？　なんスかねこれ??」

サーベルタイガーを倒したところで、近くの木に貼り付けられている何かを見つけるメノル。紙のようなものに魔法陣が描かれている。

「またですか……これで五枚目ですね」

僕はそれを木から剥がしマジックバッグに収納する。皆には言っていないが、これは術式が組まれた魔法陣だ。術式を解析すると、これは魔物寄せの効果がある術式が組まれていた。この魔物寄せの術のせいで強めの魔物が街近くまで寄って来ているのは予想が付くが、いったい何のためにこんな森の中にこんなものが貼り付けられているのだろう？　まあ、僕がそれを考えたところで答えなんか出ない。これは組合長に持っていくのが賢明だろう。そう思ったので持ち帰ることにした。

また数時間この辺りの魔物を駆除しながら森を進んだ。陽も傾き始めた頃になるとみんなにも疲れが見え始めたので、今日のレベル上げは終了し、僕達は街に戻ることにした。

「ふう、マジで信じられないよ。まさかこんな短時間でこんなにレベルが上がるなんてね」

「うんうん、マジあり得ないっス！　今までの俺っち達が、いかに弱かったのか思い知らされたっス！」

「だよね、わたしもこれで魔法もランクアップできそうだよ。でもサティの魔法は凄いわね？　まだわたしよりレベルが低いのに、まるで上級者レベルの威力があるのね？」

「ううん、私が凄いんじゃないよ。精霊様が凄いの」

歩きながらみんなは楽しそうに会話している。

仲がいいってことはいいよね。それだけでなんか楽しくなるよ。

「明日もこんな感じで行こうと思うけど、みんな大丈夫？」

僕がそう訊くとみんなはヤル気に満ちた顔で、勿論さ！　と言った。目に見えて成長するとヤル気もそれに比例してくるんだね。

ただサティのお母さんの情報が入ってきた時には、何よりも先にそちらを優先したいと思っている。それはみんなも同じ気持ちだったことは言うまでもない。


組合に報告に行くと、アンリーさんは僕を組合の奥の方まで連れてゆき、人目の付かない隠し扉のような所に案内された。

「ここを通れば解体所に誰にも見つからずに行けるわよ」

そう言って扉を開けてくれる。通路は薄暗く、少し下りの階段がありちょっとしたトンネルがある。この先が解体所へと繋がっているとのことだ。

「向こうにニールさんがいるし、話は通しているから大丈夫よ」

「はい」

そう言って送り出してくれた。通路を少し進むとまた数段の上り階段がありその先に扉があった。扉をノックすると、向こう側から扉が開かれニールさんが顔を出す。

「よう、アル。入っていいぞ、妙な奴は誰もいないから安心しろ」

「はい」

入り口を出ると解体所の奥の方らしく、すぐ隣が冷蔵倉庫だった。

解体所では数人の職人が魔物を解体している。今日入荷したのかどうかは分からないが仕事があるのは良いことだ。表玄関は固く閉ざされ、少ない窓も厚手の布で塞いでいる。どうやら外からは解体所がやっていないように見せかけているのかもしれない。

「今日はどれくらい狩れたんだ？」

「はい、結構いましたからね。そこそこ大量かもしれません」

「おお、そうか。それは期待できそうだな」

僕とニールさんはそう話しながら倉庫へと向かった。

倉庫に入ると、二、三匹の魔物の死骸があるだけで、相変わらずガランとしていた。

「まあこんなもんだ。二組のパーティーが同じ依頼で出掛けていたが、今日は十匹しか持ってこれなかったぜ。よし、アル。盛大に出してくれ」

どこか期待したようなニールさん。二組のパーティーでもたったそれだけなのか……。

「そうなんですか……では出しますね。あ、少し下がっていてください」

「ん？　まさかそんなにもか？」

「いえ、どれだけ入っているか見当がつかないので」

「……あのね、見当がつかなくなるだけ狩ってきたってことなのか？」

「はい、索敵に引っかかった魔物をあらかた狩ってきましたので」

「……」

僕がそう言うと無口になるニールさん。

「では出します！」

「お、おう……」

僕は【クローゼット】から、今日狩った魔物を一気に倉庫へと排出した。

「……ふ、ふう～……も、もう驚かないぞオレは……いや驚かない……絶対驚いてやらない……って！　どんだけだよ!!」

倉庫の半分以上を埋め尽くした魔物を見て、ニールさんは心を落ち着かせようとしていたが失敗したようだ。杖まで放り投げて驚いている。

目に付く魔物は全て仕留めてきたからね。少し多かったかな？

「多すぎましたかね？」

「過ぎる過ぎないじゃないぞ～これ本当にアル達だけで狩ってきたのか？」

「はい、朝からみんなで頑張りました！」

「……そ、そうか……」

ニールさんはグッタリとしてしまった。

「……ふう～、まあ、十匹やそこらじゃ、この街の食事情なんて改善しないからな。多ければ多いだけ助かるよ……」

「そう言ってもらえれば嬉しいです」

肩を落としながらそう言うニールさん。

それにしても忙しくなるな、これじゃあ三交代制にしないとダメだな。と、ニールさんはぶつぶつと言っている。三交代制という意味が分からないが、魔物を捌《さば》くのに不休で解体所を稼働するらしい。

「また買い取り金額はアンリーに言っておくからな。少しは多めに出せと組合長も言っているからその辺りは問題ないと思うぞ」

「はい、分かりました」

この間の魔物のお金は冒険者カードの中に振り込まれていた。

アンリーさんの話では通常買い取り価格の三倍ぐらいの金額だと説明してくれたので、そのままカードに入れたままにしてある。手持ちもたくさんのお金があるので今引き出す必要性もなかったから。ちなみにこのカード内のお金は、各地のどこの冒険者組合でも引き出すことができるし、各商業ギルドでも換金、買い物もできるそうだ。大きな商会とかでも使えると言っていた。なんか便利なカードだね冒険者カードって。

「ところでニールさんにお願いがあるんですが」

「ん、なんだ？　オレにできることなら、なんでもしてやるぞ？」

「はい、ニールさんが適任かなぁ～と思いまして……」

僕はニールさんに、あるお願いをして組合に戻った。

組合に戻りみんなの所に行くと、四人はどこか楽しそうにしていた。やいのやいのとみんなニコニコ顔である。今回は絡まれていないみたいだね。まあアンリーさんが側にいるからかもしれないけど。でもアンリーさんが少し浮かない顔をしている。何かあったのかな？　アンリーさんに組合長の所に行きたいとお願いしたら、組合長は今出掛けているそうで、まだ戻ってないと言っていた。仕方がないので、例の魔物寄せの魔法陣が印されたモノをアンリーさんに渡し、組合長に渡して欲しいとお願いし、僕達は組合を後にした。

今日だけで十枚の魔物寄せの魔法陣が見つかったのだ。誰が何のために森中に貼り付けたのかは分からないが、あれが魔物を街近郊まで引き寄せていたことは間違いないと思う。組合長ならそのことに何か思い当たるものがあるかもしれない。

そして僕達は宿へと戻るのだった。

§

【冒険者組合　アンリー】

アル君が組合を出て行ってしばらくすると組合長が戻って来た。

あたしは今日の報告もあるので一緒に組合長の部屋へと向かう。組合長の部屋には機密保持のため、会話などの情報が漏れないような魔法が組まれている。どんなに大声で叫んでも、外には音一つ漏らさないのだ。ちなみに扉をノックした時には、一時解除されるようになっている。中の返事が聞こえないですから。

「ふう、疲れるものじゃな……」

椅子に腰かけるなり、そう溜息を漏らす組合長だった。

「お疲れ様です。収穫はありましたか？」

組合長は年齢を重ね、年々体力が落ちてきているのかもしれない。特に英雄ユージが死んだと聞いてからは、まるで覇気というものが感じられなかったほどだ。でも、アル君がこの街に来てから幾分持ち直した感がある。

「うむ、やはり誰も彼も歳には勝てんものだな。もう既にベッドに寝たきりの奴もいおった……」

「そうですか……それはお気の毒なことです……」

往年の高ランク冒険者の所に伺っていたらしいのだが、みんな高齢で芳しくなかったようだ。

「うむ、それに、あのバカ貴族も昼間はそう動きを見せんようじゃ……それでアル君は無事に帰って来たかの？」

「はい――――」

――ドンドンドン！

あたしが返事をすると同時に扉がノックされた。

『ニールです！　組合長はおりますか？』

「おお、ニールか入れ！」

ニールさんが珍しく顔を出す。

「おっ、アンリーもいたか。ちょうどよかった」

「お疲れ様ですニールさん」

杖を突くのも忘れヅカヅカと部屋に入ってくる。

「ふむ、二人とも何か言いたそうな顔をしているの？　どれ、ニールから話してみなさい」

「はい、先ほどアルが持って来た魔物のリストです」

ニールさんはそう言うと一枚の紙を組合長に渡した。

ちなみにこの紙というものは英雄がこの世界に広げた技術である。それまでは羊皮紙という動物の皮を使っていたのだが、使い勝手も品質もマチマチなので庶民には使いづらいものだった。値段もそれ相応だったたし。木や草を原料にして作る紙が普及したことで、この世界の子供達の識字率も上がったと言われている。

組合長はそのリストを手に取ると破顔した。

「がはははっ！　これは気持ちの良い数字じゃの！」

「そんなおかしな数なんですか？」

「おお、もう驚かないと思っていても、さすがに驚かずにはいられなかったぞ」

ニールさんもニヤニヤしながらそう言った。

「アンリーよ。お前の言いたいこともだいたい分かったぞ？　あの初心者四人の成長が異常だと言いたいのじゃろ？」

「は、はい……アル君がニールさんの所に行っている間に、彼らのステータスを更新していてビックリしましたよ」

「ほう、そんなにか？」

「ええ、一日やそこらで彼らのあのレベルアップは異常以外の何ものでもありません」

それは驚いたわ。だって昨日までカイスル君なんてレベル12だったのよ？　それがたった一日でレベル57なんてどうかしている以前にあり得ない数値でしょ？　目を疑うというより、魔道具が壊れたかと思ったわよ。それにサティエラちゃんなんてレベル1だったのが、49まで上がっていたのよ？　まだ三日よ三日！　くらくらしちゃったわよ……確かに低レベルのうちは上がりやすいからといっても、これは異常である。カイスル君なんて、もうDランクに上がっても良いくらいのステータスを一日で持ってきたのだ。

普通なら一年は軽くかかるぐらいのことである。それも真面目にやって……。

あたしは能力鑑定で見た数値を正直に話した。

「おおおっ、それは凄いな。まさかそこまでとはの」

「おいおい、それは本当に異常だな。だからアルの奴、オレにあんな頼みごとをしてきたのか……」

アル君はニールさんに何かをお願いしたようだ。

あたしも魔物のリストを見せてもらったが、ニールさんでも驚くのだから、当然あたしも驚いた。ワンパーティーが一日で仕留める数ではけしてない。それもオークやサーベルタイガー、なんて、初心者では到底無理な魔物ばかりである。これはあの異常なレベルアップが妥当なものだと理解するしかなかった。

「ふむ、買い取り額は相場プラスで頼むぞ？　これだけの魔物を一度に入れてくれて感謝せねばなるまいて」

「はい」

いくらアル君が超人並みのレベルを持っているにしても、まだ冒険者になったばかりの子に頼むことではない。組合長も苦渋の選択をしたのだろうが、こうも想像を超える結果を出すなんて誰も思っていなかったことである。

やっぱりあの英雄、ユージの子なのだな。そう思ってしまう。

「あ、それと、アル君がこれを組合長へと。森で見つけたそうです」

あたしはアル君から渡された羊皮紙のようなモノを組合長に渡した。アル君も詳しくは何か言わなかったけれども、組合長なら分かるはずだ、と、そう言っていた。

「むっ！　これは……」

それを開いた瞬間組合長は険しい顔をした。

「なんなのですかそれは？」

「ふむ、そういうことか……だんだん手口が読めてきたわい……」

詳しくは言わないが、何やら危険なものであることは確かみたいだ。

「アンリー、アル君を除いて明日から五組のパーティーが魔物討伐に向かう予定じゃったな？」

「はい、そうです」

今日はアル君の他に二組のパーティーが組合長の勅命で魔物討伐の依頼を引き受けてくれた。明日は追加で三組が森に出る予定だ。この五組のパーティーは信用の置ける中堅パーティーでもある。

「できれば手分けしてこいつを森から回収するようにして欲しいと、追加依頼を出してくれんか？　少し手ごわい魔物も出るだろうから気を付けるようにとも付け足しての」

「はい、分かりました。でもそれはいったいなんですか？」

ただの羊皮紙に、魔法陣のようなものが書き込まれているだけのように見えるけど。

「これは【魔物寄せの呪術】じゃ」

魔物寄せ？　言葉通りなら魔物を引き寄せる効果がある。

そんなものをいったい何のために……。

§

宿に戻ると既にビッドさんが食事の準備をしてくれていた。

「おう、お前ら、飯はできてるぞ！　腹減ってるならさっさと食った食った！」

はい！　と全員で元気よく返事をする。

相変わらず口は悪いけど、その口の悪さにも優しさが見え隠れしている。どことなくビッドさんも楽しそうな仏頂面だ。みんなで食事をテーブルに運んで、みんなで席について夕食を頂くことにする。

ご飯を食べながら皆で色々と話をしていると、シルラさんが食堂に入って来た。

シルラさんはこの宿に泊まって、時々ブロディと連絡を取りに行く役割なのだ。

「お疲れ様ですシルラさん。首尾はどうですか？」

「はい、アルさん。ブロディは、今日のところは無事にライジン伯爵の所に潜り込むことに成功しただけです。詳しいことは何も情報がないようで、もう少し時間が欲しいということです」

「そうだよね、すぐには尻尾を掴《つか》むことはできないよね……」

「すいません。なるべく早く探るように言っておきます」

シルラさんは申し訳なさそうに頭を下げた。

「いや、そう性急に事を運んでもいいことはないよ。逆に怪しまれる可能性だってあるんじゃないかな。ここは潜り込むのに成功したんだから、怪しまれないようにじっくり探る方がいいと思うんだけど」

僕がそう言うと、みんなもその通りだと言ってくれた。今のところブロディが一番情報源に近い所にいるのだから、その情報源をミスミス手放すことは悪手と判断したのだ。

「分かりました。では引き続き慎重に探るように言っておきます。それと、ライジン伯爵には、なんか凄い用心棒が付いているそうですから、気を付けてくださいと言っていました」

「うん、その人はこないだ会ったから分かっているよ。確かベルグートとかいう人だよね」

訓練場で会った剣士風の男で、組合長も剣豪だとか言っていた人物だ。僕の洞察でもその力量は見ることができなかった人である。おそらく組合長が言っていた通り、相当鍛錬を積んで、隠蔽スキルを有しているのだろう。鑑定をすればよかったと思ったが、あの時はサティの件でバタバタしていたのですっかり失念していた。

「今日はもう落ち合う予定はないんだよね？」

「はい、明日の朝早くにまた落ち合う予定です」

「そっか、なら一緒にご飯でも食べようよ」

シルラさんには、この宿に泊まるように手配もしている。宿代も払っているので問題はない。ビッドさんは人を差別とかしないのでその辺りは安心である。カイスル達だって獣人だけれども、その容姿で態度を変えることはなかった。

とりあえずは持久戦になりそうな気配もある。潜り込めたにしても、そう多くの情報を入ったばかりのブロディへ開示するとも思えない。まずはその中で馴染むことが先決だろうと思う。

ということで、僕は僕で少しでもみんなを強くした方が良いと考え、寝るまでの間のメニューも考案している。実はそれには訳があるのだ。みんなには言っていないが、今日森で見つけた怪しい魔物寄せの紙のようなもの。それがまだまだ森にはたくさんありそうな気配がある。僕の広域索敵で感じた魔物の気配は、おそらくその魔物寄せの紙のようなものに引き寄せられている。それが広範囲にわたり点在しているのだ。森の奥へ進めば進むほど強力な魔物の気配がしていた。今日出会った魔物など可愛く思えるほどだ。

それともう一つ。相手は魔物だけとは限らない。今日も不審な人の気配が、森の中にかなりの人数を確認できた。おそらくその不審な人物があの魔物寄せの紙のようなものを貼っていたのだと推測される。そしてそれは万が一にも良い人達ではないと思われる。そんな良い人が、あんな魔物寄せの紙のようなものを貼って歩くわけはないのだ。

どことなく嫌な予感がしてならない。

「ええと、寝るまでの時間なんだけどさ。各々自主練してもらうけどいいよね？」

僕は食べながら皆に向かってそう提案する。

サティには前から自主練はするように言っているので、無言で頷《うなず》いていた。

「ああ、俺達もそう思っていたところさ」

「そうっス！　今日一日でバカみたいにステータス伸びたっスから、それに合わせて体技とかも伸ばさないと駄目っスからね」

「うんうん、わたしも魔法の訓練とかしたい」

カイスル達三人はかなりやる気が出ている。そりゃそうか。カイスル達は少なくとも今日一日でレベルが40ぐらい一気に上がったのだ。これでやる気がなくなるわけがないよね。ということで、

「それじゃあリーゼはサティと一緒に魔力操作の訓練だね、あ、サティは文字と計算の勉強も忘れないでね。リーゼは読み書き計算できるの？」

「分かった」そうサティは笑顔で頷く。

「な、なに言ってるのよ！　そ、そんなの……できるわけないじゃない……ボソッ」リーゼは尻すぼみに声が小さくなる。

「うひゃひゃっス！　リーゼは勉強嫌いっスからねっ！」メノルが茶化す。

「う、うるさいわね！　あんただって書けないでしょ!?」リーゼが顔を赤くしてメノルに突っかかる。

「でも読めるッス！　少しは書けるッス。計算も少しはできるッス！　指折り計算ッスけど」勝ち誇った顔で言うメノル。

「なに低次元な話してんだよ！　お前ら二人一緒に勉強すればいいだろ？」

さすがカイスルだ。三人の中ではリーダー格ってだけあるな。

「そっか、カイスルは読み書き算術ができるんだね」

「えっ？　できないよ」

ぶっ！　なんだよ！　できないのかよ……。

「あんたも同類でしょ？　なに偉そうに言ってるのよっ！」

「えへへ、面目ない……」リーゼの言葉にカイスルは頭を掻《か》きながら苦笑いする。

そうか、孤児院ではそういうの教えないのかな？　それとも三人が勉強しなかっただけとか……。

「まあ、サティとリーゼは部屋でもできる自主練ね。魔導教本とかも置いとくから、文字の勉強の傍ら読んでみてね。それとシルラさんもサティ達と一緒に勉強する？」

「は、はい、で、でも良いのですか？」

「うんいいよ、どのみち夜はすることがないんでしょ？　魔法の訓練なら部屋でもできるし、みんなで色々と知恵を出し合って、考えながらすると、効果も上がるだろうから。良いよね、サティ？　リーゼも」

うん、と二人は返事した。

「はい、分かりました、何も分からないのでよろしくお願いします」

シルラさんはそう言って頭を下げた。おそらくブロディと二人で逃避行するためには、少しでも強くなろうと思っていたはずである。冒険者の登録をして世界を回るとか言っていたからね。それなら一緒にいるうちは少しでも訓練していた方が良いと思う。独学で魔法を習得するにはかなり厳しいものがあるからね。

「それから、カイスルとメノルには別メニューを用意しました」

「えっ？　別メニュー？」

「なんスかそれ？」

ふふふふっ、二人には少しハードに行きますよ。

「ご飯を食べた後お風呂には入らずに、冒険者組合に行ってもらいます。そこの訓練場で数時間特訓です」

「お、おう。二人で特訓か？」

「なんか弱い者同士なら強くなる気がしないっスね」

「確かに……」

二人とも弱さを自覚しているし……。

「まあ、行ってみれば分かるよ」

そう言うと二人は渋々頷《うなず》いた。

よし、これで自主練も問題なくしてくれそうだな。朝練は僕が少し相手すればいいからね。僕はみんなのために必要な武器や防具、アイテムなどを作りたいので、自主練してくれると助かるよ。レベルが上がってきているので防具もそれなりに良いものを装着した方が、今後強い敵と戦っても怪我も少なくなることだろうからね。こうして各々寝るまでの間は自主練に勤しむ時間を設けたのだった。

ご飯も食べ終わり、後片付けをしてから僕は一度部屋に戻り、魔導教本を【クローゼット】から数冊出す。初級から中級にかけての魔法が丁寧に書かれた教本である。子供でも読めるように、難しい文字はあまり使われていないので文字の勉強にもうってつけだろうと思う。小さい頃僕もこの教本にはお世話になった。

「サティ達はお風呂に入ってから鍛錬すれば良いよ」

「うん、分かった」サティはにっこりと言う。

「お風呂！　お風呂～！」リーゼはよっぽどお風呂に入れるのが嬉しいらしい。

前まで泊まっていた宿にはお風呂はついていなかったという話だ。三人は早速お風呂へと向かった。

ちなみにカイスルとメノルは食事が済んですぐに冒険者組合に向かってもらった。僕の思わせ振りな笑顔に、どこか顔を引き攣《つ》らせながら出掛けて行ったのだ。ふふふ、少しは強くなって帰ってくるかな？　まあ、一日やそこらじゃ無理だろうけどね。

サティ達は三人で大丈夫だろう。魔力操作のコツや魔法イメージの仕方も森で教えたし、何か不具合があったら精霊さんに念話を飛ばしてもらうようにしているので安心である。

そして僕は一階へとゆき、ビッドさんに裏庭を使う許可をもらって即席小屋に入るのだった。寝るまでの数時間、僕はモノ作りに専念するのだった。

数時間裏庭で作業して、一区切りも付いたので部屋に戻ることにする。

階段の所に来たところで、ちょうどカイスル達が戻って来た。

「おう、アル。約束通り半殺し……まではいかないが、それなりに鍛えてやったぞ！」

ニールさんが付き添って来てくれた。二人は声も出せないほどにボロボロだ。ゼエゼエ、と息をするのがやっと、という感じである。

「ありがとうございます。態々《わざわざ》送ってもらってすいませんでした」

「はははっ、いいってことさ。だが、この二人、今日一日でこんなに強くなっているとは、ほんとに驚くほどだな？　もう駆け出し冒険者とは言えないぞ？」

「そうですか、それは良かった。これでちょっとやそっとじゃ死ななくなりますね」

「う～ん、まあ確かにそれはあると思うが、戦いは常に何があるか分からない。弱いと思っている奴にも殺されるってことも往々にしてあるからな。冒険者するなら常に鍛えていないとな」

「そうですね、父もよくそんなことを言っていました」

うん、冒険者を続けていく以上、自己鍛錬は必須ということだろう。

「それじゃあ、またな。あんまり無理するんじゃないぞ？」

「はい、明日もお願いします。ありがとうございました」

そう言うとニールさんは手を振り帰って行った。

カウンター前の床にくずおれている二人を見ると、ぐったりとし体のあちこちに青痣《あおあざ》を作っている。訓練用の剣なので切れてはいないが、内出血が凄いことになっていた。

「お疲れ様です。【ハイヒール】」

僕は二人に回復魔法を掛けてあげた。見る見るうちに青痣が消えてゆく。

「ああ、ありがとうなアル……でも、マジやばかったぜ！」

「マジで死ぬかと思ったっス！　ニールさん半端ないっス！」

二人はニールさんとの訓練での恐怖まだ冷めやらず、といった体で身震いさせていた。

「あははっ、勉強になったでしょ？」

「ああ、死ぬ準備の勉強はできたよ……」

「うんうん、走馬灯なんて初めて見たっスょ……」

相当厳しい訓練だったのだろう。二人は遠い目でそんなことを言っていた。

「それじゃあお風呂にでも入って寝ようか」

僕達は一緒にお風呂に入って寝ることにする。

久しぶりに誰かと入るお風呂はとても楽しかった。少しのぼせたかもしれない。

こうして長い一日が終わるのだった。


そしてこんな日が数日続いたある日。

ようやくライジン伯爵の目立つ動きらしいものがブロディから報告されてきた。

ここ数日で掴《つか》んだ情報の中では、サティのお母さんに関する報告は一度として上がってこなかった。ある程度ライジン伯爵の使用人のような人達とも仲良くなったという話だが、その会話の中でもサティのお母さんに関するものは、少しも出てこなかったということらしい。いちおう鎌をかけて訊いてみたそうだが、その使用人は何も知らなかったという話である。

気になった報告では、魔族のような女の子が監禁されているようで、その魔族の女の子が書いた魔法陣らしきものを、この街の冒険者に渡しているという情報だった。要約するに、この一連の魔物寄せの事件も、おそらくはライジン伯爵が絡んでいるのではないか。そう考えるに至ったのである。

ここ数日であの魔物寄せの紙のようなものは、僕達だけでも合計六十枚ぐらい森から回収してきている。冒険者組合からの依頼で他の五組のパーティーも同じく、あの魔物寄せの紙のようなものの回収命令が出ているらしく、数十枚のものが組合長の元に集められているという。組合長もこの事態を重く見ているらしく、僕達にもこの魔物寄せの紙のようなものの回収を最優先にして欲しいと鬼気迫る感じで再度依頼してきたのだ。

そこには他の五組のパーティーでは、森の奥に進むに連れ徐々に強くなってくる魔物に対し、苦戦し始めているということが要因としてあげられていた。今のこの街で森の深部まで行ける冒険者となればそうそういないそうなのだ。緊急事態ということで、解体所のニールさんもあるパーティーに極秘に混ざって魔物討伐に駆り出されているという話である。

そしてブロディから齎《もたら》された情報。それに依《よ》ると、明日、その魔物寄せの最終段階に移行する命令がライジン伯爵から、この街のチンピラ冒険者へ出されたということだ。

もしかしたら、その冒険者がサティのお母さんのことをどこかに隠している可能性も否めない。魔物寄せといい、ライジン伯爵に関わっているものは、どこか危険な匂いがする。

それにここ数日、僕の白金貨を狙ってチンピラ冒険者が数度襲ってきた。もしかしたら、そのチンピラ冒険者とも何か関係があるのだろうか。

どちらにしても警戒するに越したことはないだろう……。

§

【チンピラ冒険者　ゼンクォー】

「くそっ！　ヤバいぜ！」

仲間が徐々に減ってゆく。これでは今後の行動に支障がでる。チクショウ！　どうなってやがる⁉　ここ最近、街で少し不穏な行動をしていると問答無用で引っ張られていくという話だ。うかうか街も歩かれねえ。衛兵の監視の目が突然厳しくなってきた。

それに冒険者組合でも数十人が監禁されている。これも不真面目そうな奴とみれば問答無用で組合長と解体屋のニール、それに受付のアンリーに依《よ》って拘束されているようだ。特にあの白金貨のガキを襲いに行った連中は、間違いなく帰ってこない。もう十数人も檻の中へとぶち込まれている。

「たった二人のガキに何してんだ！」

そう思ったが、ここまでの人数があっさりと取っ捕まるなんざ何かあるに違いねえ。クソっ！　B、Cランクの奴らでも敵わないってことなのか？　あり得んだろっ！　たかがガキ二人だぞ？　それより組合の解体所が閉鎖されていたから安心していたが、ここにきて物価が戻りつつある……や、ヤベぇぜ、間違いなく魔物がどこかから流入している……。

「ぜ、ゼンクォーさん!!　ヤバいっす!!」

下っ端冒険者が息せき切って入って来た。

「な、なな、なんでぇ？」

ヤバいのはもう勘弁だぜ！

「も、森の魔物寄せの羊皮紙が、何者かにあらかた剥がされてます！」

「……う……うぞ……」

「うぞ！　じゃありません！　今日森にまたあの羊皮紙を貼りに行ったんですが、少し様子がおかしかったんです。まるで普段通りの森の様子というか、普段よりも魔物が少なく、近くに貼った羊皮紙を確認に行ったんですがことごとくありやせんでした！」

「……え、なんで？……」

……もう、勘弁してくれよ……。

ああ、もう駄目だ。あの人の計画が尽く潰されてるじゃねえか……もう貼り直している時間もねえ……。今日伯爵から最終命令がきて締めの魔物寄せを貼れと来たんだぜ？　これじゃあ締めも何もあったもんじゃねえ。

「なんで？　じゃありませんよ。それと、森で例の白金貨のガキを何度か目撃しました。もしかしたら、そいつがあの羊皮紙を剥がしてるんじゃないですかね？」

「あんだと‼」

ガキが森の中でそんなことしてるってか？　にわかには信じられん。だがガキを襲おうとした奴らが尽く返り討ちに遭ってるのはたぶん間違いねえ……それだけ強えってことか？　いやそんなわけがねえ。そんなガキ如きに……なにか不運が重なっただけだろう。

「おい！　手下はあと何人残ってる⁉」

「へ、へい、あらかた衛兵と冒険者組合に捕まっちまって、残ってるのはBランクが三人とCランクが七人です！」

……も、もうそれしかいねえのか……。

「よし！　皆集めろ！　森に向かうぞ！」

「分かりやしたぁ‼」

とりあえずは伯爵の命令はこなさなきゃならん。だが、このままじゃあどう考えても失敗に終わっちまう……そうすれば、伯爵の雇ったあの剣豪ベルグートに俺達は確実に殺される運命しか残されていねえ……くそっ！　どうしてこうなった？

仕方ねえ。白金貨のガキは森に行っているという話だ。こうなったら、そのガキの白金貨を奪ってトンズラするしかねえ。伯爵のことなんざもうどうでもいい。

――生き残るにはトンズラだ‼

§

ここ数日で僕達と他の五パーティーで森の魔物の駆除をしてきたが、この広い森はその程度の日数では全部回りきれない。

しかし僕達は魔物の気配を頼りに、的確に魔物を寄せている場所に移動していたので、他のパーティーより広範囲の魔物を駆除してきている。仕留めた魔物の数もトータルで、他の五パーティーの合計よりも、七倍以上の魔物を倒しているらしい。そうニールさんが言っていた。今日で十倍になるかもしれない。

その五パーティーは中堅の冒険者らしいのだが、索敵範囲が相当狭い上に、少し強めの魔物に手を焼いているとのことである。ニールさんが入っているパーティーはそれなりに順調に駆除を進めているという話だ。さすがSランク冒険者だけあるよね。

そしてサティ達は順調にステータスが上がっていることもあり、当初よりも移動速度も速くなってきているので、距離的にも広い範囲をカバーできるようになってきた。

魔物寄せの紙のようなモノも今日だけで十二枚も回収している。おそらくあと数枚で僕達の担当範囲のモノは無くなるだろう。

オーガを倒してみんなで一息ついていると、ここでも一枚回収した。

僕が戦闘不能ではなく、少しだけダメージを与え、他の四人で仕留めてもらった。僕抜きで、四人でオーガを仕留められるまでに強くなったということだ。まあ、二体だけだけどね。

うんうん、僕も嬉しくなってきたよ。

「よし、次に行こうか。ちょっと先に数か所魔物が溜まっている所があるよ」

僕は広範囲索敵を行った。いちおうキナール湖とかいう湖の周辺までの索敵は可能である。他五組のパーティーはまだ街寄りの森の中を探索しているようなので同じ場所に鉢合わせすることはないだろう。

ここよりもかなり先だが、エルフの里の結界が張られているのでその先にはあまり魔物の気配はない。やはり強力な結界が張られているようで、湖近辺まではそのエリアになっているようだ。魔物はその結界を迂回してきているようである。

サティにはいい思い出がない所だろうから、あまり近付かないことにしよう。

あと数か所の強めの魔物の気配を駆除すれば、あらかたこの辺りの魔物は沈静化するだろう。

たぶんそこにもあの魔物寄せの紙のようなものが貼ってあることだろう。

「よーし！　気合い入れて行こうぜ！」カイスルがそう言った。

「そうっスね！　もうオーガも四人でなら二体ぐらい倒せるようになったっスからね、まだまだ行くっスよ!!」

「何言ってるのよ、アルが半分ぐらいダメージ与えてくれてるから倒せたんでしょ？　わたし達の実力じゃまだ無傷のオーガは倒せないってことでしょ？」リーゼがそんな二人に現実を突きつける。

「そうだよ、慢心は禁物だよ。私もまだまだ魔法の威力やレパートリーを増やさないと駄目だよね」サティも有頂天の二人を窘《たしな》めるように言った。

「うんうん」リーゼも首肯する。

男性陣は意気込むが、女性陣は冷静に戦闘分析をしている。徐々に強くなってきている魔物に対し、魔法攻撃の威力不足に不満そうなサティだった。物凄い向上心である。

「そ、そうだな、確かにもうヘロヘロだったもんな……あんな怖い顔で元気一杯なら恐ろしくて近付けないかもなぁ……」

「そうっスね……まるで怒り狂ったガイゼルさんスよ……」

そんなことを想像して、ぶるるっ、と身震いさせる二人だった。

ガイゼルさんの扱いが酷いな……と思いつつ、僕もそう思うからチクったりはしないよ。

数か所の魔物の気配を潰してゆく。ちなみに防具関係も昨日完成してカイスル達に装着してもらっている。カイスルには鋼製のチェーンメイルを主体にした俊敏性を損なわないような装備を。メノルには少しでも盾役が楽になるように鋼製のプレイトメイル。リーゼには軽くて丈夫な赤龍の鱗を素材にした、女の子らしい軽装防具を。

これで今まででは致命傷になりそうな攻撃でもある程度は防ぐことが可能だろう。それに森の奥までくると、そこそこ強い魔物にも遭遇するので、以前よりも安心感を持って戦えるはずである。戦いに安心感があれば、それだけで余裕を持って戦えるので、防具は少しでも防御力が高いものに限る。

ちなみにサティは前衛職ではないので、今までのローブで十分だと思う。その分魔道具で魔力の底上げや、魔力のアップを図った方が良いので、数点アクセサリーのようなものを装備してもらっている。みんなは一様に喜んでくれたので、作った僕もとても嬉しくなった。今までは装備してくれる人の顔が見えなかったので分からなかったが、自分の作ったものを安心して装備してくれる人がいるというのは、作り甲斐が生まれるものだね。

というわけで、魔物を討伐しながら森の奥まで足を進めた。ここまでくると竜種まで出没してきたよ。前通った時はそんな魔物もいなかったと思ったのだが、これも例の魔物寄せの紙のようなもの効果なのだろうな。

すぐ近くにアースドラゴンが数頭群れを成していた。そして時折上空から翼竜が急襲してきたりする。ちょっと気が抜けなくなってきた。

「うーん、サティ、【アースバインド】は使えるようになった？」

アースバインドとは、土魔法で魔物の足を拘束し、行動を阻害するようなものである。

「う、うん！」

「よし、じゃあアースドラゴンの群れはそれで拘束してよ！　皆は魔物が足止めを食らっている隙に確実に仕留めていってね！　僕は翼竜を担当するよ！」

おう！　と、みんな真剣な顔で頷《うなず》く。

それなりに強い魔物と対峙《たいじ》しても、もう怯えは少なくなってきている。僕が全部してもいいのだけど、ここまできたらみんなで協力して多数の魔物を倒す方法も知ってもらわなければならないし、連携っていうのも必要だと思う。いつまでも弱った魔物を相手にしていては駄目だからね。

とはいえ、危険な状態になったら介入はする予定だ。

力が付くと自信も自ずと付いてくるのだろう。みんな頼もしくなったものだ。数日前とは雲泥の差である。カイスルとメノルは、ここ最近のニールさんとの夜間特訓で少しは成長している。剣技はまだまだだが、戦いのスタンスができてきている。相手の動きをよく見るし、行動を予測して動くようにもなってきてもいるし、自分の長所を生かすような戦い方になってきた。これを続ければ絶対に強くなれると思う。

サティとリーゼも魔法の自主練を本当に真剣に行っている。たった数日でかなりの魔法を覚えているし、精霊さんもびっくりするぐらいの成長ぶりだそうだ。

「【アースバインド】！」

サティは向かってくるアースドラゴン五頭に向かい行動阻害魔法を掛ける。

地面を一時軟化させ、足が沈んだところで再度固めなおし四肢を拘束するのだ。魔力やイメージが強ければ強いほど拘束力が上がり、ちょっとやそっとじゃ抜け出せなくなる。五頭のアースドラゴンは足と尾を地面に固定され身動きができなくなった。

オーガよりかは相性がいい相手かもしれないな。少し硬い表皮を除けば……。

「行くぞみんな‼」

カイスルの掛け声でみんなは動く。連携も忘れていない。

さすがサティの魔力には目を瞠《みは》るものがある。レベルも100を超えた辺りからは、もう上級魔導師と言ってもいいほどの魔力を操るようになってきた。と、精霊さんは言っている。

僕にはこの世界の上級魔導師がどれほどかは、今は分からないけど、精霊さんに言わせれば、僕は奇跡級だという……伝説級《レジェンド》を通り越してしまった感が否めないな……。

おっと、こっちはみんなに任せても大丈夫そうだ。僕の方も早めに片付けるとしよう。

上空には三頭の翼竜が僕達を狙うかのように旋回している。なるほど、誰か一人でも手負いになったところを襲うってことなのか？　だがそんなことはさせないよ！

僕は地面を強く蹴った。重力魔法で体を操れば別に地面を蹴る必要はないのだが、その方が上昇する速さが俄然増すからである。重力魔法で重力から解き放たれた体を、僕の脚力で上昇させ、ベクトル操作で自由に空を飛ぶことができる。風魔法では【フライ】という魔法があるが、それとは操作が全く異なる。重力魔法の方が空での自由度が全く違うのだ。フライでは急停止や緊急回避が難しいが、ベクトル操作なら数種類のベクトルを同時に使えばピタッとその場で停止してもそんなに体に負担が掛からないのだ。

ベクトル操作というのは、父ちゃんの知識である。力の合成とか力の大きさや方向を理解し、それを応用したものである。なんか紙に矢印とか書いてくれて、色々と教えてくれた。それを強くイメージするのが空を自由に飛ぶ秘訣だ。ただ難点は非常に魔力を消費するという点だけ。僕なら数時間で魔力が枯渇してしまうほどの魔力量を必要としてしまう。なので多用はできないのだ。

翼竜に気付かれる間もなく、三頭の翼竜の上空まで移動した。

三頭はまだ下で戦っているサティ達を見ており、僕の存在には気が付いていない。

「そりゃあああぁ！」

自分自身におおよそ十倍くらいの重力を掛け、同時に下方にベクトル操作する。僕は急降下を始め、一頭の翼竜の頭に踵《かかと》から落ちてゆく。こういう蹴りを父ちゃんは『ラ〇ダーキーック！』と、そう言っていた。バッタの戦士の必殺技らしい。バッタの人間なんてこの世界にいるのかな？

ガッン！　といった重量級の蹴りに、翼竜は真っ逆さまに地上へと急降下してゆく。地上では何本もの木が薙ぎ倒され、大きな土煙が立ち昇る。

勿論みんなのいる所には落としていない。少し離れた所だよ。

残りの二頭の翼竜は突然落下していった同族を確認するが、その時には僕はまた翼竜達の遥か上空に移動している。僕の姿は確認できていない。

そして続けざまにもう一頭、そして最後の一頭と、同じような場所に落としてやるのだった。多少加減をしたからまだ三頭とも生きている。かなりの衝撃があったので動くこともままならないだろう。

僕は上空からみんなの所へと戻る。

皆はアースドラゴンと戦いの真っ最中だった。硬い表皮に一同苦戦しているようだ。

「カイスルとメノルは闘気を武器に纏《まと》わせて！　サティとリーゼはイメージを確実にして魔法を放つんだよ！」

僕の助言にみんなは戦いながら頷《うなず》いた。

「チャージ！　【エアカッター】!!」

リーゼがレイピアに魔法をチャージする。キラキラと銀レイピアが発光する。

「やあっ！　【リリース】！」

リーゼはアースドラゴンの口の中にレイピアを刺突する。ついで魔法の解放。

まだ魔力が弱いリーゼの風魔法は、硬い表皮ではなく口の中の柔らかい所から体内を突き進む。

ドバッ！　と、アースドラゴンは盛大に血を吐き出し倒れた。

凄いな、自分の力量を知っているからこそできる攻撃だよ。この短期間でリーゼの魔法剣士としての基礎は、十分出来上がっているのかもしれない。リーゼの戦闘センスに感心するばかりだ。

サティもアースドラゴンの硬い表皮を貫き頭蓋をも貫通する威力の水魔法、【ウォータージェット】を放ち、一頭倒した。凄い凄い！

カイスルは一頭は普通に仕留めたようだがもう一頭に手を焼いていた。

闘気を覚えたばかりなので、まだ貧弱な闘気しか出せないが、意識して剣に纏《まと》わせることで武器を強化することが可能だ。少しでも闘気を纏わせれば切れ味も向上するはずである。

メノルもそうだ。打撃系の武器だからといって、闘気を纏わせて威力が向上しないわけじゃない。打撃貫通力が向上するので表面より内部へのダメージが強力になるのだ。

みんなで少しは苦戦したようだが五頭のアースドラゴンを仕留めた。

「よし、みんな行こう！　カイスルはアースドラゴンを集めておいてね」

行くよ！　翼竜がまだ虫の息だから、メノルとリーゼ、サティで仕留めに
僕がそう言うと、おう！　とみんなは返事する。

カイスルはアースドラゴンを二頭仕留めているので今回は経験値の取得は他の三人に回

すことにした。

少し離れた所に三頭の翼竜が倒れていて、もう一撃入れるだけで倒せるまでに弱ってい
る。僕達はそこに移動して仕上げをしたいと思う。

「一頭ずつ仕留めてね！」

翼竜が瀕死《ひんし》の状態でいる所まで来てそう言った。

そして三人は即座に攻撃に移る。

「うりゃあぁスっ!!」「たあっ！【リリース】！」「【メガウエィト】！」

メノルとリーゼは先ほどと同じように闘気を纏わせた攻撃と、風魔法を口内へと走らせ
る魔法を使用する。サティは土魔法で巨大な岩を生成し、翼竜の頭上に落とす。

三頭の翼竜はその一撃で事切れた。何とも頼もしいものである。

やったー!!　と喜ぶ面々。

「やったねみんな!!」

僕がそう言った途端、

「はう～っスぅ♡」「あぁん♡」「きゃっ♡」

と、そんな艶のある声を上げる三人。遠くの方でもカイスルが「は、ぁ、はああああ
あ～っ♡」と、奇妙な叫び声を上げている……。

びくんびくんと体を震わすメノル。サティとリーゼは熱い吐息をはき、身を捩《よじ》りながら

恍惚《こうこつ》とした顔をしている……。

さ、さすが竜種を八頭も仕留めただけある……レベル１００を超えていても数段階レベルが上がるだけの経験値があったってことだろう……とても気持ち良さそうだ……。

ちなみにどんな理屈か分からないけれども、戦闘が継続中は経験値の割り振りがされないようである。完全に近くの魔物の息の根が止まるまでは、経験値の配分が保留されるようなのだ。なので一気に経験値が増えるとこういうこともあるみたいだ……。

余談だが僕も久々にレベルが一つ上がった。レベル７４０か……これでまた父ちゃんに一歩近付いたかな？　父ちゃんはいったいレベルがいくつだったのだろう……。

レベルアップの余韻が収まると、カイスルとメノルが股間を押さえながらやってきて、ベトベトするから【クリーン】を掛けて欲しいと言ってきた。それを聞いたサティとリーゼも顔を真っ赤にして私達も……と、恥ずかしそうに言う……もう、おもらし？　もう大人なのにしょうがないなぁ……。

そう思う僕だった。ちなみにここでも例の魔物寄せの紙のようなものを見つけた。

しばらく魔物討伐しながら森を彷徨《さまよ》っていると、数人の気配が僕達の背後に忍び寄って来るのを捉えた。

「みんな！　来たようだよ！」

僕のその一言でみんなの表情に緊張が走る。

その気配は魔物討伐の別パーティーのものではない。他の五組の気配は朝から感知していたので、まったく別の人達だとすぐに断定した。

おそらくこの人達がシルラさんが言っていた人達だろうと当たりを付けた僕だった。ライジン伯爵の手下。少なからず情報は持っているはずである。何としてでも聞き出さなければならない。

§

【トンズラ準備のゼンクォー一味】


「おい、あのガキがそうか？」

「へい、まちがいありやせん！」

手下の一人が、黒髪の少年があの白金貨のガキで間違いないと言った。

なんだ？　全く強そうには見えねえじゃねえか！

あんなガキに高ランク冒険者が何人もやられたってのか？　最初の十五人は鬼の片腕グレイシアに取っ捕まったしな……。

「ん?」

なんだ、そういうことか……。

周りにいる四人に助けてもらったってことか。ぐはははっ！　他の四人はそこそこな力を持ってやがる。あれならBランクなら手古摺《てこず》るかもしれん。Dランクなら負ける。Cなら一人、二人ではやられる可能性もあるな。

だがオレには敵わん。Aプラスのオレにはな。

四人束になっても一瞬で血祭りにあげてやるわ！

「おう、おめえら！　あの黒髪のガキは俺に任せろ！　他の四人はおめえらで片付けろ！」

「へいっ！」

手下達は嬉々として武器を手にする。まああんなガキ共に負けるような柔《やわ》な奴らじゃねえだろう。たかが四人のガキにやられるようじゃ冒険者の廃業だぜ。

「準備はいいな、行くぞおめえら!!」

「へいっ!!」

ぐはははっ！　こりゃ楽勝だぜ！　伯爵には悪いが、これでトンズラ計画も万事上手くいくぜ！　ぐはははははっ！

§

僕達はこちらに向かって来る気配に集中する。

「みんな、もしかしたら戦闘になるかもしれない。体力的には問題ないかな？」

「うん、まだ魔力も十分あるよ」サティが緊張した面持ちで言う。

「おう、さっきレベルも上がったし、少し休んだから大丈夫だ」

カイスル達も体力的には問題ないようだけど、サティと同様、緊張しながら頷《うなず》いている。

近付いてくる人達の姿が見えてきた。人数は十一人。その冒険者が既に武器を抜きこちらに迷うことなく向かって来る。既に戦闘を前提としている行動だ。十一人のうち、一人の気配が抜きん出ている。今まで出会ったチンピラ冒険者の中で群を抜いている強い気配を発していた。

「アル！　あいつはゼンクォーだ！　Aランクの冒険者だぞ！」

その冒険者を確認したカイスルが少し怯えた感じでそう言った。

「ゼンコー？　Aランクなんですか？　なるほど、だから今までの人達よりかは、少しは強い気配がするんだな」

「AはAでもAプラスっス！　もうすぐSランクっスよ！　俺っち達なんか全然相手にならないっスよ！」

へーっ、Aプラスの冒険者なのか。そんな人もいたんだね。

でも、ガイゼルさんやニールさんに比べれば断然弱いと思う。まあニールさんはSランクだから間違いなくあの人よりは強いし、衛兵師団長であるガイゼルさんはレベルだけで言ったらニールさんよりも上だからね。二人は良いライバルみたいだけど。

そうだ、解禁されているから【鑑定】で見てみよう。

カイスルに聞いた話に依《よ》れば、冒険者ランクにはランクによって最低限の目安レベルを設けているらしい。それに満たない者は、いくらクエストでポイントを稼いでもランクアップしないそうだ。

Lv1からがFランク、Lv10からE、Lv50からD、Lv100からC、Lv200からB、そしてAランクは細かく分けられるそうだ。300からがAマイナス、350からA、400からAプラス、そしてLv450からがSランクになれるということらしい。

Lv100まではそこそこ上がりやすいそうだが、Lv200を超えると上がりづらくなる。そしてLv400を超えるとまた渋くなり、Lv500を超えると一つ上げるのに相当苦労するらしい……というか、上がるのが珍しいそうだ……。

そうするとレベル700を超えている僕はどうなのだろう……だから全然上がらなかったんだね……。

ええと、ゼンコーのレベルは401か……あれ？　確かレベル400からがAプラスだってカイスルが言っていたよね？　てことはAプラスになったばっかりってことかな？

それじゃあSランクには程遠いってことじゃないか？　まだ50近くもレベル上げなきゃだよ？　てより、隠蔽も気配遮断も何もないじゃないか、静歩すらない……これでよくAランクになれるね……。

でも善行《ぜんこう》なんて名前の割には悪党だなんてとんでもない人だ。悪行《あくぎょう》の方がしっくりくるようだな……。

「うわっ！　こっちに向かってくるわよ！」向かってくる悪党共に腰を引くリーゼ。

「クソっ！　端から俺達を皆殺しに来るつもりか⁉」カイスルは危険を察知した。

「アル！　どうするっスか⁉」メノルも怖気づいている。

「あ、アルなら何とかしてくれるわよ！」そんなみんなに向かって元気付けようとするサティ。

「大丈夫、みんな落ち着いて。あのゼンコーって人以外は、今のカイスル達でも十分勝てるよ。落ち着いて対処すれば何の問題もない」

【鑑定】結果から鑑みるに、ゼンコーという冒険者以外は強くてもBランク、レベルも200を超えたのが三人。その他の七人はレベル150未満のCランクだと思う。

幸いなことにあのゼンコーというAランク以外は、みんな弱い。僕がBランクと思しき三人を片付ければ、今のサティ達だけでもなんとかなりそうな感じだ。一番レベルの低いサティでも勝てるような相手だろう。なんたってサティの魔法は精霊さん曰く、上級魔導師並みなのだ。

ちなみに今時点でカイスルがレベル131、メノルがレベル130、リーゼがレベル125、そしてサティがレベル120だ。単独で相手をすれば経験の差で負ける要素が多いかもしれないが、四人で固まって戦えば何とかなるはずだ。

ただ気懸りなのは相手が魔物じゃないってことだろう。人間相手に今までしてきたようなことができるかどうかだと思う。僕だってまだ人を殺すことには抵抗がある。ましてみんなはまだ武器や魔法を覚えたばかりなのだ。魔物とは違い、話しもできるし、自分達と同じように考えて行動する人間なのだ。

人に剣や魔法で攻撃をする。その覚悟ができるかどうか……。

「こうもバラバラに来られると僕でも全部は無理かもしれない。なるべく行動不能にしたいけど、何人かは相手してもらわなければならないよ。とにかくあのAランクのゼンコーとかいう奴だけは僕が相手するよ。他は四人で連携してなんとかしてね。大丈夫、勝てるよ！」

「お、おう、分かった！」「アルがそう言うんだったら間違いないっス！」「う、うん、みんな！　やってやるわよ！」「アル、私も頑張る！」

みんなの目付きが変わった。

今日だって無傷のアースドラゴンを倒しているのだ。その技量さえあればCランクの冒険者ぐらいとは、同等以上に渡り合うことができるだろう。

「じゃあ僕は数人片付けながらゼンコーって人の所に行くね。くれぐれも死なないようにね」

おう！　と、みんなは気合いを入れる。

精霊さんにも本当に危険な状態になったらすぐに呼んでください、と念話でお願いした。死んでしまえばもう生き返ることはできない。死ぬ前なら何とか【リザレクション】で治すことができるからだ。

僕はゼンコーという人へ向けて歩き出す。

その間五名の冒険者が斬りかかって来たので対処しようと思ったら、サティとリーゼの魔法が先にそいつらに当たった。

――ぎゃああっ！

と、片足を風魔法で切り落とされた冒険者五名が悲鳴をあげる。

おおっ、これなら大丈夫そうだ！　二人共なんて頼りになる魔導師になってくれたんだろう。残りの五人は僕を素通りしカイスル達へと向かった。五人はレベル１５０以下のCランクみたいだ。

これなら僕はゼンコーという人だけに専念できそうである。

ゆっくりと歩き、ゼンコーというAプラスランクの冒険者と対峙《たいじ》する。

片手剣にミドルシールドを持ち、嫌味な笑顔で僕を見詰めるゼンコーという冒険者。

「ぐははははっ！　なんだ？　弱いお前が先に謝りに来たか？　白金貨を渡すから見逃してくれってか？　確かにオレの手下共だけじゃあ力不足だが、俺が出張れば一瞬で全員肉の塊だからな？　まあどうやってあの魔物寄せの呪符を剥いで回っていたのかは知らねえが、謝って金渡すんだったら殺しはしねえ、約束してやろうじゃねーか。ぐははははっ！」

「？」

僕はその言葉に首を傾げる。

なにを言っているんだこの人は？　なんで僕が謝ってお金を渡さなければならないのだろう？　どこからそういう考えが浮かんでくるのか謎だ。シルラさんの言っていた通り、この人は僕が件《くだん》の白金貨の持ち主だと最初から分かってそう言っているのだろう。魔物寄せの紙のようなものは二の次に白金貨を要求してくるなんて、金の亡者でしかないな……。

だいいち、僕がなにをしたっていうんだ？　勝手に僕の白金貨を奪いに来ているのはおじさん達の方でしょ？　既に十数人も牢屋送りにしているんだから、そろそろ学習しなさいよ！　そう言いたい。

それよりも、僕は白金貨のことなど今はどうでもいいのだ。今はサティのお母さんに関する情報が欲しいのである。白金貨を渡せば教えてくれるなら渡すのもやぶさかではないが、こんな悪人に渡すのも癪《しゃく》だ。

「ぐははっ！　どうしたクソガキ！　ビビッて声も出せないか？　泣く子も黙るゼンクォー様の闘気にもう中《あ》てられたか？　ぐはははっ！」

「……」

どういうことだ？　そこまでの闘気も出ていないよ？　ニールさんやガイゼルさんの半分の闘気も出ていない。ビビるような顔もしてないし……これでビビるようならガイゼルさんとなんて面と向かって話もできない。なんたってガイゼルさんの鬼のような顔は、気の弱い人なら見ただけで人を殺せそうなんだから。

「あのう、おじさん？　なにを言ってるのか分かりませんが、僕の持っている白金貨が目当てでしたら、期待しない方がいいですよ？」

「なにぃ!?」

「おじさんみたいな悪党になんて渡すお金は、一銅貨すらありません。それに僕はなにを謝るんですか？　むしろ謝るのはおじさんの方ですよ？　今謝れば腕一本で済みますよ？」

「ぐっ……!!」

　僕の言葉に息を詰まらせるゼンコーという冒険者。

　見る見るうちにこめかみに青筋が浮き出してくる。そんなに頭に血を上らせると正常な判断ができなくなるよ。

「クソガキがああああっ！　なんの力もないくせしやがってナマ言ってんじゃねええ

えええっ!!」

「……??」

何をとち狂ったこと言うのだろう。力がないのはおじさんの方だよ。

怒りで闘気も膨らんでいるようだけど、それでAプラスなの？　ニールさんが発する闘気の五分の一もないじゃないか。ていうか、少し鍛え方が足りないんじゃないのかな？

こんなあくどいことばかりして、鍛錬を怠ってたのが見え見えだよ。

「力がないと思っているのですか？　おじさんの洞察では僕の力が見えないのですね？」

「はあぁ??　お前のどこにそんな力があるんだ？　オレの洞察ではお前に力なんかないって――――!!」

僕は隠蔽を解くと同時に闘気を少しだけ放出した。

「な、な、なん、なんだ！　そ、その力は……」

ゼンコーという冒険者は、先ほどまで頭に上らせていた血を盛大に引かせる。額には脂汗が滲み出す。

「どうですか？　見えましたか？」

今はゼンコーという冒険者と同等ぐらいの闘気を放出している。

「ふ、ふんっ!!　だ、だかろあどうだってんだ!!　力じゃてむえーなんかにゃ負けやしねえーんだよ！　クソガキが!!」

「……」

ああ、駄目だよこれは……やっぱり精進不足だよ。

せっかく隠蔽まで解除しているのに、それでいて洞察で僕の力を計ることができないなんて、余程怠けていたんだなこの人……Aプラスの冒険者、興醒めだよ……。

ちらっと、サティ達の様子を窺《うかが》った。もうこのおじさんにはあまり興味がなくなったから。サティ達はよく戦っている。メノルが前衛で盾役をこなし、カイスルが間隙を縫って攻撃、サティとリーゼが後衛から魔法で援護。覚えたての【アースバインド】が中堅冒険者を苦しめている。もう既に三人が地面に倒れている。残りは二人だ。

うん、大丈夫そうだな。

「ぐおらあああっ！　オレ様を前に余所見《よそみ》とはたいしたクソガキだな!!」

僕が安心したと同時にそんな声を上げるゼンコーという冒険者。

左手に持った盾で僕を殴り付けてくる。

――ガン!!

という金属音が鳴り響く。

スキル【鉄壁】の進化系スキルの【鋼壁X】を発動し、僕は顔面で盾を受ける。

「ぐはははははははっ!!　どうだ!?　オレの一撃は凄えだろぅ!!」

僕に盾が当たったことで、ゼンコーという冒険者は勝ち誇ったように言う。

ええ、凄い凄い。蚊に刺されたぐらい効きましたよ。だけど僕は一ミリほども動いていないですよ？　貴方《あなた》の盾の方が凹《へこ》んでるの気付かないのですか？

「僕は言いましたよね？　謝ってくれるなら腕一本で許してあげるって、聞いていませんでした？」

「ぐぐっ……」

ゼンコーという冒険者は鼻白む。

僕が盾で殴られても平気に話すので、驚愕の表情を浮かべている。

「おじさんがこの悪党集団の頭目なんですよね？」

今までで一番強そうで偉そうな悪党なので訊いてみた。

「……だ、だったらどうだってんだ！」

「もしそうでないなら頭目の方に伝えてください。僕の持っている白金貨を狙うのは、いい加減やめてもらえないですか？　と」

「ぐぐっ、な、舐めるなクソガキがあ!!」

「もし貴方が頭目なら……僕はさっきの言葉を撤回します。そんな人が謝ろうが何しようが許しはしません。二度とこんなことを考えられないように……」

「――は……なあっ！！！！！」

僕は闘気を徐々に上げてゆく。

その闘気を受けたゼンコーという冒険者はジリジリと後退していく。

「おじさんが頭目なんですよね？　さっき『オレの手下共』と言っていましたよね？　そう判断しますよ」

「――ちょ、ちょいタンマ！　お、オレはあいつらの手下だ！　や、雇われたんだ‼」

僕のおじさんを上回る闘気を受けた途端、敵わないと思ったのか、ゼンコーという冒険者は見苦しい言い訳をする。どこにそんな言い訳が通じると思っているんだろう。さっき言っていたことと矛盾しまくりだ。

「全く信用できません」

――ドカッ！

僕は軽くゼンコーという冒険者の腹を殴る。

「――ぬグオッ‼」

これみよがしに見せびらかしている腹筋に僕の拳がめり込むと、ゼンコーはくぐもった声を上げた。

「さっきのお返しです。おじさんと違い全力じゃないですけど痛いですか？　僕の手加減した一撃は効くでしょ？」

「……ぐへっ、うおえええぇぇぇろろろっ……」

ゼンコーという冒険者は胃から吐瀉物《としゃ》を撒き散らしながら蹲《うずくま》る。

こんな場所で小間物屋を広げないで欲しいね、こっちまで貰いゲロしたくなるよ……。なんて非力なんだろう……軽く腹を打ったぐらいなのに……全力だったらそれだけで死んでしまうんじゃないか？　やはり組合長に教えられた通り、僕の力はこの街では規格外なのかもしれない。そうしみじみ思った。やはり鑑定で相手の力を見ていなければ、簡単に人など殺してしまえるほどの力なのだろう。

「さて、おじさんには訊きたいことがあるんです。正直に話してくれれば少しは手加減してやっても良いと思っていますがどうでしょう？」

「――う、うおえっ……な、なんだ……」

ゼンコーは口の周りを吐瀉物《としゃ》で汚しながら涙目で僕を見る。

「あなたはライジン伯爵の依頼を請けていたんですよね？　この森に魔物寄せの呪符のようなものを大量に貼り、強い魔物を街の近くまでおびき寄せていた。間違いないですか？」

「う、あ、ああ、それは間違いねえ……」

正直に頷《うなず》くゼンコー。

「それならライジン伯爵が攫《さら》って来たエルフの存在も知っていますよね？」

「え、エルフ……？」

「そうです、エルフの女性がいるはずです。知りませんか？」

「し、知らねえ……」

ゼンコーは知らないと言う。

その表情は、嘘偽りを言っているようには思えない。だが悪人の狡《ずる》さなら、知っていても知らないと白を切ることをするのかもしれない。まだ僕にはその辺りがよく分からないのだ。僕はまたぐっと拳を握り殴り付けるふりをする。

「嘘ついていませんか？」

「う、嘘じゃねえ……マジでエルフの女のことなんか知らねえ……だ、だからその拳を下げてくれ……」

ゼンコーは怯えた表情でそう言った。

たぶん本当に知らないのだろうと僕は理解した。

「はあ、そうですか――」

そう落胆した時、

『きゃあ！　メノル！』

『カイスル！』

サティとリーゼが前衛をしているはずの二人の名を叫ぶ声が聞こえてきた。

「どうしたの⁉」

僕は振り返りみんなの方を見る。

残り二人だったチンピラ冒険者は、思いの外経験が豊富だったのか、カイスル達を翻弄していた。ステータス、力的には拮抗《きっこう》しているのだが、戦闘経験、特に対人戦闘の経験が不足しているカイスル達にとっては、手ごわい敵となったのかもしれない。

ここ数日ニールさんとの訓練でも、やはり付け焼き刃的な感は否めないのだろう。

「カイスル！　メノル！」

僕がそう言って加勢しようとすると、

「アル！　来るな！　こっちは大丈夫だ！」

チンピラの剣を腕や頬に多少受けたのか、切り傷ができ、そこから血を流している二人。それでも果敢に攻防し、後ろのサティやリーゼに危害を与えないように必死である。

「くっ！」

その二人の傷を見た途端、僕の中にじわっ、と何かが湧き上がってきた。

それと同時に後ろにいたゼンコーが動く。

「うおらあああっ！　死にさらせぇーっ、このクソガキがああああっ‼」

僕がカイスル達の方へ気を取られているのを隙と見たゼンコーが、剣を抜き僕に向かって斬りかかって来た。

――許さない！

僕の中に沸々と何かが込み上げてくる。

――ズパン‼

ゼンコーの剣が届く前に、僕は無意識のうちに腰の剣を抜き、ゼンコーの振り上げられた剣を握る腕を斬り飛ばした。

剣を握ったままのゼンコーの右腕の肘から先が宙を舞う。

「!!　――うぎゃあゃああああああぁぁあぁぁっ!!」

血が噴き出す腕を見て絶叫をあげる。

「何ですかおじさん？　僕に攻撃を仕掛けるんですか？」

僕は一歩前に出る。

「ぎゃあああぁぁぁあっ!!　ま、ままま、待て、待ってくれ！」

ゼンコーは悲鳴を上げながらじりじりと後退《あとずさ》る。

「おじさんが攻撃してきたんですよ？　都合よく待てとはどういう言い分ですか？」

僕はゆっくりと切っ先をゼンコーに向ける。

「ちょ、ちょっと待ってくれ……な、なあ？　はぁはぁ、は、話せば分かる、な、す、少し話そう……」

「話ですか？　僕は最初からそうしたかったのですが、おじさん達は一度も僕の話なんて聞いてくれませんでしたよ？　それに、もう僕の仲間、友達に攻撃を仕掛けているじゃないですか？　これ以上どこにおじさんと話す余地があるんですか？」

また一歩距離を詰める。

「ま、ま待ってくれ！　な、話そう、話せば分かる……謝ればいいか？　なら何度でも謝る。だからな、少し話し合おう……」

盾を捨て、切り口から流れる血を止めようとしながら、必死に言い募るゼンコー。

「もう遅いですよ。よくも……よくも僕の仲間、友達に怪我を負わせてくれましたね……もう許しません！　死ぬまで後悔してもらいます。でも僕は鬼ではありません。腕でも足でも、どれでも一本残してあげます。どれが良いですか？」

僕の闘気が自分でも制御できないほどに膨らんできた。

その闘気を受けたゼンコーは尻を擦りながらじりじりと後退《あとずさ》る。

「ひぃぃぃぃぃっ‼　や、止めろ、止めてくれぇ～っ……」

情けない声で命乞いをする。

ちらっと後ろを見ると、もうほぼ戦闘は終わっていた。

どうやらサティ達の勝ちである。怪我を負ったカイスルとメノルは、腕や頬から血を流しながらも辛くも敵を倒したようだ。死ぬような怪我じゃないようでそこだけはほっとした。しかしもう僕の衝動は止まることをしない。

カイスルとメノルの血を見た途端、なにか僕の中に膨らんでくるものがある。

ドクン！　と心臓が強く打つ。なんだろう？　こんな感じは初めてだ。これが怒りというものなのか？　今までは怒るといっても、どことなく冷静に自分を見詰めていて、こんな感情の起伏なんて起こさなかった。物語を読んで主人公に感情移入して怒るような、どこか他人事《ひと》のように、そんな感じだったのだが、今は違う。胸が苦しい、頭に血が上る、わなわなと腕に力が籠もる。これが本来の怒りというものなのか……。

魔物に傷付けられるのとは違い、同じ人間、それも悪意を持った人達に、僕の大切な友達が傷付けられるのがこんなにも腹立たしいものなのか。許せない！　私利私欲のために何の躊躇《ためら》いもなく人を傷付け、殺しても何とも思わない人達を、どうやって許すことができようか！

僕はもう一歩踏み出す。

「ひゃぁあっ！　な、な、ちょ、待て、待ってくれ‼」

「よくも、よくも友達を傷付けてくれましたね！　さあ！　どれを残すんですか⁉　足ですか？　腕ですか！　それとも僕が決めても良いですか⁉」

「──ひゃあっ！　く、来るなっ！　くるなああっ！」

ゼンコーという冒険者は、僕の質問には答えようともせず、残った左手で地面に落ちている小石を掴《つか》んでは投げ、掴んでは投げ、と、僕に向かって投擲《とうてき》してくる。

しかしそんなちゃちな子供騙しのような攻撃など効くわけもない。僕は小石が当たろうが気にせずゼンコーに詰め寄り、切断した右腕箇所を蹴り上げる。

「──ぎゃあああああああぁぁぁぁっ‼」

悲鳴を上げながらのたうつ。

「泣く子も黙るんでしたよね？　子供が黙る前に、おじさんが黙ったほうがいいですよ？

さあ決めましたか？　どれを残すんですか？」

「や、やめてくれ……助けてくれ……」

「遠慮なく殴り付けたり斬りかかってきたりしてきたくせになにを言うんですか？　他人
はいいけど自分がそういう目に遭うのは嫌なんですか？　都合がよすぎますよ」

悪人というのは、自分達のしてきたことをどう思っているんだろう。

問答無用で斬りかかってくる奴らなのに、自分がそういう目に遭うと命乞いするのか？

たまたま今回は僕が相手だからいいが、これが弱い人達ならどうなんだ？　あっさりと
殺してお金を奪うんでしょ？

たかがお金のために人の命なんて何とも思ってないんだろっ⁉

「では最後に質問します。人の命とお金、おじさんはどっちが大切ですか⁉」

「うあぁ……い、い、命だ！　い、いてえ……いてえよ、や、やめてくれ……た、助け
てくれ……」

それを聞いた瞬間、すっと冷静になる僕がいた。

こんな人達に怒りすら覚えなくなったのか、というよりも、人間として見られなくなっ
たのか、まるで魔物を見詰めるような冷めた感覚に陥ってしまう僕がいた。

「……残念です、お金が大事と言えば、まだ情けを掛けてあげようと思ったんですけど……自分の命は大事で、金を奪うための他人の命は粗末に扱うんですね……おじさん⁉　あんたはゴミだよ、救いようのないゴミ屑《くず》だ‼　【フレイムブレード】‼」

僕は剣に炎を纏《まと》わせた。

「――や、やめろおおおぉぉぉっ！！！！！」

そんな憐れな叫び声を上げるゼンコーの両足を、バサリ！　と斬り付けた。

悪人なら悪人らしく最後までお金が大事だと言えばよかったんだ。そうすれば足も一本で許してあげようと思ったのに、つまらない命乞いなんてするからこういう目に遭うんだよ！

膝上から切り離された両足、炎の剣で焼いた切り口からは血の一滴も噴き出さない。

「――うぎゃあぁぁ……」

悲鳴半ばで白眼を剥いて気を失うゼンコー。

片腕両足の痛みに耐えきれなかったようだ。

「おじさんは残りの人生片腕のみで、死ぬまで苦労してください！　そして後悔するんです！」

僕は初めての本当の怒りの衝動に、剣を握る手が未だ強張《こわば》っていたのだった。

# エピローグ

ランカスターの森でライジン伯爵の手下達の冒険者に襲われた私達。

この数日の魔物の討伐で、レベルも上がった私達は、何とかその襲撃にも耐え、襲ってきた冒険者達を倒すことができたのである。

倒したはいいが、カイスルとメノルが少し怪我を負ってしまう事態になってしまった。

アルがゼンクォーということの冒険者集団のリーダーらしき人と対峙《たいじ》していたので、カイスルとメノルは他の冒険者を引き付け、私とリーゼには被害が及ばないようにと必死に頑張ってくれたのだ。

命に係わるような怪我じゃなかったので安心はしたが、やっぱりまだまだ強くならねばならないと実感もした。今回初めて人を相手に戦った。人と戦うということは、魔物とはやはり全く違うということが分かったのだ。ちょっとの隙を見せようものなら、迷うことなくそこを突いてくる戦い方は、魔物にはない戦略というものだろう。

私達は自分達の戦いで精一杯だった。何かあればアルが助けてくれるという安心感もあったのかもしれない。

一度カイスルとメノルが相手に押されてしまった時があり、リーゼと私は心配で声を荒げてしまった。アルもゼンクォーと対峙しているにも拘《かかわ》らずに、不用意だったと今になってそう思う。

そんな時カイスルとメノルは、アルの助けはいらないと必死に頑張ってくれた。

その後アルの雰囲気が一変したのに気付いたのは、ようやく私達の目の前の敵が倒れた時だった。カイスルとメノルはよく戦ってくれた。

私もリーゼもまだ回復魔法を覚えていないので、二人の傷を治してやることができない。怪我をしても常にアルにお願いしていたことを、ここにきて後悔することになったのだ。もしもアルが近くにいなかったら。そう思った瞬間、どこか恐怖にも似た恐ろしさが私を苛《さいな》んだ。アルに甘えて、攻撃系の魔法しか練習してこなかった自分を叱りたくなった。

そんな時アルに視線を向けると、アルは途方もない闘気を発し、ゼンクォーという冒険者に詰め寄っていた。あのスラムの近くで襲われた時よりも、数段激しい闘気だった。

そう、アルは怒っていたのだった。

おそらく、カイスルとメノルの二人が敵に斬られたのを見て怒りを覚えたのだろう。

ゼンクォーが足を切断され気を失っても、アルは闘気を収めることもなく、ただ立ち尽くし、憎らしげにゼンクォーを睨み続けていた。

私はアルの傍に駆け寄る。

「アル！」

「……」

アルの名を呼ぶが、私の声も耳に届いていないのか、黙ってゼンクォーを見詰めたままだった。剣を握る手はわなわなと震え、その剣は未だ炎を纏《まと》い高熱を発している。

「アル、もう終わったよ……」

私はアルの背中に寄り添い、そっと剣を握る手に自分の手を添えた。

「あ、サティ……」

「もう終わったよ、みんな無事だよ」

「……う、うん……」

私の声が届いたのか、その後アルは闘気を収め、剣に纏わせていた炎の魔法も解除した。

「サティ……僕もサティの気持ちが少し分かったよ……怒りというものは、自分で制御するのは大変なものなんだね」

アルは私に背中を預けながらそんなことを言う。こんな気弱なアルは初めてだった。

「初めてだよ、心の底から他人を許せないと思ったのは……こんな衝動があるなんて、知らなかった。何とか自制はできたけど、人を殺してしまいたいと思うほどの怒りってあるんだね……」

「うん、誰しも聖人君子なんかじゃないよ。怒ったり憎んだりするのは当たり前の心の在

り方だと思うよ。だけどそれを自制できたんだから、アルは凄いよ。私ならまた例の魔法を発動して、周りの人に迷惑をかけちゃうね」

「ううん、凄くなんてないよ。今まで山奥で一人でいた時も、父ちゃんといた時にも、一度も味わったことのない心理変化だった。抑えようにも抑えられない、自分が自分でなくなるような。そんな感覚だったよ」

「うん、そうだね」

「言葉で怒る、怒り、激怒、なんて知ったつもりではいたけど、こんなにも激情的に意識を支配されるものだとは夢にも思わなかった……心を強く持とうとサティに生意気にも言っていたことが恥ずかしいよ」

「ううん、そんなことないよ。だってアルはこの人を殺さなかったよ。それだけで全然違うよ」

「そうかな、もし僕が心の制御もできずに全力で誰かを殺そうと思ったら、きっとここにいる全員を巻き込んでいただろうね……」

「大丈夫だよ、アルはそんなことをしないよ絶対に」

私が保証する。

「そっか……ありがとうサティ……」

それでもアルはどこかまだ気持ちの整理がつかないような表情をしている。

「それよりもカイスルとメノルの治癒をお願いしていい？　そんなに深い傷じゃないけど、血が出ているの」

「あ、ああ、そうだったね。うん、行こうか」

そうして私とアルはみんなの所へと戻った。

「アル！　何とか無事に片付いたな」

「ちょっとはヤバいかと思ったっスけど、アルに作ってもらった防具のお陰で、たいした怪我を負わなくて済んだっス！」

切り傷があるにも拘《かかわ》らず、カイスルとメノルは笑顔でそう言った。

「大丈夫？」

アルは心配しながら二人の回復を行った。

「俺達より大丈夫そうじゃない顔するなよ、アル〜」

「いや、物凄く心配したんだよ……大事な仲間、友達が血を流しているのを見たら、初めてあんな風に怒りが込み上げてきて、どうにも収まらなかったんだよ……」

「ありがとなアル。俺達もアルに心配させないように、これからもっと強くなるように頑張るよ。だからもう心配しなくてもいいぜ」

「うん、私ももっと強くなる。それに回復魔法も覚えるよ」

「うん、わたしもサティに負けないように頑張る」

「俺っちもっス！」

みんなで頑張る約束をするのだった。

「さあ、今日はもう戻ろうか？　こいつらをまた運んで行かなければならないしな。まったく迷惑な話だぜ……」

「ほんとっス」

カイスル達はそうぶちぶちと言いながら、倒れた冒険者達をロープで縛り上げ、アルから出してもらった荷車に積み込むのだった。

「あっ、そうだ。この冒険者達の頭目らしいゼンコーとかいう奴は、サティのお母さんのことは何も知らないようだったよ……おそらくサティのお母さんは、まだライジン伯爵の所に密かに隠されている可能性が高いと思う。たぶんこの人達は、この街での小間使い的な存在だったんじゃないかな？」

アルはゼンクォーから有力な情報を引き出せなかったことに落胆を隠せなかった。

「そう……でも、まだ私は諦めない。きっとお母さんを見つけてみせるよ」

「うん、そうだね。僕も協力は惜しまないからね。シルラさんの情報を待つのもあれだから、今後はもう少し能動的に動いてみようか」

「うん、私も頑張るよ」

今回情報を得られなかったことは少し期待外れだったけど、まだお母さんが無事でいると信じたい。私はアルとカイスル達と共に、お母さんを助けるのだ。その目標は崩れないのである。

「おーい、みんな縛り上げて積み終わったぞー」

「帰ろうっスかー」

「アル、サティ、早く行こう！」

カイスル達は襲って来た冒険者を全て荷車に積み終わり、にこやかに私達を呼ぶ。

「それじゃあ行こうかサティ」

「うん！」

私達は無事に戻れることを喜びながら街へと向けて歩き出すのだった。

夕方も近くなり、薄く陰ってきたランカスターの森の静寂は、私達を静かに見送る。

そんな私達にこのすぐ先に訪れるのは、喜びなのか、それとも悲しみなのか。

だけど私はアルと共にこの先歩んでゆくと心に決めている。

その先が天国でも、そしてたとえ地獄であっても……私の決意はもう変わらない。

〈『英雄の忘れ形見3』へつづく〉

ヒーロー文庫


英雄《えいゆう》の忘《わす》れ形見《がたみ》 2

風見祐輝《かざみゆうき》

平成29年11月30日　第1刷発行

発行者　矢﨑謙三

発行所　株式会社　主婦の友社
〒101-8911 東京都千代田区神田駿河台2-9
電話／03-5280-7537（編集）
03-5280-7551（販売）

印刷所　大日本印刷株式会社





ISBN 978-4-07-428212-8